L'homme qui nourrit des Papillons

Charles Barbara

蝶を飼う男

シャルル・バルバラ幻想作品集

シャルル・バルバラ

亀谷乃里訳

国書刊行会

献辞

バイヤルジェ医師[1]に

精神病についての先生の講義を拝聴し、私は深い感銘を受けました。あなたの講義はある種の強い魅力で心を惹きつけて離しません。そこからは閃光がほとばしり、その鋭い輝きのためにときとして残酷ですらあります。あなたの言葉に魅了されながら、隣人のことがひどく心配になり、自分自身についても不安でいっぱいになります。お話を拝聴してなお、幻覚の蜃気楼から常に逃れていられると思う人がいるでしょうか。セネカ*は書きました。「どれほど優れた精神もどこかでたわむものである」と。さらに徹底してあなたははっきりとおっしゃいました。誰の運命にも狂気の種子が播かれていないことは稀だと。おっしゃる通りだと思います。男性の狂人がすべてビセートル施療院[2]に入院しているわけでもなければ、女性の狂人すべてがサルペトリエール施療院[3]に入院しているわけでもありません。広大な地球上で、この幽閉されている狂人たちがいちばん病んでいるわけでも、つまらない存在であるわけでもないと言ったとしても、ちっともおかしくはないように思われます。

ですから、この書をあなたに捧げることが途方もない誤りだというわけではありますまい。以下の数篇の素描《エスキス》の中で浮き彫りにされている人物たちには、先生が鋭い知性と学識とを注がれる風変わりなバベルの塔[4]の小部屋[5]をひそかに熱望する正当な理由が多少ともあるのです。ですから、どうして私が夢から逃れたり、また、この人物たちをあなたの好意ある庇護のもとに置く誘惑に抗《あらが》ったりしましょう。

どうかこの献辞をお受け下さい。これはいうまでもなく、私の心からの賞讃と、何よりも深い共感の証なのです。

シャルル・バルバラ

パリ、一八六〇年六月

原註* セネカ「魂の平静」

ある名演奏家《ヴィルテュオーゾ》の生涯の素描《エスキス》

おお、崇高な歌よ！……実に不思議ではないか
この羊の腸が魂を肉体の外へ運び去るとは……
シェイクスピア1

第一部

通りから通りへと、一人の老人が影のように家並みに沿って静かに進んでゆく。高い身の丈が描く曲線《カーブ》のため、老人は廃墟の真中に立つアーチの残骸を思わせる。灰色の大きな巻毛が頸《うなじ》の上に垂れかかり、深く刻まれた唐草模様のしわは額に畝《うね》を穿《うが》っている。蒼白い顔は一面痘痕《あばた》に覆われ、落ち窪んだ眼には靄がかかり、大きな鼻の隆起は、絶えず呆けた薄笑いが漂う唇に陰を落としている。頭《こうべ》を垂れ、四肢は重く、確《しか》とはわからないが何かをぼんやり考えながら、老人は歩むのではなく、足を引き摺っている。痩せた体をやっと包む、みすぼらしく色合いも不調和な衣服の下には、生活の糧を得る道具のヴァイオリンと弓とをどうにか隠している。影の影とでも言おうか、一人の女が距離を置いて後からついてくる。かばかりの逆境が孤独であ

ることは稀である。同じように頭《こうべ》を垂れ、同じように陰鬱な悲しさを湛え、また同じようにみすぼらしい身なりの女は、憐れみと優しさに燃える眼でじっと老人を見守っている。心を揺するその痛ましさから逃れたいと思っても詮ない。名付けようのない不幸の重みに身を二つに折り曲げ、界隈から界隈へ、四辻から四辻へと絶えずさまようことになってしまったこの哀れな男は、かつては国立音楽院《コンセルヴァトワール》でロドルフ・クロイツェル[2]の輝かしい弟子の一人であったというのに、今では実際なんという姿に成り果てたことか。

この男の理性が失意の下に埋もれてしまったエピソードを理解するには、出生と生立《おいた》ちに関するいくつかの細かな情報がきわめて重要である。父親のアントワーヌ・フェレは地方で細々と生計を立てていた。腕の良い楽器職人であったが、音楽芸術、あるいはむしろそれ以上に、芸術家に対する心酔ぶりは狂信的性格を帯びていた。[3] ある出来事はその狂信ぶりを示すものである。その楽器職人は楽器、道具、子供、妻をやっと容れることができるかどうかといった大きさの家に、無理をして優雅な一室をしつらえていた。この部屋に人がいないことはめったになかった。次々にその部屋に滞在した著名な音楽家たちは、皆一様に非常に驚いたことだろう。そこには、音楽への熱狂と虚栄心のあまり、物質的利益へのあらゆる関心を押し殺されてしまった一人の律義な男の姿があった。どれほど先行きが危ぶまれても、この男の物質的無頓着は治らなかった。家に芸術家を招く名誉を諦めるくらいなら、そして食卓で芸術家に見《まみ》え、おしゃべりをし、その話を聞き、ときおり息子がレッスンを受ける喜びを諦めるくらいなら、その前にただひたすら幾度でも破産していたことだろう。

見栄などはこの男の欠点のうち、最も些細なものでしかなかった。情熱的で、激しく、執念深く、芸術家を相手にしているとき以外は矛盾に耐えられない一徹な性分で、とりわけ、抑制のきかない暴言を吐いては、ぞんざいな態度と断定的な口調と辛辣さとで、絶えず積み重なる反感を買っていた。夕暮れになるとこの男の一日の勝利の刻が到来する。すると男は薄暗い店の奥に腰を落ち着け、妻と子供だけではなく、それ以外にも、あっけにとられ口をぽかんと開けて話を聞く二、三人の聴き手を前にするのだった。音楽を口から出まかせに論じたり、知り合いの有名人について我流に脚色したり、架空の色合いをつけた逸話を物語るだけでは満足せず、客たちを点検し、ある客には皮肉の銃弾を連発して穴だらけにし、他の客に関してはこの上なく侮辱的に自分の考えを述べた。しかも遠慮会釈なく、自らの無遠慮が人に迷惑をかけることなど全く気にもかけていない様子だった。客が自分の思い通りになるのが当たり前で、自分のほうは客の意向に頓着する必要はないとでも言わんばかりだった。自分の意見に異議を唱える人の楽器は、いくらお金を貰っても修繕することを承知しなかったが、お世辞たっぷりの村のヴァイオリン弾きのためにはいそいそと修繕してやり、決してびた一文受け取らなかった。最後に、何と驚くではないか！　貧窮に陥っているというのに、買い手が商品の水準にないという風変わりな理由から有利な取引を反故《ほご》にするなどということもあったのだ。

　この男が自慢しようと思わないものにこそ、まさにその真の美質があった。以下にお話しする椿事《ちんじ》は、目撃者である息子を除けば、絶対に誰にも知られていないことだった。ある昼下がり、そのおやじは店の中をぶらぶらしていた。と、そこに突如、一人の若い外国人が入ってきた。埃をかぶった衣服から、若者が馬車から降りてきたことがわかった。眼は血走り、表情は色を失っていた。両手にはヴァイオリンのケースを抱えていた。ふくらみの部分が壊れたケースの底には、およそ目も当てられない状態の楽器が横たわっていた。もはやブリッジに支えられていない弦の下では、緒留《キュー》めと指板の間で、魂柱《こんちゅう》の一方の先端が姿を現していた。それは内から外まで胴を貫通して嘆かわしいぎざぎざの傷口を作っていた。ヴァイオリンの形状がほれぼれする心地好さで、その色がまばゆいばかりの輝きを放っていたので、この惨状は、それだけにいっそう心を痛ませた。[4] それは疑いもなく高価な楽器だった。楽器製造人が念入りに傷を観察している間、外国人は涙にむせぶ声で事故の顛末を語った。安全のため、ケースの上に重い物が乗らないよう、ヴァイオリンを荷物の一番上に置かせたのだった。不運にも馬車には荷物を積みすぎだった。馬車が飛脚事務所のアーチの下へ早足で駆け込んだとき、丸天井のくさび石が激しくヴァイオリンに喰い込み、文字通りそれを押し潰してしまったのだ。青年はつけ加えて言った。自分はスペイン人で、運を試しにパリに行くところである、楽器に期待する以外に他の手立ては何もないのだ、私が心配しているように、もし哀れなヴァイオリンが蒙った災難が取り返しがつかなければもう万事休すだと。

フェレはじっと破損の大きさを見積もっていた。そして顔を上げて青緑色の眼で青年芸術家を注視し、元気を出しなさい、傷は手当てができないわけではない、それを証明するには四、五日あれば十分だ、といった。

スペイン人は、疑念と焦燥のため、その後の数日間を数世紀の永さにも感じた。若者は約束の時刻よりずいぶん前に、息を切らして狂人のように楽器製造人の家に飛び込んだ。「ところで？」と消え入りそうな声で尋ねた。フェレは箱を開け、無傷の楽器を見せてそれに答えた。青年はそれを確《しか》とつかんだ。しばらくは唖然として物も言えなかった。「僕をからかってるのですか！　このヴァイオリンは僕のじゃない！」青年は突然叫んだ。「そうお思いになりますか」楽器製造人は皮肉っぽく訊いた。「いや、いや、これは僕のヴァイオリンじゃない！」ますます当惑して外国人は繰り返した。

実際、アントワーヌは一種の奇跡をやってのけたのだった。傷口を繋ぎ合わせるにとどまらず、さらに、数多くの破片、その多くは針と同じほどに細かったのだが、その破片を集めて、それらを一つ一つ細心の注意を払ってしかるべき場所に貼り合わせたのだった。そして、技巧に劣らず根気を要するこのモザイク作品はかくも完璧にうまく仕上げられたので、それを知っている人の眼でさえ、ヴァイオリンの胴の破損箇所を見分けることができなかった。

外国人の喜びは限りなかった。「せいぜい器用な職人しか見つかるまいと思っていたところが」青年は感激して言った。「偉大な芸術家に出会いました」。外国人は財布から五ルイ金貨を取り出した。「こんなに僅かしか差し上げられなくて、恥ずかしく思っていることをお信じ下さい」外国人はつけ加えた。「私の讃嘆の気持ちは申し上げるまでもなく、心から千フランも差し上げたいほどです。あなたは私の命を救って下さったのです」「そのお金は取っておきなさい」楽器職人はすぐ静かに答えた。「旅をするのに必要です」スペイン人は驚いて眼を見張り、この拒絶の意味を探っているようだった。「もし私をどうしても喜ばせようとお思いなら」とフェレは即座に答えた。「一週間ここに滞在なさって下さい。拙宅に泊まって食事をご一緒なさって下さい。息子に少し助言をしていただくだけで結構なのですが……」こうした行為は最も秘められた心の奥底まで楽器職人をよく説明している。

しかし、この風変わりな男の一人息子はなんと父親に似ていなかったことか。息子を一本の頑健な木の、病気にかかった枝に例えるなら、悲しいかな！　これほど当を得た比喩は見つからなかった。熱で頭を狂わされでもしなければ、このような幻想は抱かなかっただろう。子供というものは、生まれながらにして将来自らがつける花や果実の芽をもっている。稀な例外を除けば、子供は、後にいかなる階級に属することになるかを最初から予告している。意志力や気力や情熱は獲得されるものではない。それらは、火山の地下深くの火のように少年の胸に隠されているが、煙や閃光によってそれと知れるものである。よく観察すると、少年フェレはいわば死火山でしかなかった。この子供はあまりにも虚弱《ひよわ》で無頓着で無気力なので、三、四年ほど沈滞して過ごした中学時代、早くも仲間たちは皆で腑抜けのフェレと言うこの少年の特性をよく言い当てた芳しからぬ渾名《あだな》をつけた。この無気力は嘆かわしかった。人々は少年について最も悲しむべき予言しかできなかった。ところが父親はそこにまさしく自慢の種しか見なかった。生来の暴君めいた本性《ほんせい》のおもむくままに、父は息子に対して、あたかも彫刻家が、どんな形にも押跡にも変えられる蠟《ろう》の雛型を扱うようにふるまった。息子を捏ね回して、自分に似せて造形し、自分の思想と偏見、つまり、自分の気質と情熱とは言わなくとも、自分の野心的な願望を息子に吹き込んだのだ。よく吸収する柔らかいスポンジのような性格の子供は、ばかげた偉人伝の数々を子守歌として育ち、乱脈と背中合わせの無私無欲を見て絶えず驚き、芸術家に対する無分別な熱狂と、芸術に関する最も誤った見解と、人生に関するこの上なく歪められた観念をどっぷりと吸い込み、あらゆる事柄が、言うなれば、まるで肥沃な土地に生えたハマムギのように、子供の中に根を張って繁茂した。子供はまた、脅やかしに屈し、叩かれる恐怖から敏捷さを装うまでになったが、父親はそれを活発さだと思っていた。

音階の七つの音符をやっと片言で言えるようになるや子供はすぐさま両手にヴァイオリンを

持たされた。生まれつき痩せてすらりとした容姿、長い腕、しなやかで敏捷なほっそりとした指がこの楽器の演奏に幸いするとしても、一方でこの子供は、虚弱《ひよわ》で怠惰な頭脳を持ち、物分かりが遅く、それゆえ一貫した、奥深い勉強には不向きだった。そればかりか、この息子は十年間というものソルフェージュの老教師に騙されるという取り返しのつかない不幸に遭った。無知と因習に身を捧げていたその老教師はまさしく生徒に何も教えなかった。だから生徒は指と弓とを動かしてとにもかくにも困難な協奏曲を演奏しているのに、未だにごくごくやさしいソナタのパッセージを、正しく拍子をとって初見で演奏することができないでいた。知識の無い父親は平気だった。こうした成長の中に何ら異常なものを看て取るどころか、腕組みをして、不安げもなく、それを見物していた。熱に浮かされて生きているこのお人好しは、絶えず夢を見ていたのに自分が考えているのだと思っていた。息子をオーケストラの楽員という身分に甘んじずに済ませるための解決策以外、他のことに関しては雑然とした考えしか持っていなかった。例えば、演奏家と作曲家とを同列に並べたり、天才演奏家と名演奏家《ヴィルテュオーゾ》とを混同し、要するに、明確でない漠然とした野望を抱いて、息子がモーツァルトのような人物になるためには、望みさえすればよい、底が尽きるまで散財すればいいと信じ込んでいたのだ。

いつの間にか、この虚弱《ひよわ》な青年がパリに赴き国立音楽院《コンセルヴァトワール》の寄宿生となる日がやってきた。まず最初、満場一致の歓迎の的となった青年は、驚くべき自在な演奏力で教授たちを驚嘆させると同時に、これまで受けた忌まわしい教育のためにひどく落胆させ、教授陣皆から基礎クラスにせっせと通うよう助言を受けた。実際、青年は従順にそこへそっと忍び込んだ。だが、高い背丈と数々のミスをからかう子供たちとごっちゃにされる恥辱に耐えられず、青年はほとんどすぐさまそこから逃げ出した。指の巧みさが勝ち札となった。楽器に関する進歩はやはり速いという他なかった。六年ほどのたゆまぬ練習の末、コンクールに参加することを許されたフェレはいきなり二位を獲得した。翌年のコンクールはフェレにとって真の勝利だった。しかしながら、音楽家としての隠しようもない無能力にもかかわらず、このとき与えられた一等賞はかろうじて束の間の陶酔をもたらしたかどうかだった。父親の手紙の次のくだりが、その理由すべてを説明するだろう。「お前の賞は記憶に留めるだけにしよう……全く他の人間の野望なら十分に満足させるようなものも、わしの息子には幸せな予兆の始まり、ほんの前奏曲《プレリュード》でなくてはならない」。環境が変わり遠く離れて暮らしているにもかかわらず、息子はもっぱら父親の夢想の影響力によってのみ生き続けていた。そればかりか、最初に刻まれた印は、木の幹に刻まれた文字のように、息子の成長に比例してその魂の中で大きくなり強くなっていった。歳を経ても嵩《ヴォリューム》が大きくなっただけだった。息子は結局のところ相変わらず同じ人間であった。自身に固有のものは何一つ持たず、誰彼なく人が押しつけるその場の思いつき、非常識、たわごとをそのまま保存する正真正銘の機械《ロボット》であり、生来の自分の考えを持つ競争相手をただただ正しいのだと認めるためにのみ存在するかのようだった。それゆえ、徐々に息子フェレを虜にしていった夢、哀れな魂が何とか保とうとしている自尊心、ますます病を進ませる熱[6]、そしてついには息子の中に入り込んでいった確信、つまり自分の裡《うち》には揺るがぬ個性的素質があるのだというあの確信、こうしたものはとりもなおさずそのまま年老いた楽器職人の夢、自尊心、病気、確信に他ならないのだった。だから父親が単なる学業の成功としかみなすつもりはないと主張する成功にどうして息子のフェレが感動しただろう。

それに、息子フェレが自分自身の霊感《インスピレーション》に従ったにせよ、他者からの刺激に従ったにせよ、そんなことはどうでもよい。後になって、何より驚かされるのは、生まれつきであれ借りものであれ、固定観念というものによって、虚弱《ひよわ》な人間でさえ、情熱、粘り強さ、活力、激しさの火種を掻き立てられるのだということである。この意味でフェレは模範的な人物となるのだ。頭の中ではまだ漠然とした輪郭しか描いてはいないものの、何者かになろうというただその一念のみが、虚弱《ひよわ》さ、呑気《のんき》さに絶えず打ち勝ち、一日も欠かさず、朝から晩まで想像を絶する苦役に服する力を与えていた。それが何であれ、芸術というものは、ただひたすら果敢な粘り強さによってのみ他に抜きん出ることができるのである。並のヴァイオリニストたちより少しばかり上手にヴァイオリンを演奏したいと熱望する人間がどれほど大きな労苦に身を委ねなければならないかを知り人々は唖然とする。非の打ちどころのない正確さを追い求め、その響きにふくらみ、丸み、しなやかさ、人の声のような力強さを熱望すること。そして、実際の演奏においては、それが長く、苦しい練習のたまものではなく、天からの授かりものだと思わせるような卓越した技巧を希求するや、その高い望みからは生命力が失われてしまう。完璧とは、騙される人やその犠牲者など何物とも思わない海の精《セイレン》〔（ギ神）舟人を美声で魅惑して難破させた〕である。人は情熱的、熱狂的に海の精《セイレン》の方へ舟を漕いでゆく。彼女に近づく。そして彼女を捕えられるとひそかに期待したまさにその瞬間海の精《セイレン》は水中に没して彼方《かなた》の水平線に再び姿を現すのである。特に楽器奏者に対してはその要求は際限がない。海の精《セイレン》が課する練習の永さは終わりがなく、その単調さはこの上なく頑健な精神でさえ狂わせてしまうだろう。つまり、幾分でも知性を備えた人間が、楽器の練習と呼ばれるこの挽臼を挽くような同じことの繰り返しにどんな風に甘んじるかを理解することはそれほど容易ではない。骨が折れうんざりする上、シジュフォスの罰〔（ギ神）地獄で、山頂に上げてもすぐ転がり落ちる岩を永遠に転がし上げる刑罰を科された〕にも比べられるこの労苦に、楽器職人の息子は身も心も捧げていた。

こうして、およそ十五年間孤独の中に閉じ籠り、あらゆる楽しみを絶ち、一つの目標、実は不幸な目標を追い求めて、他の職業ならどんな職業でも十人分の地位を得るのに必要とするような忍耐力、粘り強さ、巧みさ、勇気を使い尽くすことになったのである。疑念も、失望も、苦痛も、嫌悪も、息子を動じさせたり後退りさせるどころか、ずっとこの後も、その熱意を増大させ、その疾駆をさらに速めるような刺激剤としかならないであろう。

散財と無秩序な生活により父親は次第に困窮していった。老人が息子を援助するには自分の生活を犠牲にする他はなかった。自分はますます厳しくなってくる窮乏生活に甘んじても、息子にはまるで不十分な下宿代を送ることしか叶わなかった。哀れな奴《やっこ》さんは屋根裏部屋に住み、満足な食事を摂らないばかりか、いつも乞食のような身なりをしていた。せめて息子がこの貧困を我慢しなければよかったのに！　だが息子はそれをあまりにも苦に思わなすぎた。貧困に慣れ親しみ、ついにはそこに楽しみを見出しさえしたに違いなかった。生まれつきではあるものの、教育によって成長したこの呑気さは、治癒し難い慢性病といえるほどになりつつあった。息子はすでに、自身の面倒も見られず、一生子供のように監督される必要のある、ぼんやりした、何かに心を奪われているような類の人間となっていた。それだけではまだ足りなかった。父親はその病を過度に治療しようと決意しているようだった。自らはひどい投げやりの生活を頑《かたく》なに押し通し、眼は未来の幻影を凝視して、倦怠の徴候が認められると思われる息子に返事を書いた。「多分、わしの疑い深い傾向がこんな折にわしを惑わしているのだ。お前が失意を味わっているなどとは到底想像できない。わしが何度も繰り返し言ったことを絶えず思い起こすがよい。生活の資を得ようと急いではならない、芸術を商売にすることに同意してはならない。勉強をする人間の未来にかげりはない。才能を身に付けること、それは確かな富を蓄えることなのだ。お前がもう苦しむことに疲れてしまったなどとんでもない！　もしそうならお前はもうわしの息子ではない！　暮らしのうち、お前には薔薇《ばら》の花を譲り、わしは刺《とげ》を貫っておく。わしを打ちひしぐ苦痛のほんの一部しかお前には味わわせていない。お母さんは病気で、商売はうまくいかず、借金は日ごとに嵩《かさ》んでゆく、家は至る所できしむ音を立てて崩れかけている。だからどうだというのだ。わしは、乞食になっても一歩たりとも退くまい。お前がオーケストラの下手なヴァイオリン弾きになるのを許すくらいなら、その前にわしの身体はうじ虫の餌食となろう。このことをよく記憶に刻み込んで、お前の身体を貫き通すほど深く頭に叩き込むのだ。というのも、わしは数限りない侮辱の恨みを晴らさなければならないのだ。お前は名を成しなさい、さもなければわしは恥と絶望の中で死ぬことだろう」。父親の一言だけでフェレは深い淵にもすぐに飛び込んだだろう。だからこの種の手紙を数通読んで息子の胸は張り裂けそうだった。というのも実際、息子がすでに受け容れていた自らの能力を超えた務めは、すでに天職のように息子を支配して止まなかったのである。

宿命の存在を信じさせるさまざまな偶然のひとつからか、一人の若い女性が隣の屋根裏部屋にやってきて住んでいた。親戚もなく、いかなる人間関係もなく、いつもひとりきりの女は、日中と夜の一部を働いてやっと生計を立てていた。その顔を冷静に分析すると、女はちっとも美しくはなかったが、顔を照らし出す無邪気さ、優しさ、清らかさは、まるで美しいのと同じほど、見た目に快く感じられた。体格の良い中背で、健康に恵まれ、額、眼、唇、足取り、物腰の中には、何事にもくじけない忍耐力と思いやりに満ちた、あの母親の優しい情愛の深い穏やかさを漂わせていた。献身的に尽くしたい欲求、他人と一体となって苦しみたいという欲求が否応なくこの女性を弱者の方へと引き摺っていき、また女性のほうからは抗い難く人を惹きつける美徳の真の流体が発散していた。[7] 何歳も年下のフェレと女性との間には取り決めもなければ宣誓もなかった。かろうじていくつかの言葉を交わしたかどうかだった。当の二人にとってさえ全くの謎だったが、生まれつき似ていることからできたその関係は、同じ一つの斜面の水滴がひとつになるように、いとも単純にひとつになった。天使のような無邪気さの中で二人を満足させるには親密な友愛だけで十分だった。頭が狂ってとりとめのない夢想に耽るフェレが練習に熱中する一方、伴侶は第六感が知性を補い――それに女は愛することと行動することしか知らなかった――子供に対するようにフェレに気を配り、いわば秩序ともいわれぬ平穏と香《かぐわ》しい雰囲気とで包み、フェレはその中で天国にいるかのように呼吸していた。この健康によい温和な生活療法は幾週、幾月にもわたって矢のように飛び行く日々の跡を刻みつつあった。フェレは自分の幸せを自覚していなかった。この平和な家庭生活こそフェレが授かった真の天職だったのである。それは次第に強い魅力を持つようになり、心の底にまで忍び込んでそこに根を張る、眼に見えない絆で少しずつフェレに絡みついていった。突然フェレは身震いし、夢から覚めたかのようだった。数日にわたる熱に取り憑かれたような熟考の後、悔恨が心に侵入し、あらゆる平安を奪った。文字通り燃える炭火の上に身を横たえている父と、労苦と窮乏に疲れきった母のことを考えると、フェレは自分が愛される喜びを罪と同じくらいに咎《とが》め、良心の呵責《かしゃく》に打ち勝つことができず、良心に背く心地好い関係を断つ決心をしたのだ。この闘いがどれほど苦しかったかを言い表すことはできない。それは、心の中で打ち震えるすべての感じやすい琴線を一筋一筋断ち切って再び孤独の中に陥ることであった。だが、うっとりとさせ永久に消えることのない思い出のために、以後フェレはこの孤独をおぞましく思うことになる。だがともかくその犠牲を完遂した。伴侶には何も言わず相談もせずに――しかし伴侶はすべてを察し、何も知らないふりをしていた――フェレは他の屋根裏部屋を借りてこっそりと引っ越し、胸は悲しみに塞がり、眼には涙をいっぱいため、喉を嗚咽に詰まらせながら、愛しい女、真に自分の骨の髄、血管を流れる血、眼の光、魂の心髄のもとを突然去ったのだった。

人々は、さまざまな形で、うんざりするほどこう喩えてきた。人生とは少しばかり蜜の混入した一杯の苦汁であると。この比喩は多くの人の生涯にはふさわしくともフェレの生活にはまさしく不適切な表現だったろう。フェレの唇は、杯に濡れるたびに飲み物がますます苦くなるのを知るのだった。こんなわけで、遂行したばかりの犠牲から生まれた陰鬱な悲しみとまだ闘っている折も折、耐え難い酷薄な便りによってフェレはひどく心を痛めた。自らのショックに気をとられるあまり、他人の感受性など気にかけていなかった父親は手心も加えずに次のような絶望の叫びを差し向けてきた。「お前のお母さんは危篤だ！[8]　お母さんは、錯乱の中でお前に会って接吻する最後の慰めを求めている。痛ましいことだ。わしとともに酷い運命を呪うがよい、しかしお前が瀕死の人間のこの願いに応えることは許されない。旅はお前を勉強から引き離すばかりか、送ってやっている僅かばかりの生活費の一部を奪うことになる。だから気持ちが挫けないよう十分気をつけなさい。お前のお母さんは誰にも共通の定めに耐えているのだ。手紙に気持ちを書くだけにしなさい。そうすればお母さんの臨終の酷《むご》い苦しみを和らげるだろう。そして我が愛する息子よ、差し当たって、苦しみを前にして動じないようにしなさい。揺るがぬ意志を持ちなさい。何物もお前の前進を阻まないことを祈る、勉強しなさい！[9]　敵どもは喜んでいる。その数は絶えず増えている。お前にかけた望みに支えられていなければ、わしはこれ以上戦い続けることができないだろう」この不幸は前からわかっていた。だがフェレはこれを聞いて危うく気が狂いそうだった。フェレは父に、いわば金銭的にしか従属していなかった。逆に母はフェレの愛のすべてを所有していた。母のしてくれる世話、変わらぬ優しさ、気高い献身を思い出すと必ず心を打たれた。この母は、フェレ自身も同然だった。母がいない人生などもはや何の魅力もなかった。フェレは眼が溶けるばかりに泣いた。悲しみの激しさは心を締めつけて砕いた。「お母さん」と錯乱したフェレは叫んだ。「もうお母さんに会えない！もうお母さんに会えない、お母さんの長い苦難をどんなに辛《つら》く思ったか、どんなにお母さんを愛したことか、今もどんなに愛していることか、お母さんは永久に知ることがないのだ！　だけど、僕はお母さんのためにだけ勉強していたのだ。僕の唯一の願いは少なくとも数日の喜びをお母さんにあげることだったのに……ああ、お母さん、僕の夢と一緒にお母さんは力も勇気も持って行ってしまう！」この傷は永久に癒されなかった。神経をいらだたせる悲しみが心に浸透し、知らぬ間にひどく無気力になり生活は乱れた。何物も挫くことのできない影響力、父親の影響力のみがこの衰弱に歯止めをかけることができた。老人を思い出してフェレはまもなく我に返り、不屈の気概を奮い立たせた。活力は嵐に変わった。もはや一日が十分な時間を持つとは思われなかった。数冊の楽譜を手に夜もまた猛烈に勉強した。熱に浮かされた、いわば凶暴ともいえる激しさで練習するフェレは、夜、森をさまよい、恐ろしい幻影の虜となって歩みを急ぐ男を思わせた。ときに歩みを止めるとしてもそれは祈り、泣くためであった。自らぐらつく力と過ぎ去る時間とを感じて、言いようのない激しい不安に襲われたフェレは完全に我を忘れて叫んだ。「ああ、せめてお母さんの名誉と慰めのために僕が十分に生きられますように！」

喪によって暗く沈んだこうした日々の只中で、貧窮が容赦ない苛烈さで老人を圧迫しつつあった。人々は同類の親和力を知っている。災難は災難を呼ぶ。それはちょうど他の分野の事象で磁力を帯びた矢が火花を引き付けるのと同じである。結局老人は妻の死によって陥った昏迷から回復しなかった。老フェレは商売の不振から債権者たちの寛大さに甘んじざるをえなかった。息子にこの最後の破局を告げている手紙は、老人が運命と呼んでいるものに対する呪いに満ちていた。自身の周りには敵しかいないと思う不幸な性格については言うに及ばず、老フェレは、原因が結果を生むことを望まない類の人々のうちに属した。我々は意識的あるいは無意識的に一連の過ちを犯し、そこから我々を打ちのめす悲惨事が生じ、その後の日々を天や運命を呪って過ごすようなことがままあるものである。結局、ほとんどの場合、運命と宿命とは、我々の自尊心をいたわるためであれ、虚栄心を傷つけないためであれ、根拠もなく創り出された言葉にすぎないのだと思いたくなる。だが、父親フェレにもほろりとさせるところはあった。想像し得るあらゆる人生の浮沈をもってしても、その美徳を揺るがせなかったのだから。「結局のところ」と父親は叫んでいた、「わしの破産[10]は不名誉をもたらすものではない。奈落の底のわしには純粋な良心が生き残っている。そして敵どもが何と言おうと何をなそうと、人々がわしの値打ちを認め、非の打ちどころのない誠実な男だと声を揃えて言うのを妨げることはできない。だから、お前は恥ずかしがることはない。わしの凋落はお前を打ちのめすどころか、活力を奮い立たせるに違いない。わしがお前だったら、それによって帯電し、才能を豊かにするだろう！　わしの不幸が踏み台となりお前に役立つことを祈る。それ以上は何も望むまい。命などどうともなれ！　名だ、名を成すのだ！　いつの日か、いつのときか、敵の喜びが苦しみと変わるのを見たいものだ！　そしたら苦痛はすべて搔き消え、わしは陶酔のうちに死ぬだろう。だが、急ぐのだ！　一秒たりと無駄にしてはならんぞ！　仕事と不安がわしの身体を擦り減らしてしまった。力は尽き果て、わしの老いにはもはや一縷《いちる》の望みしかない。そしてその一縷の望みはお前の手中にあるのだ」。

　これほど柔弱で、これほど優しい性格のフェレが、誰よりも頑強な人間の魂を打ち砕くほどの衝撃《ショック》に耐えるための努力に、どのようにして押し潰されずにいられたかは簡単にはわからない。実を言えば、離れてはいたものの、厳しい老人がいつもそばに立っていて息子を支え、勇気づけ、ある種の熱を伝え、励ましていたのである。父親の野心によって息子の胸に絶えず補給されている火種の勢いをまだ煽っていたのは、一つの夢――息子が囲まれて育った人々と環境に鑑《かんが》み、自分でも価値があると考えることができたただ一つの夢であった。息子はこうありたいと願う個性を少しずつ考え出して決定していったのだった。その目標とは、必然的に、自分が持つ知性、感情、知識の総和をもって完璧な一つの方程式を形成することであった。名演奏家《ヴィルテュオーソ》になること、彗星のごとく驚くべき閃光を投げかけては、跡形もなく姿を消すあの輝かしいソリストたちの理想共同体《ファランジュ》[11]を大きくすること、実はこれがフェレの野心だった。だが卓《すぐ》れた音楽的才能がないため、フェレの裡《うち》には奇異で常軌を逸した想像が芽生え、それは頭の弱まるにつれて育っていった。日がな一日のろのろと弓を弦の上にさまよわせたり、顫音《トリル》を鳴らしたり、あるいは数時間もまるまる時計の文字盤の針の動きを追っているような眼と同様、ときどき混濁する頭の中で、取り付く島もない困難な箇所を練習している。と、突然途轍もないいくつもの気紛れな曲想がざわめき、フェレはそのすべてを素晴らしい創作だと思った。それを聞くだけでは満足せず、フェレは心ではすでに照明に輝く会場《ホール》中央の舞台上で演奏していた。貪欲な群衆が壁をも壊さんばかりにせめぎ合っている。中心に女性たちを擁するこの聴衆の前で、フェレはもうすでに最高の爆発的勝利を味わっていた。演奏の闊達《かったつ》さを見るとまるで天性そのものの巧みさを備えているかのようだった。その正確さ、力強さ、敏捷さ、理解は比類がなかった。フェレはさらにそれ以上を望んだ。演出と身振り《パントマイム》[12]はフェレがとても心を砕いているものの一つであった。外貌は人格の本質的部分の一つでなければならなかった。[13]フェレは背が高く痩せ身で、肩幅は広く、深い彫りのある大きな作りの顔立ちをしていた。長い金髪は頸《うなじ》に波打っていた。練習、窮乏、不安、苦悩により蒼白い顔はこけ、そこに奇怪で神秘的な特徴を刻んでいた。フェレは人からこう見られたいと思う理想通りの自分であった。聴衆はこの奇異な人物を見ただけで身震いした。人々は恐怖におののき、この人間がどこから現れ出たのかと自問した。演奏はそのためますます非凡で驚異的になった。人々は魔術を使っているのだ、奇跡が起こったのだと騒いだ。人間の記憶にある限り、これほど驚嘆すべき才能はこれまで見たことがなかった。それはもはや、肉と骨とで作られ、人間の持つ力で動いている尋常の生き物ではなかった。奇妙で人の心を揺さぶる一種の鬼才、人を驚かせ、幻惑し、誘惑し、催眠術にかけ、狂信に誘うために幻影の世界からさまよい出てきた怪物であった。フェレが挑発し、徐々に強まってゆく聴衆の讃嘆は熱狂に変わっていった。拍手の嵐がフェレの耳を満たした。幾度となく舞台に呼び戻され、熱烈に迎えられた。最高の芸術家だと人が叫んでいるのが聞こえた。フェレは花の驟雨《しゅうう》の下で気を失いそうだった。さらに有頂天にさせたことには、各新聞は熱狂的な記事の中で、口を揃えて演奏家の天与の才能を褒め称え、その名声を世界の隅々にまで運んだ。その上、謎の生活はばかげた神話の因となり、それは時期尚早にも、ついにフェレを伝説的人物に仕立て上げてしまった。

フェレの名はあらゆる人々の口の端に上り、肖像画があらゆる壁に貼られた。一日一日はさらに新たな勝利を数えていった。このときから、運命はフェレにとってもはや愛撫の心地好さしか持たなかった。黄金の雨が屋根裏部屋を埋め尽くし、この屋根裏部屋は豪華な邸宅と変わり、そこでは小説的《ロマネスク》であると同時に感動的な情景が相次いだ。フェレは父親を窮乏から救い完全に自立させるだけでは満足せず、老人の債権者すべてに借金を全部返済した。法廷は父親の復権を宣言し、裁判官はこれを機に、息子を褒め称え、それは父親にはね返ってその清廉さを輝かせた。フェレはそのことに熱い涙を流した。次いで、愛と哀惜の永久《とわ》の対象、母親が眠る場所に豪華な墓碑が建てられた。次に息子の手からは、尽きせぬ泉水のように施物が流れ出た。

あらゆる不幸を救済し、偉大な芸術家であるばかりか心の広い人だと言われた。誰しも一生に一度くらいは、こうした豊かな夢を見るものだ。そして、ついには、精力的な捜索の結果、かつて見捨てることによってその心遣いと優しさとに報いた穏やかで心優しい女性《ひと》、かつて愛し、現在も愛し、未来永劫に愛するであろう慎ましく献身的なあの愛する女性《ひと》と再会するという至上の深い幸福を味わったのである。そしてそれ以後、フェレの生活は偶然の不確かさから免れ、あらゆる意味で名誉と尊敬に守られ、美しく楽しい家庭の懐で平穏に流れていった。

はっと我に返った時には、フェレは己の完全な成長にまだ必要な幾年かを、すでにじりじりして計算していた。その月日はフェレには途方もなく長く思われ始めていた。一刻も早く、この暗闇のヴェールを脱ぎ捨てて、数々の廃墟を通り抜け求め続けたあの成功を、是が非でも、ついには手に入れたいものだと思っていた。しかし、間《ま》を置いてときどき風が噂を運んできた。フェレは募る不安を抱きながらそれに耳を傾けていた。ときに破局の前夜に重くのしかかるあの漠とした胸苦しい予感によって、フェレは少しずつ落ち着きを失くし、ついには、虚脱状態と陰鬱な挙動とから、新たな洪水や世界の終焉の危惧に打ちのめされようとしている男を思わせた。その原因は簡単だった。少し前から、あるイタリアのヴァイオリニストの名声が絶えず拡がり続け、今にもパリを襲撃しそうだったのだ。フィレンツェ、ヴェニス、ローマ、ナポリ、その他多くの都市で並はずれた熱狂的歓迎を受けていた。永い間この上なく素晴らしい申し出を拒絶してきた末、ついにこの音楽家はイタリアを去る決心をしたのだった。ドイツへの侵攻はまるで勝利の行進だった。人々は旅行中の一君主の行程よりもこの演奏家の行程の方を気にかけた。各都市は予言者を迎えるかのようにこぞってこのヴァイオリニストを迎えた。特にウィーンでは熱狂的陶酔を惹き起こした。芸術家たち自身が最も熱心な賞讃者たちだった。演奏家の記念メダルが刻まれ、何かにつけてその演奏家にちなんだ名前をつけることが新しい流行《モード》となった。[14] 演奏家はウィーンを去ってプラハへ、プラハからドレスデンへ、ドレスデンからベルリンへ、ベルリンからワルシャワへと向かい、至る所で狂信と熱狂を捲き起こした。それまでパリに向かっているという噂が幾度も拡まったが、おそらくは計算から、そのときまでパリの芸術愛好家たちの期待を裏切ってきた。[15] 演奏家は初めからオランダを通りフランクフルトに滞在する予定だったのだ。各新聞は飽きもせずこぞってその名に言及した。そしてそのたびごとに前より響きの好い誇張した形容詞をその名につけ加えた。演奏家の存在は公衆の中で途轍もなく大きくなり、派手な宣伝で注意を惹きつけられていたところへ、自身が人々に抱かせた好奇心は稀に見る烈しさに達した。ついに新聞とポスターとが、前者はそのパリ来演を、そして両者がともにオペラ座初演を知らせた矢先であった。

フェレはこうした駆け引きを含んだすべての術策をひどく気にし、この名演奏家《ヴィルテュオーソ》がパリに足も踏み入れないうちにパリを征服し、沸き立たせ、熱狂させていることに、恐れおののきながら注目していたのだった。その外国人の作品、演奏、容貌、生活、習慣について人々が話す事柄はフェレを恐怖心でいっぱいにした。なぜかといって、こうした一部始終の中にフェレは、自らの人生そのものでなくとも、ともかく、自分自身の夢の実現を認めたもほぼ同然だったからだ。頭は熱病人のように沸き立った。それまででさえ非常に虚弱《ひよわ》だった諸能力はあらゆる反発力を失おうとしていた。もはや眠らず、練習もせず、生活もしていなかった。もし最後の希望がなかったらおそらくその場で発狂していただろう。フェレは、そのイタリア人が人々に抱かせる讃嘆の念ほどの実力がないからこそ、そのために駆け引きと術策を弄しているのだと考え、さまざまな評判はまやかしか、それともせいぜいひどい誇張だらけのものだと信じて悦に入っていた。孤独な生活を送っていたために、大芸術家ばかりでなく、名を成す人間はほとんど誰でも、大変な山師《やまし》気質を持っているということを確かめる機会がなかったのである。

　しかしフェレの苦悶も終止符を打とうとしていた。脅威のライバルの真価を思い知らされる時が来たのだ。病気になり、高熱に苛まれ[16]、憔悴し、その上ひどい貧窮に陥っていたにもかかわらず、正午ごろ、足を引き摺って幾筋もの街路を通り抜け、すでに夥《おびただ》しい人数の行列に思い切って向こうみずにも紛れ込んだ[17]。催し物の抗い難い魅力と入場を拒否されはしまいかという不安とが、超人的な勇気を吹き込み、虚弱《ひよわ》な人体組織を瞬間的に強固にした。不安な言葉が口から口へと伝わって苦痛を一層激しくした。数限りない要請に責めたてられた開催者側は一階立見席の半分を椅子席にするのが適当だと判断していた。そんなわけで各扉に殺到した群衆の大半は入口の受付で断られることが予想された。桟敷の切符はせりにかけられ本当らしからぬ値段にまで吊り上げられていた。これまで一人の人間がこれほど人の心に激しい好奇の熱を掻き立てた例《ためし》はなかった。哀れなフェレにとって、そうした数時間は数年の拷問にも等しかった。気を失いそうなときのように、額は冷や汗でびっしょりだった。幸運にも夜になって切符売場が開いた。フェレは室内へ滑り込むや背凭《もた》れのない木の長椅子に頽《くずお》れ、永い間、茫然として打ちのめされぐったりとしていた。

　部屋は観客をいっぱいに飲み込み、何億という蜜蜂の巣箱のようにぶんぶんと唸っていた。合図の音が響いた。指揮者が譜面台の前に来て腰かけるやいなや幕が上がった。深い沈黙が生じ総奏が響き渡った。フェレは身震いして顔を上げた。彼は打ちのめされた。舞台に認めた男はフェレに対して超自然的な〈出現〉[18]の効果を惹き起こした。男は痩せ身で蒼白だった。ひょろ長い脚は驚くばかりに表情豊かな頭部の重さでたわんでいるように見えた。広くて四角い額には、角《つの》の芽が生えかけているのを、人々は少しばかりうっとりとして見たことであろう。完全な弓形の眉の下では黒い両の眼が輝き、そこからは真に射すくめるような魅力が放たれていた。先端の丸い大きな鼻は精力的な情熱を、うすい唇の歪みは才気に劣らぬ悪意を表していた。三角形の顔は強靭な顎で終わっていて、その顔は、たっぷりと肩に垂れ下がる褐色の毛髪を突き抜けて張り出した豊かな耳によって、いわば守られていた。唇と顎の間には射影か、はたまた大きな黒い蠅《はえ》に似た絹のような柔毛《やわげ》が生えていた。最後に、衣服の中では長い腕が楽々と遊んでいて、その腕にはキリギリスの脚のように先の細い指を備えた強力な手がついていた。この男の外観には、天才、神秘、術策力、力強さ、柔軟さ、道化師の器用さが同時にあった。この混合物からは、真夜中に現れ出た悪魔に似た世にも不思議な姿が生み出されていた。最も異常な幻覚を見るときのホフマン[19]自身でさえ、これより奇怪で、幻想的で、感動的な人間を夢見たことも、垣間見たことも、叙述したこともなかったろう。

　この人間はヴァイオリンのために創られたのだろうか、あるいはヴァイオリンがこの人間のために創られたのだろうか。楽器は首に密着して人間とヴァイオリンが一つのもののように見えた。古代人にとってはケンタウロス〔（ギ神）半人半馬の怪物〕がいた。だがこの癒着、一人の人間と一つの楽器とのこの融合を言い表すには新たな表現が必要だったろう。これほどまでに異様な外観は、それだけでも人を感動させ畏敬の念を抱かせる効果《ききめ》があった。非常に高名な将軍と同じくらい輝かしい名声の威光と、夢想的《ロマネスク》な恐怖に塗られた真っ黒な人生の威光とが、この男の身体《からだ》の周囲に一種超自然的な燐光を放っていたこともつけ加えておかねばならない。人々は奇跡を期待していた。大多数の聴衆はまず魅了され、彼ら自身の感動をさらに拡大させるような強い力に、あっという間に満たされていた。芸術家の演奏がこの期待に応えさえすれば限りない成功は確実であった。この芸術家は、自分の評判以上のことをやってのけるまさに稀に見る人間の一人だと言ってよかった。並居る聴衆はこの芸術家を期待していたよりさらに偉大だと思うに違いなかった。最初の数音符が始まるや聴衆はうっとりとし、二十小節も聴き終わらないうちに、もうやっとのことで熱狂をこらえているというありさまだった。

名演奏家《ヴィルテュオーソ》は導入部の混沌を通じて、感興のおもむくままに、闇中に燃える炎の閃光を輝かせ、きらめくフレーズをあちこちに滑り込ませた。彼は嵐のように稲妻をともなって突き進んだ。刻一刻とその姿は大きくなっていき、いよいよ燦然たる輝きを放ち、ついには雲の只中から立ち昇る神のように、あらゆる威厳をまとって力強いクレシェンドの混沌からそそり立った。

厳かで、澄んだ、力強い、無二の響きで、並ぶもののない実に広大な歌を奏で始めた。これこそ真の魔術だった。音の波という抗い難い不可思議な力で、すべてが変容した。室内も聴衆も芸術家も、場や時間の空気も、形を変え、大きくなり、観念化された。群衆は、とある寺院の広大な回廊の薄明かりの中に知らぬ間《ま》に迷い込み、皆、忘我の境地で、何か恐るべき神秘の挙行に立ち会っていた。まるでミケランジェロの『モーゼ』が自らの数世紀の昏睡を払いのけて突然大理石の中で生き返り、気高い聖歌の歌詞で柱と丸天井とを揺さぶっているかのようだった。この唯一無比の声はオーケストラの圧倒的な塊《かたまり》と闘いそれを支配しながら恍惚と法悦の中に沈んでいった。人々はいわば空気とともに感動を呼吸していた。聴衆は心の奥底から表膚に至るまで震えていた。汗が顔面を濡らし、眼には涙が溢れ出していた。皆の胸は嗚咽に息が詰まりそうだった。霊感を受けたこの歌の作者自身は、ボックス席の薄明かりに包まれて子供のように涙を流していた。これほど厳粛で、威厳に満ちた光景が人の頭《こうべ》を垂れさせたことはかつてなかった。これほど厳かな祈りが人の耳に響いたことはなかった。[20] これほど強く熱烈な信念が人の胸を鼓動させ、心を奪ったことはなかった。その名演奏家《ヴィルテュオーゾ》は、演奏の豊かさと心に滲み入る力強さによって、前人未踏、接近不可能な高みに達し、たいして熱狂的でない人々の検討したり議論をしたいと思う気持ちをすべて封じ込め、しつこくそれに抗おうとする人々を手なずけ、この上なく反抗的な意志をも屈服させた。この群衆の中ではよく似た別個の人間に出会おうとしても叶わなかったであろう。群衆は完全に一体化していた。信じるにも、涙を流すにも、熱狂するにも、もはや一つの肉体、一つの知性、一つの心、一つの魂しか持っていないといった事態が起こっていた。自らの絶対的服従を幸せに感じている群衆は、自分たちを思いのままに魅了し、感動させ、帯電させ、ますますしっかりと取り憑いてわが身を虜《とりこ》にする魔法使いに身も心もすべてを委ねていた。自然な衝動から、会場は総立ちとなり、戦《いくさ》の轟音さながらの拍手、繰り返されるアンコールの呼び出し、言語に絶する激しい歓声で、その驚愕、感動、讃嘆を証明した。休憩の時間にはずっと、一階席から階段席にかけて、またボックス席でも、そしてロビーに至るまで、同じ興奮が沸き立っていた。この種の熱狂を鎮め、この興奮の喧騒に終止符を打つには新たな感動を約束する以外に方法はなかった。

怪物は再び現れた。自身の力を十分に出し切れないのではないかと危惧もされ得た。だが怪物は実力以上の力を発揮した。すでに全く異なる次元の感動が魂を揺さぶっていた。このイタリア人は、暗い影像《イマージュ》を呼び起こし、畏怖の念を惹き起こし、涙を流させる力を持つ一方、同じ激しさで憂鬱を追い払う術をも心得ていた。魔法の弓の合図でまたたく間に、まだ一種の宗教的戦慄に支配されていた聴衆は突如ヴェニスに、カーニバルの最中に運ばれた。場面は玉虫色の群衆に溢れていた。真っ白に白粉《おしろい》を塗ったピエロ、顔に煤《すす》を塗った道化《アルルカン》、大きな眼鏡をかけた医者、木刀を帯びたほら吹き、赤い服の山師《やまし》、あらゆる形、あらゆる色の仮面をつけた人々が世界中から駆けつけた。見るものといえば、背むしのこぶ、つけ鼻、奇形のふくらはぎ、途轍もない飾り襟、とんがり帽子、巨大な羽飾りばかりだった。いかめしい男たちが一目散に逃げ回っていた。この群衆からは、珍妙な言葉、地口《じぐち》、冷やかし、血の出るほど辛辣な警句が、まるで如雨露《じょうろ》の蓮口から出る水のように迸《ほとばし》り出ていた。警察署長の顔が思いがけず現れるとものすごい野次を掻き立てた。一人がこの警察署長を炭の粉まみれにさせると、もう一人は小麦粉まみれにし、もう一人は苦いソースを飲ませた。この異様な烏合《うごう》の衆に侵してならないものは何一つなかった。目眩《めまい》に襲われ、雌鳥のようにぺちゃくちゃしゃべりまくり、ダンスをし、旋回し、歌い、どっと笑い転げた。一音符ごとに何か新しい要素で景観が豊かになっていった。

陽気な人々の輪の中心ではパントマイムの役者がしかめっ面をし、ピエロがとんぼ返りを打ち、綱渡りが綱の上で踊り、棒使いは短刀で曲芸をしていた。それは驚異につぐ驚異だった。[21]今度はセレナードだった。[22]その音楽家の夢のように美しい演奏については何をか言わん、顫音《トリル》、アルペジオ、半音階、ピチカート、スタッカート、和音が、えもいわれぬ完璧さで次から次へと豊かに縺《もつ》れ合い、まるで妖精の指から出るようにその指から止めどなく流れた。[23]もうもうと立ち昇る砂塵の微粒子のように増加した音響は歓びいっぱいの夢幻的情景を呼び覚ましながら、ときに空中を一直線に素速く走る長い火箭《ひや》を描き、最後にそれらは流れ落ちる滝、ブドウの房や枝垂れる花房、さらには黒い夜空に溢れる花火の花束のように輝く雨となって落下した。こうして、驚くべき技法で自らの生む効果を次第に強め、生気、情熱、激昂、熱狂を絶えずいや増しながら、この魔術師は岩のように動かず、眼をきらきらと輝かせ、唇には悪魔的な微笑で襞《ひだ》を刻んだまま次から次へと奇跡を積み重ね、狂人のみがついていこうと考え得る眼が眩《くら》むばかりの高みに昇って行った。

会場に荒れ狂った颶風《ハリケーン》に比べれば最初の興奮などは彼方《かなた》の嵐にすぎなかった。真の熱狂が聴衆を捉えた。人々は崇高な芸術家を、その疲れなどお構いなしに思う存分拍手で呼び戻した。熱狂的足踏み、非常識な叫び声、激しい興奮が落雷の爆裂さながらに絶え間なく劇場の壁を揺るがし続けた。狂信者の一団でさえこれ以上の激しさと熱狂で自分たちの偶像を褒め称えたことはなかっただろう。無我夢中の女性たちは文字通り自分たちの髪と帯とから花をもぎ取って芸術家に投げかけた。確かに、記憶にある限り、いかなる名演奏家《ヴィルテュオーソ》も、俳優も、戦勝将軍も、これほどの熱狂を掻き立てたことはなかったし、これ以上輝かしい冠を頭上に戴いたこともなかった。一言で言ってしまえば、それは、勝利の傑作、これ以上偉大な傑作は考えられない勝利であった。

それなのに、不当にも、人々は、ここに純粋に個人的な印象の要約とか、妄想家の夢想しか見たがらないとは！　必要とあらば、当時の新聞や伝記を読めば、この解説が人物について生き生きとした絵画的側面《イメージ》を誇張しているどころか、能力が十分でないために真実以下のことしか語っていないことがおわかりであろう。

ほどなく、芸術家は自作の軍隊協奏曲と『魔女たちの踊り』[24]という題の変奏曲によってさらに一層驚くべき感動をもたらした。いくらこの芸術家を褒め称えても、あとで他人《ひと》をがっかりさせることはなかった。それにこの芸術家は人々の想像力を掻き立てて、自分に対してひとが抱いたイメージを拡大させることができるあらゆる巧妙な方法を心得ていた。その道の専門家たちは、この男が演奏家として己の価値をさらに高めるためには、いかさまのペテンに訴えることも辞さないことを認めた。それはともかく、外貌の異様さ、閉鎖的生活、計画的沈黙はいくつもの出鱈目な作り話を生み出すことになったが、この芸術家はこれを永い間進んで拡がるままにし、信じられるがままにしておいた。霧が眼に見える物を大きく見せるように、神秘に包まれたこの芸術家は超人的規模となり、その演奏を聞きたい気持ちを何層倍にし、それだけ演奏の力と不思議な魅力とを増大させた。後になってこの男は自らの策略の犠牲となった。栄光と幸運に食傷し、雲の上から降りてきて再び単なる人間になって、皆と同じ生活をしたいと思ったとき、乗り越えられない先入観という壁に立ちはだかられて座礁したのである。あるときなど、敵意が手に負えないほどひどくなったので、この男は断固として抗議せずにはいられなかった。芸術家の要請で次の公式文書が諸新聞に掲載された。「私は尊敬すべき聴衆から受けた好意ある歓迎に対し、取り急ぎ謝意を表明するものであります。しかし同時に、一般大衆に拡がっている諸々の中傷的風聞は、私自身からの真正で明確なる声明を必要とすると信じるものであります。それゆえ、真実のため、また、私の名声と名誉のために、次のように抗議いたします。私はこれまで、いついかなるときにも、いかなる所においても、それがいかなる政府のもとであれ、何らかの理由から、自由人、つまり法を遵守する誠実で名誉ある市民に相応《ふさわ》しくない生活を強制されたことは一度もありません。これは私が庇護に預かった権威ある関係者すべての証言に基づくものなのであります。こうした人々のおかげで、私はこれまで――私自身と家族のために、そしてウィーンの聴衆と同様に音楽に造詣が深い聴衆諸氏の前に立つ特権を与えてくれる芸術のために――自由に無事に生きてくることができたのであります」[25]。この良識に対する訴えも効果《ききめ》がなかった。一般大衆はあくまでこの芸術家の中に牢獄で黄ばんだ幻想的な殺人者を見ようとし、[26]驚嘆すべき才能を悪魔との契約によるものだとした。学者たちでさえ誤謬に与《くみ》して助長させることに恋々としているかに見えた。アカデミーの席上では、この芸術家の人体構造と運命的素質に関する生理学的報告が読み上げられ、まさしくある化石か、最近発見された未知種の二足動物が問題になっているかの様相を呈したのであった。その人間は、何をしても、奇形動物という分類綱から抹消されることには成功しなかった。その死さえもがこの上なく奇怪な出来事を惹き起こした。芸術家が無益にも否認しようと努めた風聞は真実だと信じられたことで、埋葬を拒まれた。そして後継者はキリスト教の墓を獲得するために教会を相手取って長期に亘る訴訟を起こす羽目になった。[27]その間《かん》、ある大胆な実業家は、香料で防腐処理を施された一匹の怪物の例として、ヨーロッパの人々にこの人間を展示するために、恐れげもなくその屍体に三千フランの買値をつけた。

第二部

自然は残酷で、その子らのうち頑健なものしか大切にしない。
虚弱《ひよわ》なものは見捨て、その子らには自らに突きつける武器をさえ与える。

ホフマン28

睡眠中、ときに鳥の軽やかさを得て思いがけず地上から星座の高みにまで持ち上げられ、突如、隕石の重力をもって落下するように思われることがある。我々は熱狂の只中から、哀れな一人の男のそばに落下するのと何か似たものを感じる。そこではあらゆるものが共謀してこの哀れな男を狂わせようと企てるのである。この男に手向ける弔辞は一言で十分であろう。「凡庸な人間には定められた宿命などというものはない」。というのも凡庸な人間が偉大だとみなされ、偉大な人間がまさにこの同じ宿命の故に無価値だとみなされていることが、ときとして人々にはわからないのだから。適切な時期に生まれてくること、これこそが重要なのである。一人の人間が十年、十五年、二十年、四十年、孤独の中に閉じ籠る。次から次へと素晴らしい仕事を積み重ね体力《エネルギー》と知性とを使い尽くす。そしてついに、自分が切望するもの、つまり少しばかりの名誉に与《あずか》る権利があるのだと気づく。そして日陰から出る。しかしそこには何が残っていただろう。日陰から出るのは、結局のところ死に等しい失望を味わうためでしかない。その人間が発見したものはすでに古びてしまい、至る所ですでに行なわれていて、ずっと以前から大衆の領域に入ってしまっていることを認めるためでしかない。この男にはもはや存在意義がない。眼に触れるすべてのものの中に死の判決を読みとる。無力と絶望とが最期まで鞭打ち、責苦の中で死に至ることになろう。

　細部に異なる点はあるにせよ、これこそがまさにフェレの人生の物語ではなかったか。フェレは遅すぎたのだった。予感は的中した。未踏だと信じる道で自らが先んじていると思っていたその矢先に、イタリアの芸術家[29]が、自分が目指す目標のはるか先を行っていることを確かめて激しい恐怖に襲われたのだった。いかなる比喩もその絶望の大きさを表せはしまい。フェレは次から次へと息もつかず、聴衆の興奮とは正反対の一連の気持ちに耐えていた。なるほどフェレの心は揺り動かされていた。だがそれは、脳の薄膜を引き裂かれ、心臓を押し潰される人間さながらだった。夢は太陽が影の到来とともに姿を消すように吹き飛ばされようとしていた。希望とは、地平線の碧空にくっきりと浮かび上がり、憔悴した巡礼者たちを魅惑しておきながら決まって絶望させるあの蜃気楼のようなものであり、フェレはそうした希望と引き換えに人生を捧げていたのだ。どこに眼を向けても見えるものといえばもはや廃墟をさまよう悲惨と恥辱のみだった。父は赤貧のなかで死にかかっており、母には墓がなく、フェレにとって永久に失われた最愛の恋人は孤独の中で色あせていった。聴衆の歓声、足踏みの音、熱狂的興奮はどれもこれも胸を突き破り、頭に深手を負わせる棍棒の殴打に等しかった。フェレはもはや苦痛を感じないほどに苦しんだ。頭は混濁し、精神朦朧で理性が麻痺し、肉体は萎えた肉塊となった。落雷といえどもこれほどひどい災禍はもたらさなかっただろう。思考の暗闇の中では、ただ末期《まつご》の、消すに消せない、計り知れぬ野心のみが支配していた。もはや光明も見えず、心臓の鼓動をも感じず、動かぬ虚無の中で永遠に休らいたいという大それた願望のみが支配していた。

正真正銘の残骸と成り果てたフェレは群衆に身を任せ、その大波は寄せては返すたびにフェレを外へ押しやった。フェレを支えていた人の束が途切れるや列柱の足元でへなへなと頽《くずお》れて意識を失った。人々が急いでフェレを取り囲んだ。フェレは眼を見開いた。数人が助けて抱き起こそうとした。錯乱した表情、口ごもる支離滅裂な言葉からはもはや正気でないことが推測された。眼から流れ出る柔和さからは、それでもともかく、危険な狂人ではないことがわかった。それに哀れな身なりをしていた。孤独と影が次第にフェレを包んだ。頭《こうべ》を垂れ、瞼を半ば閉じて、よろめく足取りで自分の住む界隈へ向かい、手探りで屋根裏部屋に辿り着いた。

高熱のため歯がガチガチと鳴りフェレは精神錯乱に襲われた。最初はどんな荒療治をもってしても、病気の激しさを静めることができなかった。脳充血の激化のためまるで火の籠の蛇のように寝床で跳ね回っていた。またあるときの身をよじらせる姿は、内臓《はらわた》が炎に貪り食われているかのようだった。手の届くものすべてを粉微塵に砕くだけでは満足せず、何度も窓をまたごうとした。自殺から守るにはそれこそ一日中眼を離さずに見張っていなければならなかった。フェレは一週間もたたないうちに恐ろしく老け込んでしまった。やつれた顔は屍体を思わせる色合いを帯び、フェレを襲う衰弱たるや医者が命を諦めるほどに進行した。世話好きな隣人が父親に手紙を書くことを引き受けたが、単刀直入に書かれた純朴な手紙はさらにもう一つの不幸を惹き起こしただけだった。あらゆる予想に反して息子が死にかけていることを知った楽器職人は、生命の残滓《ざんし》が集中する箇所に打撃を受けて仰向けに倒れた。老人は抱き起こされたが、うわごとをいうばかりで、手足は不治の麻痺に陥ってしまっていた。フェレにはもはや父の援助は望めなかった。しかし、病は長引き、フェレに助けの手を差し伸べはしたものの、ついに自らの力不足をしみじみと感じた気の毒な人たちは、他人の苦痛を楽にできずに苦労するばかりの慈善の重みを辛《つら》く感じ始めていた。

重病人を救済院へ運ばせることを協議していたとき、一人の女性、誰も見知らぬもう若くはない未婚の女性が、突然、幽霊のように憂いを帯びた控え目な様子をしてやってきてベッドの傍らに腰かけた。穏やかで、遠慮深く、寛容に満ちた顔、女性の毅然とした人柄のために、人々はあえて質問さえせず見知らぬ女のするがままにさせた。それ以来、もはや離れぬ運命《さだめ》となったこの天佑の看護人の熱心な世話で、フェレはいつしか死の手から救い出された。人間的に言うならばフェレはそこから回復しないほうがよかったのではないだろうか。この哀れな男は力を取り戻しはしたが、この上なく痛ましいありさまは、見る人の、眼と心を深く悲しませるだけだった。脳髄は致命傷を受けており回復は望めなかった。苦痛で掻き乱された記憶の底には、ぼんやりとした苦い無力感のみがかろうじて漂い、それは絶えずいや増す深い憂鬱に男を沈め、病が残しておいた幾ばくかの理性の微光を今にも消そうとしていた。人々はこんなことは十二分に知っている。「自然は残酷で、その子らのうち頑健なものしか大切にしない。虚弱《ひよわ》なものは見捨て、その子らには自らに突きつける武器をさえ与える」。

強い人間ならこんなとき、幻滅という毒槍に対して素早く刃向かっただろう。生まれついた星が悪いのだといいながらも、水に映った影にすぎぬかも知れないものに対して、勇敢に粘り強く努力し続けたか、さもなくば類《たぐ》い稀《まれ》な英雄的範を示し、間違った道に進んだことを認めて大胆に人生の進路を変えただろう。それに名演奏家《ヴィルテュオーソ》とは、諸芸術の中で、もともとたいして立派な地位を占めているわけではない。いくつかの稀な例外を除けば、名演奏家《ヴィルテュオーソ》の領域とは音楽の領域ではないこともあり、その身分は、底辺で奇術師や軽業師たちが身を挺して動いているピラミッドの頂点にしかすぎないということもあるのだ。一言で言えば、名演奏家《ヴィルテュオーゾ》の野心とは、感動させることにあるのではなく、あまりにもしばしば「この人は何て巧いのだろう！　何て優雅にとんぼ返りを打つのだろう！」と言わせることにあるように思われる。自分の周りに取るに足りないお粗末な役者たちしか望まず、ぞっとするひどいソリスト的利己主義《エゴイズム》のために一座そのものを犠牲にするあの自称名優たちのように、名演奏家《ヴィルテュオーゾ》とは結局ほとんど常に貪欲で不毛な名士にすぎないのだ。[30] コレルリ[31]、フィオリロ[32]、プニャーニ[33]、ヴィオッティ[34]は流派の基礎を築き永く名声を保証する作品を遺した。これに反して、見事な突飛《とっぴ》さでしかなかったパガニーニは、今ではもはや思い出にすぎない。他の音楽家たちはまだ生きているが、それらの音楽家すべてを忘れさせるに違いないと思わしめた男、あれほどよく鳴り響いた男は「反響とともに死す」という墓碑銘の下に永遠に眠っているのだ。

　しかし、フェレはすぐに熱を出す[35]病的でしかも借りものの精力《エネルギー》、すぐに涸渇してしまうようなあまりにも貧弱な力しか持っていなかった。また、砂粒ほどの障害を山ほどに思い、そのためたまたま起こった不幸をとんでもなく重大なことのように考えた。こうした事柄はともかくとして、フェレは、何も考えることなく、要するに、生来の性向のままに人の言いなりに成長し、そこから方向転換をするために必要な諸々の能力などなおさら持ち合わせていなかった。自分のたった一つの夢の高みから転落しつつあったそのとき、永久に敗北したと誤たずに考えるべきだったのだ。

人が人生に一歩踏み出せば必ずこうした殉教者に出くわすものであり、芸術は特にそのような属性を持っているように思われる。こういった人々は強い意志、高邁な判断力、哲学を欠いているので、ひとたび大きな失望、つまり激しい苦しみに遭遇すると打ちのめされ、道は確実に阻まれるのである。彼らは自らの絶望の中に喜びを見出す。絶えず自分の傷を押し拡げ、悪化させ、しかもそれは留まるところを知らず、病に全身を冒され、理性は混濁し、もし自殺に訴えない場合には一段また一段と転がり落ち、ついには悲惨と汚辱の淵にまで転落してしまうということはあまりにもよくあることなのだ。

彼ら自身のこうした宿敵と同じようにフェレもまた今や一つの宿命を背負っていた。たまたま生じた原因を制御できないフェレであってみれば、そこから次々と生ずる合理的で必然的な結果を斥《しりぞ》けることはなおさら無理なことだろう。地球よりも大きな重荷で肩はたわみ、脳は麻痺し、記憶はますます混濁した。父親を忘れると同時に、病中、自分を看護した守護天使にも気づいてさえいないようだった。陰鬱に押し黙り、フェレはこの女性の保護を受け入れ、完全に舵をとってもらうがままになった。二人は同じパンを食べ、隣り合う部屋で眠り、一方の永遠の無気力状態に対して、他方は不断の活動、変わらぬ忍耐、気高い自己犠牲をもって向き合おうと全力を尽くす——こうした組み合わせは、ある人々には善い手本となり、他の人々には咎むべき範を示した。

フェレは芸術に心を砕くことには死んだも同然で、自分の楽器に触れるだけでも不愉快な身震いを感じたにもかかわらず、恋人のたっての願いであれば競争試験《コンクール》の諸々の困難に対しても躊躇せず立ち向かった。かつて、老いた楽器職人の抱いた勘がはずれていたとは思えない。父親は息子にとっての苛酷な境遇をとても危惧していたにもかかわらず、この苛酷な境遇は今や息子の唯一の生活の方策《てだて》になろうとしていたのだ。音楽家自身の言葉を信用するならば、聴く人の魂を、ときに非常に甘美な、活き活きとした喜びで満たすオーケストラは、その構成員にとってはまさに汲めども尽きせぬ悩みの源泉である。神が創り給う毎日、朝の六時から夜の十二時まで、不十分な給料と引き替えに、数週間、数ヶ月、数年間、数世紀にわたって、団員は、同じ和音、同じ伴奏、同じ転調、それに良かったり、つまらなかったり、また全くくだらない同じ作品を、演奏し耳にしなければならない。これ以上痛ましく、苛酷で、忌まわしく、おぞましい務めは到底考えることができない。それゆえ、団員は熱意に満ちてオーケストラに入るのであるが、その熱意は最も才能ある人たちでもすぐに消え失せ、虫酸《むしず》の走る嫌悪がそれに取って代わる。こんなわけで、「万人が音楽を愛する。多分、音楽の演奏を業《なりわい》とする人を除いたら」というあの特異な指摘が生まれるのである。

団員はまさに練習の犠牲者である。練習は団員が頭を使う努力も感情を注ぐことも要求せず、感情を拒みさえし、あらゆる能力を眠らせてしまう。つまるところ、団員の本質的価値は完全な自動人形であることに存する。模範的なオーケストラとは、中心に頑固な専制君主、情け容赦のない竜が君臨する一種の迷宮なのだ。この竜自身は芸術の悪魔《デーモン》に取り憑かれ、是が非でも、自分以外の人間を芸術の奴隷にすることを熱望する。指揮下にやってきて席につく芸術家のうちで最も優れた者とは、無論、非常に聡明で如才なく、自分たちが柔軟で従順な奴隷、歯車でしかあってはならないこと、つまり意志、知性、魂を持つことは専制君主、竜のみの権利であることを理解している人々である。この主張が逆説的だとか、法外だなどと思われるだろうか。

ここに無名の作曲家によって署名された新しい交響曲の楽譜がある。非常に熟練した演奏家でさえその演奏の難しさを前にしてたじろぎ、作品が異様で理解不可能にして演奏不可能だと明言することを覚悟しなければならない。団員は作曲家をすぐさま狂人だとは言わないまでも、その数節《パッセージ》を歪めて演奏し、肩をすくめてその作曲家を愚劣だと非難することだろう。これが一番ましな場合である。このようにして真実は永久に隠れたままになるかもしれない。作曲家は、画家、彫刻家、詩人のように、仲介者の助けを借りずに聴衆と意思伝達を行なう手立てを持たない。

奇跡的に一人の指揮者が突然現れる。一人の人間がその名に相応《ふさわ》しく理解される。天才は人間としては凡庸なこともある。しかもそうしたことはあまりにもよく見られることだ。だが真の指揮者は必然的に優れた人間でなければならない。生まれながらに優れた頭脳を備え、偉大な音楽家であるその指揮者は深い学識を持っていることだろう。だがそれだけでは全く不十分である。さらには、めったにはいないものだが、強い意志、揺るがぬ忍耐力を持ち、気骨のある人物でなければならない。嗅覚の鋭さはときとして野生動物にも勝っている。真の指揮者は一瞥するだけで作品の価値を見抜く。作品を素速くつかみ取る。そしてそれを読み、検討するまでは、言うなれば、細密な解剖と精密な分析をしてしまうまでは休息はない。幸運にも素晴らしい作品を手にしたときの喜びは言葉では言い表せない。興奮が、次にまもなく情熱が混じり合う。絶えず研究し、もはや満足することはあり得ない。それは、一歩ごとに思いがけない発見、新たな驚異――最初はその意味を見落としていた何か崇高な節《パッセージ》なのだ――そして讃嘆の念は増し、幾度も幾度もその傑作を見直し、頭の中で演奏してはまた演奏するのでついには細部に至るまで知り尽くし、それが絶えず自分の裡《うち》で鳴り響くのが聞こえ、指揮者はすべてをそっくりそのまま頭の中に入れて持ち歩く。それに取り憑かれ、それを夢に見、それに悩まされ、自分のすべての感動、すべての熱狂を他者の魂に移し入れることに成功してやっと解放されるのだ。だがその栄《は》えある日はまだなんと遠いことか！

頑強な偏見、きわめて不公正な先入観、反逆する意志、すべてが障壁となる。そして、執拗に眼を閉じ耳を塞ごうとする人々の陰険で頑固な抵抗を粉砕するためには、聖者の忍耐、勇敢な使徒の精力《エネルギー》をもってしても十分すぎることはない。狂信者の一団と闘ったほうがまだましだったろう。というのも、この反抗の機を常に窺う手に負えない冷やかし好きの騒々しい群れ集まりの只中で、指揮者は実際どうなることか。つまるところ無能以下となり、担がれ、口笛で野次られ、自分の率いる軍隊に指揮される将軍といった哀れむべき光景を呈することとなろう。あるいは、強い信念によって自らの生命を投げ打っても勝利を収めようと決意し、恐るべき独裁者となる勇気と力とを汲み出せば別であるが。

指揮者の前には、階段状にオーケストラが拡がっている。左と右はヴァイオリンである。その向こうはヴィオラ、その向こうにはチェロとコントラバス、そして木管楽器、次には金管楽器、次いでシンバルが並ぶ。手短かないくつかの注意と速度の指示をした後、演奏開始の合図がなされる。全員が従う、だがだらしなく。この出だしは正確さを欠いている。やり直しだ。また始める、しかし結果は前よりもっとひどい。将軍なら軍職を辞するところだ。だが、この指揮者は持ちこたえる。これぞと確信した一人の人間の根気に打ち勝つよりは、多くの懐疑的な人間の抵抗に打ち勝つことのほうが容易《たやす》いことを知っている。強い確信を持った指揮者は、しゃべったり不平を言ったりさせておいて、動じずに自分の任務を続ける。ある者を叱り、他の者を怒鳴りつけ、またある者たちの良心に訴え、他の者たちには友情に訴える。お世辞を言い、頼み、哀願し、腹を立て、逆上し、疲れ果て、練習を繰り返し、やる気にさせ、そうして、戦いに倦んで一刻も早く終わりたがっているオーケストラが降伏するまでこうして続ける。

しかしながら、作品のそこかしこに閃光がきらめく。楽員たちの心に疑念が忍び込む。彼らははっとする。そして我にもあらず心を捉えられ、注意深くなる。混沌は少しずつ解きほぐされ、そこから概要《イメージ》が浮かび上がり、彩られ、輝く。細部を研究し、テンポを的確に把握し、ごく小さなニュアンスにも気をつけ、伴奏を調整し、メロディーの意味を指示し、それに相応しい表現を与え、次第に大きくしてゆき、クレシェンドを明確にする時が来る。オーケストラの楽員たちがなぜ機械のような役を果たさねばならぬかを人々はここで初めて理解できるのだ。ヴァイオリンのパートを例にとっていただきたい。団員は二十人いて、皆が感情を持っているとしよう。あるメロディー、何らかの節《パッセージ》がある。団員の一人一人がこのメロディー、この節《パッセージ》をそれぞれ自身の感情をもって翻訳し、表現し、際立たせることだろう。ある者が音を大きくしなければならないと信じるところで、他の者は小さくする。少し速める必要があると判断するところで、遅くする。他の箇所についても同様だろう。しっちゃかめっちゃかなひどい演奏が続き、それは、さまざまな多くの感情がただ一つの感情、つまり指揮者の感情の中に溶け合うときやっと終わるのだ。

抜かりのなさ、駆け引きの巧みさ、忍耐強さ、そして乱暴ささえも力として、ついにこの指揮者は自分の兵士たちを統御し、全員が命令通り盲目的に反応する戦力にすることに成功したのである。眼の前には、ただ一つの束、ただ一つの体、ただ一つの楽器、指揮者が好きなように演奏できる一台の素晴らしいオルガンがある。このオーケストラはもはや異なる百の意見によって暴政を振るう百人の人間からなる同好会《クラブ》ではない。それは、情感に満ち、精力に溢れた百本の腕と百の口を持つ一種のブリアレオス〔(ギ神)百本の手と五十の頭を持つ巨人〕なのである。この百の声は、驚くべき才能に恵まれた一人の人間、偉大な芸術家、天才演奏家の支配下においては、今やひとつの声と化した。仕事をしている指揮者はまるで最近までフランス美術館[36]のある一角のすべてを照らしていた燃えるような面型《マスク》を持つ騎士《シュヴァリエ》グルック[37]の胸像[38]と見まがうばかりだ。芸術家は譜面台を前に三脚台上のピトニス〔古代ギリシャの女予言者〕のようにまさに神託を下さんとしている。その身振りは威圧的で、眼は炎に覆われ、額は霊感を受けている。専横な意志ですべてを支配し、力強い息吹きと情熱と激情とですべてに生命を与える。語り、歌い、雷《いかずち》の響になるまで声を膨らませ、囁《ささや》きに至るまで声を小さくし、近づいては遠ざかり、憂愁《うれい》に満ちた物語の中に遊び、またあるときは明るさいっぱいの讃歌を歌い出し、眼にはまばゆいばかりの景色を浮き上がらせ、互い違いに、優しく、情熱的に、荒々しく、また恐ろしくもなり、魂にまどろむ幾多の記憶を目覚めさせ、代わる代わる歓喜と憂愁《うれい》と恐怖と陶酔とを撒き散らす。こうして、興奮した聴衆は熱狂的な拍手となって爆発し、一方楽員たちのほうは、この熱狂に引き摺られてほどなくそれを共有する。「お前はお前が理解する霊に等しい[39]」とある詩人がこう言ったのは、とりわけこの人物のためであるように思われないだろうか。

しかしフェレが入ったオーケストラは、そこまで熟練した要求が多い、妥協のない指揮者の麾下《きか》にはなかった。フェレはようやくそこに留まれるだろうと思われた。少なくとも流浪と貧困の生活に弄ばれる危険からは脱してもよかった。だが不幸なことに、人間のいかなる力をもってしても嘆かわしい教育の結果を払い除けることはできなかった。ソルフェージュの勉強をしなかったことと合奏音楽をすることを常に拒んできたために、フェレはあの無能な烏合《うごう》の演奏家たち――おきまりの仕事《ルーティーン》は大胆で動じない粗雑な職人をこれほどたくさんつくってしまうのだ――よりもはるかに劣っていた。フェレは実に楽々と美しい音色を引き出し的確に演奏する一方、非常に出来の悪い楽員だったので、毎週必ずソロの真っ只中で何かとんでもなく大きなミスをしでかした。同僚はといえば、それこそ、他人《ひと》の過失に容赦なく、自らの心の空虚を埋めるために絶えず気晴らしを求める根っからの嘲弄好きな連中だった。それに、人々は、成功した野望のもとには卑しくもいそいそと馳せ参じるが、ひとたび野望が挫折すれば、それを許し難い一種の犯罪と見なすものだ。野心的な夢で、長い間気を揉ませてきたフェレをどうして人々が許しただろう。その上フェレは柔和そのもの、脆弱そのもの、不注意な本性そのものではなかったか。そしてそのため必然的に犠牲者の役割を引き受けるように定められていたのである。周りの人たちはフェレを笑いものにした。フェレは絶え間ない嘲弄の的になった。毎日、何かしら煙に巻かれては騙され、知らぬ間に、仲間たち皆からだけでなく劇場の下っ端の従業員すべてにまで弄ばれるようになった。フェレがそのいじめを気にもかけない様子に見えれば見えるほど、いじめはますますひどくなっていった。実のところは、自分の中に閉じ籠って生活し、測り知れない悲しみに心を奪われていたフェレは、自分の信じやすさゆえに生じた悪戯《いたずら》に気づかなかったのだ。ときには自分がどこにいるのかを忘れて、節《パッセージ》の真っ只中で突然止まり、頭《こうべ》を垂れて涙を流すようなことさえあった。フェレの意気消沈、眼から流れ出る涙の小川は同情を呼び起こすどころかフェレに対する不満を募らせていった。数ヶ月というもの、フェレはこの上なく激しい非難の対象となり続けた。ついにフェレは矯正不可能と判断され、暇を出された。

　敗北は決定的だった。先入観というものは根こぎにできなくなるほど深く我々の裡に根を伸ばすものだ。例えば、一人の人間がある能力に欠けるという固定観念を抱かれ、この評価を他人に翻えさせたいと思うとしよう。この人間はその能力を得るだけでは不十分で、人が不愉快となるほどにそれを我がものとしなければならない。いやそれでも怪しいものだ！　しかるにフェレは意気消沈して仲間の眼に対して立ち上がろうとさえ考えなかった。愚かにも踏み潰されるがままになった。フェドー座[40]から、二流のオーケストラに移り、そこでまもなく能力のなさと憎むべき評判との重圧に押し潰された。このとき以来、フェレは失墜から失墜へ、恥辱から恥辱へと道を歩んだ。その生活は、まるで、正午からとどまることなく衰え、黄昏《たそがれ》を経て夜の闇の中に消え果ててゆく日の光に比べられるばかりになった。人が不当に非難するときでさえ自分を弁護できないフェレは、どこにも定着できずに劇場から劇場へとさまよった。たび重なる誹謗はフェレの評判を傷つけ、もはや最下級のオーケストラにさえ仕事を見つけることができなかった。

それに、苦境の重荷がのしかかったのはフェレの上にではなかった——フェレはその重荷に気づいている様子がなかった。共同生活で生じた誤算、困窮、不安、苦悩の数々が、まるで深淵に達するように及んだのは伴侶のところだった。女は、最初、フェレが回復するだろうと希望を抱いていたが、ついに、この哀れな男の容態は不治の病巣[41]が原因であるとわかった。女はいつの間にか、フェレのために考え、予測し、行動し、早すぎる老衰についてあれこれと後見人の役割を果たすことを自分の役目にしていた。男はともかく模範的な従順さで従った。女が「立ちなさい」と言えば立ち上がり、「そこここへ行きなさい」と言えばそこへ行き、「腰をかけなさい、食べなさい」と言えば腰をかけて食べた。こうして生活が困難になり、もはやパリでの居住ができなくなると、女はフェレに劇場紹介所を教え、フェレは軽喜劇《ヴォードヴィル》のオーケストラを地方で指揮する契約書に確かめもせず署名した。最初のうちはときどき人々もこの男のことを思い出した。だが長い年月を経るにつれ男は完璧に忘れ去られた。

人生におけるこの時期の細々《こまごま》とした事柄からは、男がいつも同じ不幸と闘っていたことが窺われる。あるときは此処《ここ》で、あるときは他処《よそ》で、此処《ここ》では惨めな職で、彼処《かしこ》ではいくつかのレッスンで生計を立てながら、どの場所にも適応することができなかった。都市《まち》から都市《まち》へと追われ、安定した地位を築く力のない男はこんな風に長い間フランス中をさまよった挙げ句、パリから引き離された時と同じ不幸な目に遭い、ついにまたパリに引き戻される羽目になった。フェレは自分の楽器にいよいよ嫌悪を募らせ、止むを得ぬとき以外にはそれに触ろうとしなくなった。驚くべき自在さは非常に不器用でぎごちない弾き方に代わってしまった。もはや力強さも端正さもなく、怪しげで不確かな音しか出さなかった。手足はすでに老人のように強《こわ》ばっていた。かつてはあれほど敏捷で従順だった指は今では全く萎えてしまって言うことをきかなくなっていた。自己完成にほぼ十五年を費やした優秀な生徒は、それと同じ期間、無気力、投げやり、懶惰《らんだ》の歳月を過ごしたがために、少しずつ、いわば田舎回りのヴァイオリン弾きに成り果てていった。

そうしている間に、貧窮の度合はフェレの才能が低下するにつれて高まっていった。人はとても彼がフェレだとは思えなかっただろう。この男は、人からもはやいかなる関心も抱かれない凋落状態に達していた。フェレの名が発音されたり、フェレが眼に入るやすぐさま扉は、いわば、ひとりでに閉じるのだった。伴侶の負担はますます重くなっていった。女は、フェレが奈落の底に向かって滑り落ちようとするのを傾斜の途中で留めるために無駄な努力をして精根を使い果たした。非常に辛《つら》く、幾度も途方に暮れたとしてもフェレをダンスホールの音楽家の一員にさせることができた自分をまだ幸せだと思わなければならなかった。だがそれは無益に身を落とすことだった。語るにも悲しいことに、この新たな職に対して――フェレはここで息絶えて終わるべきだったのだ――この男は必要な能力も十分な気力も持ってはいなかった。遠慮会釈なく弱みにつけこむだけでは満足せず、ほんの些細な失念を口実にしてたちどころに全く無能だと言い放つ人々とフェレは関わり合っていたのだ。かつて劇場から劇場へと渡り歩いたように、フェレは市門から市門へと巡り歩き、酒場から酒場へと落ちぶれ、数年にわたるこの零落の後、ついに最下層の芸術家の階級からさえ締め出される結果となった。

すると、貧窮によって実体を与えられたありとあらゆる亡霊、つまり、飢え、寒さ、恐怖がやってきて扉を攻囲し、二人の前にうずくまった。フェレは、餌をやるのを忘れられた籠の中の鳥のようにじっと身動きもせず眼を閉じて待った。逆に、類《たぐ》い稀《まれ》な愛情と献身の化身である伴侶は健気なまでに勇敢に立ち上がった。フェレを苦しみと侮辱から守り、呑気さと夢に委《ゆだ》ねておけるようにと願いつつ、自分が健康で、生きながらえ、二人分の活力を持てると思いたがった。だが長い夜なべをしなければならずへとへとに疲れる仕事[42]からやっと得た不十分な給料から、ほどなくして自分の努力と希望のむなしさを思い知ることとなった。しかしともかく二人は生活した。だが、どんな暮らしだったことか！「天の摂理」と呼ばれるものは、自分の子供を忘れる勇気はないが、にもかかわらず、死なないようにちょうどきっかり必要なものしか与えないあの貪欲な父親のようなものである。

思いがけない偶然によって哀れなフェレは露天の興行主の行く手に投げ出された。興行主はフェレがヴァイオリンで数節を演奏するのを聞いた後、楽しい夕べの魅力を増すためにフェレを協力者にするのがもってこいだと考えた。こうして哀れな男は、定まった住居を持たず、家ごと旅をし、野天で、市門で、市《いち》の立つ広場で仮の宿りをし、東から西へ、西から北へ、北から南へと、絶えず世界を縦横に旅する放浪芸人一家の一員となった。愛する女性《ひと》に支えられ——長い間にその存在はフェレには心地好く、なくてはならないものとなっていた——フェレはこの新しい暮らしにすぐに慣れた。興行主の金儲けのためのあらゆる酔狂な思いつきにあくまで親切に応じ、しかもそれはこの主《あるじ》の手にかかってたちまち大当たりの出し物になるほどだった。物質主義者の興行主[43]があるとき本物の劇場の舞台で上演するために、大胆にも板と布とでできた粗末な自分の小屋を売ったことからも、その成功がわかろうというものである。

ある日、ジュネーヴで、突然、外壁という外壁が奇妙な模様で縁どられた巨大なポスターで蔽われた。そこには、多かれ少なかれ誘惑的な宣伝文句に続いて巨大な大文字で書かれたフェレという名前が輝いていた。その形、大きさ、色から、眼を惹かないはずがないこのポスターは、楽器職人の息子を比類ないヴァイオリニスト、五十七のポジションでヴァイオリンを演奏してヨーロッパの全宮廷の賞讃と熱狂とを掻き立てた世にも驚くべき奇人として紹介していた。

黄昏《たそがれ》時に、扉が開けられるやいなや、一階立ち見席、個別席、ボックス席、桟敷席《ギャラリー》、階段席には、プログラムの演目と解説に惹きつけられた数多くの群衆がせめぎ合った。劣悪なオーケストラ、二重底の箱の陳腐な手品、自動人形のぎごちなさ、間抜けな下男の駄洒落《だじゃれ》と不手際は、人々が名演奏家《ヴィルテュオーゾ》の演奏を聞きたいと待ち焦がれる気持ちを募らせることにのみ役立った。ついに名演奏家《ヴィルテュオーゾ》が現れた。なんという見世物！　全観客の当惑したことに、そこに現れたのは、疲れた様子をして足を引き摺っている、みすぼらしい身なりの一人の哀れな老人であった。老人は観客に慎ましく会釈をした後、想像できる限りのあらゆる突飛さに身を委ねた。まず普通の技法にしたがって顎の下へ楽器を挟んだ。次にチェロのように両脚の間に挟み、その次にはギターのように腕の下に挟み、ついで頭上に、次には背中に置き、次は横になり、次には袋の中に縛り込められた。そしてこうしたあらゆるポジションで――それは五十七の数に達した――老人は魅力があるとも思われない楽曲を演奏した。聴衆はあっけにとられてざわめき出し、じきに憐憫の情に捉えられた。そして、この見込み違いに少しも腹を立てないよう決意したばかりか、寛大にも皮肉なブラヴォーをぼそぼそと二、三度つぶやき、拍手さえしてくれた。

絶え間ない巡業の旅の最中にフェレは何度も生まれ故郷に滞在した。伴侶をひどく驚かせたことには、フェレがそこで一度だけ言い表しようのない深い動揺に襲われたことがあった。六月が終わろうとしていた。それは祝祭日だった。素晴らしい天候で、市《いち》の立つ大通り《ブールヴァール》の木陰には散歩者が集まっていた。大気の芳香、木々の眺め、打ち鳴らされる鐘の響き、陽気な群れをなしてやってくる農夫たちの服装、そうした衣装、色、音、景観、芳香、すべてが強くフェレの魂に働きかけて過去の漠とした感情を目覚めさせた[44]。フェレは自分が働く芝居小屋からこっそりと抜け出し、次第に膨らんでいく人混みを掻き分けて市門の一つに辿り着き、外壁の堀に沿ってもの憂げに歩いた。散歩の目的はほどなくしてはっきりした。茨の生け垣で縁どられた道によって左方向にいざなわれ、まっすぐ広大な墓地へと導かれた。フェレは一時間ばかり糸杉と墓標とが点々と立ち並ぶ小路の迷宮をさまようのを楽しんだ。いつになく、たえず注意深くあちこちに視線を巡らせ、墓碑銘を熱心に判読し、募りくる感動に胸がいっぱいになっている様子だった。歩みはくねくねと曲がって寂しい人目につかない片隅にフェレを運んだ。そこでは時間と雨とで碑文が消えてしまった墓石の破片《かけら》が、生え放題の草叢《くさむら》の中で、あちこちに散らばっていた。

突然、フェレが立ち止まった。激しい興奮が身体《からだ》中を震わせた。傾いた黒い十字架を見つけたのだった。十字架の腕には「アントワネット＝フランソワーズ・フェレ[45]、ここに眠る」という言葉のかすかな痕跡《あと》がまだ読みとれた。孤独は深く、静寂を乱すものといえば地下の都市《まち》のざわめきに似た遠くの漠とした音のみだった。魂の奥底まで動顚したフェレは今にも息が詰まりそうだった。脚はもはや身体《からだ》を支えてはいられなかった。フェレは膝をついて頽れ、手を合わせ、頭《こうべ》を垂れて、滂沱《ぼうだ》と流れる涙に暮れた。

伴侶は距離を置いてついていき、すぐにすべてを察した。フェレが母親[46]の墓参をしたのはこの一回きりというわけではもちろんなかった。出発の前日、フェレはそこに立ち戻った。そして黒い十字架が再びまっすぐに立て直されて強固になっていること、そしてつい最近掘り返されて小さな土手の形にしつらえられた墓には、今にもほころび豊かに咲き開こうとしている蕾《つぼみ》と花々とをつけた二本の素晴らしい薔薇《ばら》の木が、情け深い人の手により植えられていることに心地好い喜びをもって気づいたのであり、喜びは眼に再び涙を誘った。

擦り切れ、萎れ、憐れみ以外のいかなる気持ちをも起こさせることができなかったフェレは、ほどなく、フェレから搾り取るだけ搾り取った興行主から見捨てられた。パリに戻り、もはやそこから二度と出ることもなく、胸には流しの演奏許可証をつけ、流浪の芸術家の中でも最下位の列に転落した。それはもはや影でしかなかった。まるで魂のない肉体、眼に見えない発条《ばね》が動かしている自動人形そのものだった。歳月、たび重なる旅、疲労、憂鬱、自己放棄は、身体《からだ》をぼろぼろにし、眼の力を奪い、顎と顳顬《こめかみ》とをこけさせ、腰を曲げてしまった。人々は通りすがりによろめくこの老人の輪郭《シルエット》を見ることができた。あらゆることに無関心な老いさらばえた男は、人から話しかけられても聞こえず、もはや暑さも寒さも飢えも感じさえしない様子である。足を引き摺り、伴侶に見守られて、まるで風が吹くように行きあたりばったりに、袋小路から袋小路へ、カフェからカフェへ、居酒屋から居酒屋へと歩き続ける。幾ばくかの施しを得るために、とりとめなくひとりでに指に出てくる協奏曲やさまざまな歌の断片を演奏しながら。[47] しかしあろうことか、この男は、身を沈め果てた最下層の世界で、ある日、思いがけなく栄誉に巡り合ったのだった。多年この上なく厳しい辛酸を嘗めながら空しく他所《よそ》に追い求めていたあのうっとりとする栄誉に。

まず第一に、音楽家という語がどれだけ幅広く柔軟かをお考えいただきたい。作曲家から蘆笛に唇を遊ばせる不具者に至るまで、人々が気前よくこの肩書きを与える人の数は数えきれない。交響曲の天才作曲家、コンサートの歌手、統制不能の聖歌隊員、村の蛇使い、田舎回りのヴァイオリン弾き、盲人、こうした人々は皆一様に音楽家と呼ばれていないだろうか。とりわけもっと不思議なことに、この中のどの種《カテゴリー》の芸術家であっても、その真価を認め、理解し、賞讃し、報酬をくれる聴衆を持たないものは一人としていない、ということをつけ加えなければならない。これは一つの事実である。聴衆とは、我々が踏んで歩いている土と同じように、一連の積み重なる層で構成されており、それぞれがそれぞれに応じた知性の水準、知識の量、好み、情熱、芸術を持っている。この点についてとやかく議論しようとするのは野暮というものだろう。人が経験する喜び、直《じか》に感じる感動は芸術の至高の存在理由であり、実際に体験された感情に基いた評価以上に尊いものは何ひとつない。[48] ある人々の群れがアコーデオン奏者を取り巻いて心地好さにうっとりとし、滑稽な歌うたいやつまらない恋歌《ロマンス》に耳を傾け、無味乾燥な喜歌劇《オペラ・コミック》を褒めちぎり、月並みなコントルダンス[49]を楽しみ、思想に富んだ優れた作品にあくびをするとしても、知識のなさゆえのこうしたあらゆる純朴な熱中は、贋《つく》りものの賞讃、理解できない立派なものに対する型通りの心酔よりは千倍も好ましいことを認めなければならない。

　橋のたもとで物乞いをする盲人が娘を結婚させ、この結婚を機に祝宴を開こうとしていた。それはサン＝マルセル界隈[50]の中心で、ふんだんなベンチと椅子、吊り照明で飾られた大きな部屋で催された。もっとも、客の四分の一にとってはほの暗い照明すらも単に無用の贅沢だった。パリを駆け回っているすべての盲人が会合の約束をしたかのようだった。この集まりはしがないとはいえ一つの階級をなす人々の選り抜き《エリート》たちの集団であり、余談ながら、彼らは独自の言語、風習、偏見を持っているのだ。この会合の真中に身を置いてみれば、人間はどんなに貧しい身分にあろうと平等を忌み嫌うものだということを学ぶ格好の場であることがわかるだろう。人々は、こうした素朴な人たちが自分たちより下に、軽蔑できる芸術家たちを見る慰めを得ていること、例えば、この素朴な人たちが手回しオルガン弾きたちをいんちき音楽家と見下して呼んでいることに気づいて必ずや驚いたことだろう。風習に関していえば、この宴《うたげ》の主人《あるじ》がこうした同業者たちの一人について、「多分、いくらか才能はあるかもしれない、だがあれは素行が悪い、あれは結婚していない、あれを招《よ》ぶわけにはいかない」と言っているのを聞けばさらにもっと驚いただろう。

いくらフェレが落ちぶれたとはいえ、まだこの集まりのメンバーよりもずっと優れていた。フェレはこの階層にとっては、オペラ座の聴衆にとってのパガニーニと同じくらい奇怪でまた実に驚嘆すべき芸術家だった。この芸術家が出席して晩餐会を讃えるという知らせに、四方八方から喜びのざわめきが起こった。「フェレが来る！　フェレが来る！」と人々は声を合わせて繰り返した。「お前」とお偉方の老人が隣の若衆に言った。「耳をよく開けな。今夜はパリきっての有名なヴァイオリン弾きを聴くんだからな」。芸術家の到着はセンセーションを捲き起こした。人々は敬意を払って立ち上がった。大人も子供も、盲人《みえぬ》も目開《みえる》も、皆フェレの周りにいそいそと集まり、その手を握ることに恋々としている様子を示した。愛すべきフェレはこの熱意のほどをはっきりとは理解できなかったが熱烈な歓迎に心を打たれてはいるようだった。伴侶が椅子に連れていって傍に腰をかけた。音楽会が始まった。

ほとんどのコンサートホールと同じように、部屋の突き当たりには板でできた壇が設けられ、壇上では順に歌手、ギター奏者、ハープ奏者、ヴィエール[51]奏者、マンドリン奏者が続いた。ハープとヴァイオリンのための二重奏の後にはチェロ伴奏の恋歌《ロマンス》が続いた。感傷的な恋歌《ロマンス》の後は喜劇小唄《シャンソネット・コミック》だった。その後はフルート独奏で、以下同様に前もって起草されたプログラムに従って演奏された。幕間には、山盛りの盆が——ある盆には菓子を、他の盆にはさまざまな飲み物を載せて——回っていた。装飾の貧弱さ、婦人の装いや照明の華麗さがほとんどないことに眼をつぶれば、もっと上流階級の音楽の夕べにいるのだと思うことができただろう。大きく異なると思われている世界の間にも、しばしば外形の相違しかないのだ。実際それはほとんどの場合、同じ習慣、同じ楽しみ方なのであり、同じ見方、同じ感じ方なのだ。これらの善良な人々は、他の世界で行なわれているのと全く同じように、目立つこと怖さにすべてに拍手を惜しまないことはもちろん、つまらないものや全く値打ちのないものにさえも、拍手を惜しまなかった。

コンサートを締めくくり朝まで続くことになっている大舞踏会に先立って、プログラム上で最後の打ち上げ花火の役割を与えられていたフェレは、自分の演奏を聴きたがる人々の気持ちにとても喜んで従った。フェレは舞台に現れると満場の拍手で迎えられた。経る歳月の錆と長年の無頓着にもかかわらず、学校時代から持っていた表現の明晰さをこれまで一度としてすっかり失うことがなかったばかりか、聴衆を深く感動させずにはおかないある種の優しみの感情を持ち続けていた。それに、取るに足らない人間にさえ、好意的な先入観が、どれほどの魅力と魔法を授けるものかは誰もが知るところである。フェレが最初の曲のリトルネッロ[52]を演奏し終わるか終わらないかのうちに聴衆は熱狂的な拍手を送り、「アンコール！　アンコール！」と叫んだ。哀れな男は瞼を上げ、潤んだ眼をのぞかせた。微笑《えみ》が唇に浮かんだ。男は涙を止めどなく流しながら次いでイタリアの大歌曲の演奏を続けた。その歌い方は語るだけの価値がある。しかも、現代の声楽教師のほとんどが新しい歌い方をいっこうに教えないだけに、ますます語るに値するのだ。各音符は、まるで電気を帯びた時計のぜんまいによって音の波が振動し始めたかのように震えていた。顫音《トリル》は山羊の嘆きと間違えそうにそっくりだった。最後には指を絃の上に滑らせて猫の鳴き声を思わせるえも言われぬ甘い響きをつむぎ出した。これらすべては、とても力強いフォルテからとても曖昧なピアノへと途切れずに続く節《パッセージ》によって常に陰影をつけられ、さまざまな装飾音《フィオリトゥーラ》が[53]実に見事に開花して入り組み、大きな感動を惹き起こした。

人々は割れんばかりの拍手をし、再び「アンコール！　アンコール！」と叫んだ。この拍手喝采で芸術家ははっきり麻痺状態から覚めた。続いて芸術家が行なった指の体操は突然爆笑を呼んだ。会食者の一人はうっとりとして隣席の客の耳元に身をかがめて囁いた。「誓って言うが、わしらの主人は宴に鳥たちも招《よ》んだに違いない！」実際、フェレは完璧な正確さでさまざまな小鳥のさえずり、とりわけ郭公《かっこう》と鶉《うずら》の鳴き声を真似たところだった。同じように見事にフルートの音色、トロンボーンの音色を真似た。大成功によって、フェレは少しずつ熱を帯び、思いがけずも情熱を、ほとんど激しさと言ってもいいものを身にまとった。さまざまな能力が蘇ったのだと一瞬信じられた。フェレの記憶の底からは、戦争のあらゆる波瀾を表しているに違いないある戦争交響曲[54]の断片が自然に浮かび出てきた。ラッパの響き、太鼓の轟き、狙撃兵の発砲音、断続的な大砲の地響《じひび》き、馬の嘶《いなな》き、騎兵隊の突撃、負傷兵と瀕死の兵隊の叫び、次には戦勝者の勝利の歌、そして敗戦者たちの葬送行進曲。その音から聴衆はこれらを次々と認めてただ歓喜と熱狂のあまり欣喜雀躍した。

演奏の途中では、フェレは手品師に教わった突飛《とっぴ》さを忘れないように気をつけた。一例をここに挙げるなら、フェレはまたとない勝利にふさわしい芸当を披露し、演奏を閉めくくった。最後の弓のひと弾きの音符を演奏する代わりに電光石火の早業でヴァイオリンを裏返し、タンバリンのようにその底に湿った親指を這わせて、拍子を変えずに非常にはっきりと正確に必要な音を出したのだった。このおどけた演奏が掻き立てた興奮の激しさを書き表すことなどは諦めなければならない。およそ十五分ばかり、会場は耳を聾《ろう》するばかりの拍手と足踏みの騒音をともなって、甲高い、熱狂的な、調子外れの叫び声が響きわたった。いってみれば、猛り狂うバッカスの巫女の群れの只中に迷い込んだと思わんばかりだった。

このものすごい喧騒はフェレの心にまで浸透して途轍もない衝撃を惹き起こした。顔からは少しずつ呆けた表情が消え、関心と不安の表情が現れ始めた。フェレは何かを聴く人のように耳を傾けた。極度に見開かれた眼窩の底では、明るい浮動する光に似た瞳が、自らの内側を見つめ、そこに記憶を探し求めているようだった。まるで、時の流れを遡り、幼かった頃に立ち戻り、自らの歴史を思い出し、父を、母を、夢を、誤算を、苦痛を思い出し、自らの狂気と退化とに気づいているかのようだった。伴侶はこの不思議な徴候を見て突然立ち上がった。恐怖におびえ固唾《かたず》を呑んだ女は、深い悲しみと幾歳月とによって埋《うず》もれたこの哀れな男の魂が、厚い鱗の下から抜け出すのではないかと、おそらくは案じながら、熱っぽく注視していた。おののき、痛ましく驚くさま、ますます人の心を揺さぶる身振り。あらゆることから、確かに、フェレは記憶を取り戻したのだと見えた。顔の筋肉が弛緩し、胸からこみ上げる涙の波が眼に溢れ出した。フェレは話したかったが嗚咽にむせび話せなかった。頭を傾《かし》げて、何か支えを探すかのように手を伸ばし、舞台上にばったりと倒れた。伴侶はすでに傍におり、まるで母親が子供にするように優しさと思いやりでフェレを包んでいた。ある人たちは、心遣いとまめまめしさを見せ、また他の人たちは、茫然とし、皆の受けた衝撃《ショック》から、この老人がいかに深い共感を抱かせたかが見てとれた。人々は老人が再び眼を開くのを見て言いようのない歓喜の興奮に渦巻いた。老人が与えた不安の後には大きな歓喜の叫び、新たな喝采、新たな足踏み、ほとんど野蛮な歓呼の声が続いた。この男がほんの一瞬でも本当に正気に戻ったとしても、それでもそのときには、幸いにもまた嗜眠状態[55]に陥ったであろう。男はまたよよと泣いた、がそれは嬉し泣きだった。同業者の賞讃と熱狂と愛情とが、思いがけずも魂の裡《うち》に反響《こだま》を呼び覚まし、疑いなく一度も経験したことのない最も大きな幸せを味わわせたのだった。56 実際、今日《こんにち》のフェレを考えれば、今、手にした分相応の栄誉は、かつて最も充実していた頃に夢見た栄誉に十分値した。

最後に、この情景を前にして、哀れな男の生涯を書き記し、その労苦の長さを測り、男が父、母、愛、安らぎ、生活も何もかも犠牲にしたこと、そして実際のところ、さらにその幾千倍もの犠牲を払ったであろうことを思い出したい。そして、これと比べてみると、いくらかニュアンスの違いこそあれ、他の多くの人々のおおよその人生の歴史が見えてこようというものだ。ただ、うかつ者のみがそれに反駁《はんばく》できるだろう。我々の夢と希望には、大抵の場合、正当な保障などないのだ。夢と希望を抱いて、策を講じ、勇気とエネルギーを注いだ挙げ句、到達する結果とそれまでの苦労との間には、ほとんどいつも全くもってひどい不釣り合いが存在する。もし仮に、我が主人公フェレがその夢を実現したとしても、かくも長い苦役とかくも多くの犠牲と苦しみとを代価に束の間の栄光を手に入れたとしたなら、そのことはいずれにせよ同情すべきことではないだろうか。そして、惨めの極みとでも言おうか、当たり前のこととはいえ、この男は大志を抱く資格をさえ持ってはならなかったのである。

しかし、いくら惨めだったとしても、他に替え難い伴侶の優しさのおかげで、少なくともフエレは悪徳の汚辱からは免れた。この天使のような人間の自己犠牲と献身とは一日も衰えることがなかった。もしこれがなければフェレは疑いなくもっと不幸になっていただろう。慈愛が――この女性は慈愛の形象《イマージュ》であった――自らを知ることがないのと同様、この女性は自らを知らなかったので、同情されるのと同じほど褒められることにとても驚いていた。女はどこまでも控え目に身元が確定できるような断言を絶えず巧みに避けてはいたが、フェレがかつて漠とした懸念のために犠牲にしたあの若い女性とこの女とが、全くの同一人物であることに疑念を差し挟むことは難しいだろう。女はこんな些事をそっと闇に追いやって、二人の異なった人間なのだと信じさせたいようですらあった。だがいずれにしてもどちらもが、受難《パッション》に際し、愛の昂揚と熱狂の最中で「苦難か死か！」と叫んだあの聖女[57]の優しい名前を持っていたことは疑う余地がない。この女の変わらぬ愛の秘密はそう難しい問題ではない。どこかにこう記されている。「この地球上には、仕事をしているときにも、ひどい苦難の中にあるときにも、罪を犯すときにも、美徳を重ねるときにも、運命が男を伴侶に結びつけないほど不幸でおぞましい人間は存在しない」[58]。この指摘はいかなる場合にも真実である。その確信を得るには眼を開くか思い出しさえすればよい。惜しみなく慰めを与えるべきところ、勇気を支えるべきところ、犠牲を払うべきところ、そして何らかの果敢な行為が成し遂げられなければならないところでは、必ずや女性に出遇うことが保証されていはしないだろうか。

ウィティントン少佐

パリの泉水からそれほど遠くない、花咲き乱れるセーヌ河の畔《ほとり》に、なだらかに波打つ広大な野原が拡がっている。くまつづらの只中にいくつもの大きなオレンジ色のダリアが咲きほこるかのように、あちこちに別荘が点々と建っている。これらすべての上に聳《そび》え立って眺めを遮っている巨大な四辺形の外壁さえなければ、近隣の丘からの眺めはうっとりするばかりに美しいことだろう。このむき出しのがっしりした錆色の外壁は三ヘクタールばかりの土地を封じ込めている。散策する人はその周囲を歩いて隅々まで見回すのであるが、入口といってはオーク材の小さな扉の他は何一つなく、「開けごま！」とでもいった呪文でも唱えない限り開きそうにもない。そこにはまた錠前もボタンも叩き金も鈴もある様子は全くない。ふと歩みを止めて驚いたことには、高所から望遠鏡の助けを借りてはるかに眺めると、黄金色の避雷針の尖塔と鋳物でできた工場の煙突のパイプとが隣り合って壁の中にそそり立ち、パイプからは絶えず断続的な煙を吐き出しているのである。

好奇心の強い人たちも壁の向こう側を見るのは諦めたものだった。この壁が建ってからというもの、隣人たちの知る限りでは、誰一人そこに入る人も出る人もなかった。だから、霧の立ち込めるある昼下がり、三人の男が小さな扉の前にやってきたことは一大事件であった。赤いリボン[1]からそれとわかるそのうちの一人が先頭に立って歩き、他の二人はうやうやしく後に従っていた。それはまぎれもなく司法当局の代表者たちであった。

以下に述べるのがこの家宅捜索に至ったいきさつである。

これに先立つ八日か十日ほど前、近所の一市民が裁判所の階段をやっとのことで登り、検事総長の部屋を教えてもらい、重大事件ゆえこの司法官に面会を申し入れた。黒い衣服、白いネクタイ、なかんずく威厳のあるその風貌によって男は思い通り直ちに謁見をものにした。男はまず自分の姓名と、元卸商人で現在は地主の身分を名乗り、次に自らの身に起きた意外な出来事についてその特異な性格にふさわしい重々しい声で続けた。

「司法官殿、妻と私は、我が家で静かに暮らすことの他は何の願いもございません。ホラチウスの言葉にあるように*《物事の秘密の理をきわめることのできた人は幸いなり》でございます。子育てを面倒に思い、泣き声を聞いたり、恩知らずたちの温床をつくることを恐れて、私は子供をつくるという喜びを犠牲にいたしました。私どもには全く所得がございません。ですから、財産を、まだこれから生きると想定される月々の生活費に見合うだけの額に分けることがより賢明なことだと思われました。このようなやり方で、私どもは完全な安定を享受しておりますし、また不景気も倒産も破産も心配する必要がございません。妻が家政に従事し下僕を監督している間、私の方は煙草をふかし、散歩をし、野菜に水をやり、兎の世話をし、植木を刈り込み、果物、花を摘み取ります。得意になるわけではございませんが、百里四方を見渡して、これよりも有徳な人物を見つけるのは難しいことでしょう。借金は一切なく、隣人の悪口は決して申しません。租税はきちんと払っておりますし、誰の自由も侵しません。まるで我が家の門の鉄柵の中だけが宇宙のようです」

ここで立派な市民は間《ま》を置いた。そして息をついて続けた。

「しかしながら、司法官殿、こうして私がここに出頭しましたことには十分ご心配いただくだけの理由《わけ》がございます。おそらく私の顔色からもうお察しのことでしょう。私どもの休息は破られ、計画は覆《くつがえ》されて希望は裏切られ、私どもの幸せはもはや消え失せた夢にすぎないなどとわざわざ申し上げるまでもありません」

あっけにとられた検事総長は、医者が、本物にしろ偽者にしろ、心悸症患者《ヒポコンデリー》に接するのと同じ様子で、相手の顔をじっと見入った。そして相手に本題に入るよう丁寧に乞うた。

「拙宅のそばには」と市民は話を続けた。「高い壁に囲まれた広大な屋敷が拡がっております。それは見たところ薄暗く謎めいています。最初、この外壁は私どもに全き安心感を与えたものでした。自分の屋敷の中に恋々とし、これほど費用をかけてそれを隠そうとする主《あるじ》なら、近隣

＊この模範的な男は、取り乱していたので、とんでもないへまをしている。これはホラチウスの言葉ではなく、ヴェルギリウスの『農耕詩』第二巻にある言葉である。

の平穏のために十分な配慮を怠らないもの静かな人物でしかあり得ない、こんな風に思ったのでした。実際、ひと冬の間、私どもの期待通りのなりゆきでした。ところが、いやはや、今年の春、今年の夏、さらには今ではもう！……」

「それで？」と検事総長は興味深く尋ねた。

「おお！　この高い塀に囲まれた屋敷の中に何よりも激しく集中した天と地のあらゆる騒音をご想像下さい。そこから聞こえてくる騒音がどんなものかは到底言い表せません。ときには、二十頭も群れ集まった猟犬の吠え声のようですし、次にはまた列車を牽引する機関車の騒々しい音のようですし、次には数限りないファンファーレ、次には、銃声、また大砲の発砲音だとさえ思えますし、次には、無数の音楽家の演奏するオーケストラ、はたまた落雷をともなった嵐の騒音のようでもあります。簡単に申しまして、昼といわず夜といわず、それはほとんどいつも半径一里の範囲では、お互いの声すら聞こえないほどなのです。私ども――妻と私は、それがため食欲を失くし睡眠もとれず、衰弱と恐怖に陥り、人生に嫌悪を覚え、心痛と絶望のあまり死にそうでございます」

検事総長は、告訴人の苦情を、全くのつくりごとではないにしても多分に大袈裟だと考えた。少なくともその苦情が本当に根拠のあるものとは本気で信じられなかったので、この偏執狂と思しき男を曖昧な約束でごまかして急ぎ追い払った。実際、何の命令も下されず、何の処置もとられなかった。しかし、数日たつと不幸な地主は我を忘れ、瀕死の形相で、証言と苦情とを繰り返しに駆けつけてきた。検事総長の既定方針といえども定期的にうるさくつきまとわれる脅威には持ちこたえられなかった。そこでこの哀れな男の奇怪な主張がどこまで本当なのかを確かめるため、輩下の最も聡明な代理人の一人、ド・サルキュス男爵を直ちに送ったのであった。

扉はひとりでに開いた。司法官と随行の二人の秘書が入るや、扉は開いた時と同じように眼に見えないからくりによって閉じた。彼らが一目で見てとったものすべて——家も、庭も、足元の地面に至るまで——が奇異だった。一人の召使が訪問者たちの方へやってきた。彼らはびっくり仰天した。褐色のゆったりとした外套をはおり、柱のように背をまっすぐにし身をこわばらせた召使は歩くのではなくレールを滑ってきた。この上なく美しい琺瑯《エナメル》の眼には表情がなく、その血管には血が流れているとは思われず、唇は硬く一直線を描いていた。召使は立ち止まった。歯車の音が聞こえた。召使は鉄道の踏切係員のように肩の高さに腕を上げただけでなく口を開いてしゃがれ声で短く発音した。

「あっち、あっち！」

いよいよあっけにとられたまま、ド・サルキュス氏は召使が教える扉の方へと赴いた。その途中、この家が奇妙な土台の上に建っていることに気づいた。水晶のように透明で厚いガラスごしに、ド・サルキュス氏の眼は錯綜した迷宮の中にじっと注がれた。車輪や、円筒《シリンダー》や、心棒や、排気管や、アンカーや歯車の歯や、掛金や、歯板や、その他多くの巨大な寸法の部品が、互いに複雑に噛み合い、どれも皆動いていた。それはめまいがするばかりだった。客たちは次に玄関に入ったが、その突き当たりには昇り階段があった。無数の銅のボタンが壁に斑点をつけていた。

「手を触れると命がありません」という警告があらゆる国の言葉に訳され、注意を促していた。

客人たちは階段を登った……。

階段はかなり薄暗い控えの間まで続いていて、控えの間に面したいくつもの扉が開いていた。これらの扉のうち階段に向かい合ったものは両開きの扉だった。そこにはフランス風の服を着、半ズボンに絹の長靴下、締め金のついた靴といった出立《いでた》ちの、髪粉《かみこ》を振ったかつらをかぶった召使が見張りに立っていた。その不動の姿勢は木の幹そのものだった。召使は突如として動き出した。扉の両開き戸は蝶番《ちょうつがい》の肘金を軸に回転し、この上なく美しい光に溢れる広々とした部屋の内景がぱっと拡がった。と同時に召使が硬くぎごちない身振りで検事総長代理とその秘書たちに入るよう促しているのを目にした。彼らはかなりおずおずと戸口まで進み不安な視線を中に注いだ。

「お入り下さい」と声がした。

その声の主、真っ赤な服に身を包み、椅子にゆったりと身を沈めた人物は、最初、自動人形のような印象を与えた。だがそれは外観だけだった。

「お入り下さい、客人《まろうど》殿、お入り下さい」手招きしてその人物は繰り返した。

客人たちは、うやうやしく一礼した。入った部屋は天井が高く、広々として奥行があり、高所から見事に照明されていて、そこには赤い服を着た人物とその椅子を除いては何ひとつなかった。しかし、それとは逆に、はめ木の床にも、壁面にも、また天井にさえも、何か秘密や謎を秘め隠していないように見える場所は手の平ほどもなかった。特に足元できしむ床は揚蓋《あげぶた》と寄木細工の組み合わせそのものだった。それは交錯した無数の縞模様のため、人々が一日中スケートをした後の公園の凍った泉水さながらだった。そればかりではなかった。どこか大聖堂《カテドラル》の時計の歯車の音にも似た、唸るような低い奇妙な音が絶え間なく耳に充満していた。この音にもかかわらず、互いに話し合う相手の声は聞きとれた。だがそれはちょうど小川の水車が回っているそばで聞きとれる体《てい》のものだった。

「お掛け下さい、客人《まろうど》殿」その見知らぬ人物は肱掛椅子の腕についた金色のボタンの一つを押しながらつけ加えた。

直ちに三つの簡便な肱掛椅子が壁からゆっくりと現れた……。

ド・サルキュス氏が何も言わなくともその眼が代弁していた。その眼は質問に炸裂せんばかりだった。家の主は、冬眠している蜥蜴《とかげ》さながら動くのが大儀そうだった。その外貌はいかにも奇怪さに溢れていた。もともと高い背丈に加えて巨大な角《つの》の生えた帽子をかぶっているのでよけいに大きく見えた。ふさふさと波打つ黒い羽に埋《うず》まったこの帽子は、高貴で知性を備えた、しかし専断的な、物に動じない顔を飾っていた。白い頭髪がこめかみを蔽っていた。額は広くてしわで波打っていた。灰色の濃い眉の陰に輝いている鷲のような鋭い二つの眼の間には、イタリアの道化師《ポリシネル》さながらの巨大な細い鷲鼻が御輿《みこし》をすえていた。苦々しい侮蔑が唇をへの字にひん曲げていた。頑丈で四角張った顎は強い意志を告げていた。頭髪に劣らず真っ白で、口の高さまで刈り込まれた頬ひげの縁には、極端に小さなばら色の耳が、開いた花のようについていた。

その人物が身に着けている赤い服にまず眼を奪われた。黒いズボンに気づいたのはずっと後になってからだった。その締め金は金色のドングリの総《ふさ》のついた長靴の胴の中に入っていた。

「お待ち申し上げていました、男爵殿」主《あるじ》は冷静沈着に言った。その発音から主は外国人だとわかった。ド・サルキュス氏はそれを見逃しはしなかった。

「貴殿は私をご存じなのですか？　閣下《ミ・ロール》」ド・サルキュス氏は叫んだ。

「貴殿は優れた学識者にして傑出した司法官であられるド・サルキュス氏でおられましょう。こちらのお二方は貴殿の秘書を務めてはおられませんか。若いお方は、貴殿の甥御、前途洋々たる青年弁護士フィリップ・ド・サルキュス氏ですな」その赤い服の人物は即座に、しかし落ち着いて言った。

「それでは、わざわざ閣下に私の用向きを申し上げるまでもないようで」

驚いた検事総長代理は言った。

「私は貴殿に託された捜索のお手伝いをすることを誠に嬉しく存じます」

これほどの慇懃さは示しようがなかった。

「しかし皆様方は長い道程をおいでになられました。ですから、まず何か冷たい物を差し上げることをお許し下さい」と、このイギリス人はつけ加えた。

客人たちが断ろうと思う間《ま》もなく、イギリス人は床にはめこまれたペダルに足を触れた。扉が開いた。ここからは第三の召使が、車輪の走るように部屋に入ってきて主人のすぐそばに立ち止まった。

「ジョン、こちらの方々と私にマデラ酒をお出ししなさい」主人が言った。

召使はわかったという身振りをして、かかとでくるりと回転すると、もと来た所を通って出ていった。

召使はすぐにまた現れた。その右手は盆を支えていた。そこにはなみなみと注《つ》がれた四つのグラスとビスケットが並べられており、召使はそれをまず検事総長代理に、次いで秘書に、そして自分の主人に差し出した。彼らは飲んだ。とはいっても、その前に礼儀正しく互いに会釈を交わしてからだった。

その後でジョンはもと来た道を同じ弧を描いて空《から》になったグラスを集め姿を消した。扉は再び閉じた。

永い沈黙があった。

「いやはや、まったく、閣下」と男爵は驚きあっけにとられて突然言った。「私は自分の感覚が信じ難うございます。まるで夢を見ているようです」

「ほう」イギリス人は軽蔑するような調子で答え、「こんな子供騙しでしたらヴォーカンソン[2]だって私の師匠になれたでしょう。お待ち下さい……」

主人は床のペダルを操作すると同時に椅子の腕を指で押した。チャイムがそれに答えた。時が流れた。再びチャイムが聞こえた。それは目覚まし時計の音のようだった。

イギリス人は検事総長代理に言った。「ほんのつい先刻、私が椅子も立たなければ書類も受け取らず誰にも会わないのにどうやって情報を得るのかと心配で落ち着かないご様子でした。このご心配は見越しておりました。今聞かれたチャイムが折よくお答えする機会となるでしょう」

イギリス人はどこか見せびらかすようにボタンを押して、真中に文字盤のついた小卓[3]を床から自分の右側に飛び出させた。そして続けた。

「ちょうど今、中国では新しい事態が起こっています」

針が動き始めチャイムがまた鳴り始めた。

「清帝国の皇帝は」とイギリス人は文字盤をじっと見つめながら言った。「国内にやってきて新しく事業を設立する事業家に助成金を与えると布告しています。そして帝国官吏の使節団を蒸気のジャンク船隊[4]に乗せてヨーロッパの事業視察に派遣します」

ここで針は止まり、チャイムも止まった。

「まるでお伽話だ！」男爵は感激して叫んだ。

異なったチャイムの響きによって、また針が語ろうとしていることが告げられた。

「フィラデルフィア」と少佐は言った。「私の考案した方式《システム》にならって製造された巨大な機関車、『土星号《ル・サチュルヌ》』。恐るべき事故。遊覧列車。五万人の乗客を載せた列車。死者一万人。事件の報せに人々は恐怖に震えている、等々……」

ちょうど折よく三度目のチャイムが響き、検事総長代理と秘書たちは、茫然自失から我に返った。

「ああ、なんと！」とイギリス人が今度は少し興奮して言った。「今度はニューネーデルランドが革命の最中です。国の至る所で人々が蜂起したところです。商人たちはメルボルンに結集しオーストラリアの独立を宣言しました。宗主国からの分離が公のものとなりました。王国の設立が問題となっています。一人の囚人が国王に選ばれました」

イギリス人は数分たっても針の動かないのを見ると、「目下のところ地球上ではもう新しくて興味のある出来事は何もありません」と明言した。

しかしながら、四度目のチャイムが突然調べを奏でた。

「今度は」とイギリス人は言った。「貴殿方に関するお知らせです。検事総長は貴殿方が危険にさらされてはいないかと案じ救援を差し向けようと考えておられます」

「卿よ、もしできますれば、総長にお知らせ下さい」と検事総長代理は急いで言った。「私どもの身は安全で、そればかりか、誰にもまして親切な方とご一緒いたしておりますと」

卿はこの願いを聞き届けるやすぐさま言った。

「今や、私が小売商人たちといかにたやすく話のやりとりができるかがおわかりになったはずです。打ち明けますと、私が必要とする品物はほんのわずかなのです。私の化学と工学技術とがあらゆるものをほとんど満たしてくれます。ほんの一例を挙げますならば、貴殿が召しあがったぶどう酒とビスケットは私が合成した食品なのです」

「本当ですか……いや全く！　たいしたものです。このぶどう酒とビスケットは実に美味《おい》しゅうございました」ド・サルキュス氏が言った。

「いえいえ、とんでもないことでございます」イギリス人は謙遜して言った「これについては、どんなぶどう酒仲買人でも私よりは美味しいものを提供すると主張することでしょう。簡単に打ち明けて申しますと、この屋敷の四面の壁はほんの小さなものですが一つの宇宙を包含しています。そして私がその創造者だと言っていいのです。私の知識、洞察力、想像力は、私を自然の競争者、ほとんど自然と同等の存在にしました。自然が全くなくても過ごせるほどなのです。生き物を創造する技術を除けば――それにそんなことは少なくとも全く無用で無益なことですが――私の知る限りでは、人に頼まれて私にできないことは何一つありません。貴殿の眼でひとつお確かめいただきたく存じます」

「仰せの通りでございます、全く」ド・サルキュス氏はすぐさま言った。「しかし、ただひとつ私には不思議で不可解なことがございます。どうして貴殿のような傑れた人物が人に知られずにいるなどということがあるのでしょうか」

「もしやウィティントン少佐をご存じではありませんか」赤い服の人は実にさりげなく非常に控え目な調子で言った。

この名を聞いて検事総長代理の表情に深い感動の印が刻まれた。彼は一瞬雷に打たれたかのようだった。感激ですぐさまこの茫然自失状態から解き放たれた。

「聞きちがいではないだろうか？」ド・サルキュス氏は立ち上がって叫んだ（二人の秘書もこ

の手本にならった)。「あの博識、あの名声、不滅のウィティントン少佐、並びなき天文学者、驚異の機械技師、発明家、新しいパン製造術と、確実に効く長寿薬と、あの有名な望遠鏡[6]の創造者を眼の前にしているとは!――あの望遠鏡のおかげで遊星はもはや我々に謎ではなくなったのだ――それに、その他無数の驚異の創造者、そしてピコ・デラ・ミランドーラ[7]をはるかに凌ぐ才能の持ち主だと我々の世紀が声を揃えて宣言する御方を眼前にしているとは!」

少佐は頷いてすべてその通りであることを示した。

「おお! 閣下」ド・サルキュス氏は感きわまって言った。「今日この日、私の渇望は満たされました。というのも、過去そして未来永劫にわたり人類の名を高からしめる驚嘆すべき天才にお目にかかれるという栄誉に与かった日なのですから」

ウィティントン少佐はこうした賞讃に対して顔の筋肉一すじ動かさず、その氷のような冷ややかさも変わらなかった。かくも偉大な人物が人知れぬ隠れ家に閉じ籠り、同時代人がこぞってこの人物に授与したいと熱望する栄誉、栄華、名誉、玉座、崇拝から身を避けていることに驚いている讃美者に対して、彼はこう答えた。

「私の不運をほんの少しお話しすれば私の人間嫌いがもっともだと思われるでしょう。ほんの数語で十分でしょう……」

当時、この地球上では、蒸気、ガス、機械、数限りない人類の発明品のおかげで苦痛の度合が著しく低下していたのだった。かつてならメスの先で軽くチクリと突いただけのものが、この苦痛度の低下のために、大きく酷い傷となってきた。ほんの僅かな障害が、かつて不幸とか災難とかと呼ばれたものがもたらしたのと全く同じくらい悲惨な影響を人間におよぼしていた。こんな事情でウィティントン少佐はひどく苦しんでいたのだった。少佐の人生はまさに絶え間ない災難の連続だった。思春期が終わるか終わらぬ頃の息子に両親は莫大な財産を残して世を去り、独力で身を立てる名誉ある機会を奪ってしまった。それから少しすると、まだ一度も会ったことのない独身の年老いた伯父が快楽に倦《う》んで世を去り、驚くべき富とともに甥に王国第一級の人物とならしめる数々の称号を遺した。気力がもう少しでも欠けていたら、この青年は絶望のあまり死に至るか自殺するかしていただろう。だがその高い徳が無気力な落胆に打ち勝った。偏見を鼻先であしらい、自らの身分上しなければならない義務を軽蔑した青年は孤独に耽り、常々情熱を傾けてきた科学の研究に没頭した。化学、物理、機械工学、天文学、医学、生理学、哲学、形而上学とあらゆることを貪欲に研究し、すべてにおいて優れていることを示した。夜を徹した勉学と労苦、綿密な方策と技量、想像力により、芸術にも科学にも、いずれ劣らぬ一連の驚くべき発見と傑作とで豊かさをもたらした。何のために？　この科学者が豊かにしてやった人々に無視され、辱められ、中傷され、剽窃され、迫害されるために。例を挙げるなら、この人物は有名な望遠鏡を発明した。それには考案者の名がつけられている。よく知られている驚異の発明である。このたかが百万フランしかしない望遠鏡で人々は月を隣家の庭の一つのように散歩することができるのだ。何たる貢献！　ところが人々はこの発明を、貧しく人々に忘れられた職人からこの男が高い金を出して買ったのだと言った。そんなことは序の口だった。二百年ほど前から、潮の干満表を改正することができた学者には、賞が授与されてきた。そんなことはこの科学者には造作もなかった。彼の計算には絶対に誤りがなかった。ところが自然の力が陰謀を企てた。冷厳な事実が厚かましくも科学者を否定したために、つまり海が、彼の改正した不滅の干満表[8]と二十分ほど矛盾するという無礼な行為をはたらいたがため[9]に、その賞はこの人物に与えられなかった。この憤激してあまりある言語道断な不公正は科学者を不幸のどん底に投げ込んだ。消えることなき屈辱的な傷を負い毒された生活に片をつけようと決意したウィティントンは、途方もない富を銀行紙幣に換金しインド軍のある位階を買った。

「私は気候や戦争で死ねるなら死ぬに任せようと決意していました」少佐はここで再び語をついだ。「ところが死のほうが私を拒みました。戦争などというものはなく、気候も私にこの上ない敬意を払ったのでした。私の考えでは、これほど惨めなことがあるはずはありませんでした。でも私は間違っていたのです。私のあり余る富は抗い難い魅力だったのです。時がたつにつれ、私の周りに大英帝国のあらゆる大胆で持参金のないお嬢さん方が集まってきました。私は世界中で最も美しく最も危険なお嬢さんたちの注目の的でした。見たところそれこそ天使のような、金髪でばら色の頬の一女性が私を振り向かせることに成功しました。私は狂ったように恋をしました。私たちの婚礼は素晴らしく豪華にとり行なわれました。ゴダヴリー河の畔《ほとり》に宏壮な邸宅と庭園、そして数えきれぬほどの召使と象を所有しました。私たちの生活は、王侯貴族さながらのものでした。私は理解されていると信じていました。心の傷は癒えようとしていました。と、そんなとき、そんなこととは露ほども疑っていなかったとき、女王にも等しいと思っていた彼女が抒情詩の詩作に耽っているのを見つけたのです。私は文学かぶれの女《ブルー・ストッキング》[10]と結婚したのでした。雷が落ちてもこれほど驚きはしなかったでしょう。十階から真っさかさまに落ちてもこれほどひどい衝撃は受けなかったでしょう。私を襲った激怒の炎は詩を焼き尽くし、ゴダヴリー河の鰐《わに》は不実な女を食い尽くしてしまいました。それから私は自殺を試みました。ところが弾丸がそれたのです。怪我はしましたが、それは私の考えの方向を変えたということ以外の結果は何ももたらしませんでした。それまで人間の中で最も不幸だったことに憤慨した私は最も幸せになろうという気まぐれを起こし、その目的に向かってあらゆる努力をしようという気になったのです。絶えざる思索の泉から私が汲みとった確信とは、完全な幸せの鍵は他人なしで済ませる技術にあるのだ、ということでした。私はインドを去りました。忘恩の国を金輪際捨てたのです。そうしてこの平野に人知れず身を落ち着けようとやってきたのです。経験から、私が正しいことがわかりました。期待をはるかに越えて成功したのです。まだ苦しむことがあるとしたら、それは単調さです。だからもう少し幸せでなくなるために、ときには自分に何か苦痛を与えざるを得ないことがあります」

ド・サルキュス氏はひどく心を痛め、今聞き及んだような痛ましい不幸は、一世紀を遡ってやっと見つかるくらいだろうと本心を打ち明け、続いて、少佐がついに辿り着いた心の平穏を祝福した。

「それにいたしましても」とド・サルキュス氏はつけ加えた。「これほど完全な幽閉生活の中でいかなる具合に閣下が時をお過ごしなさるのかはなはだ理解しかねるのでございますが」

「いいですか、」とウィティントン卿が応じた。「私が家を出ずにできる気晴らしをご覧になるにはせいぜい六週間もあれば十分でしょう。多分その主たるものをご覧になれば、おそらく楽しんでいただけることでしょう。順を追って見ていきましょう。貴殿ほどの有能な方は旅を愛されるに違いありません。しかもお仕事柄、遠出がままならないとあっては、その情熱はひとしおに違いありません。もし万が一突然翼が生えたとしたら貴殿はどんな国へ飛んで行かれるのでしょうか……」

そうしているうちに、夜の陰が次第に部屋に拡がっていき、まもなく深い闇が部屋を領した。

「北京の方でしょうか、サンクトペテルブルク、フィラデルフィア、あるいは日本の方でしょうか」と少佐は続けた。「どうかおっしゃって下さい」

　実際、旅をしたい気持ちがいつもド・サルキュス氏の心を占めていたのだった。そこで、永い間インドを見たくてたまらないのだと、ともかく本心を打ち明けてみた。直ちにきしむ音が聞こえたと思うと、部屋の突き当たりの巨大な羽目板がゆっくりと姿を消し、割れんばかりに照りつける日光に照らされて比類なく壮麗な景観が現れた。仏塔《パゴダ》、建築物、庭園、田舎の風景、その他さまざまな無数の景観はそれぞれ自然と同じように、拡がりを持ち、立体的で、鮮やかな色彩を持ち、活き活きとしていた。それには何か人を魔法にかけ、うっとりさせる、驚嘆すべき美しさがあった。[11] ド・サルキュス氏はこれまで宙ぶらりんになっていた情熱の埋め合わせをすることができた。眩惑されている彼の眼の前には順にカルカッタ、ベナレス、デリー、ジャジェルノート、それにベンガル地方とマイソール王国の大変興味をそそる名所が次々と現れた。熱狂はもはやとどまるところを知らなかった。男爵は喜びに有頂点となった。現前する不可解な奇跡によって全世界が、いわば、自らの手の中で回転していた。そこで今度は、中国、喜望峰、中央アメリカ、フェゴ諸島へ行きたいと言った。すると前と同じように、たちどころにそこに運ばれた。

　男爵は言葉にできない法悦と恍惚に見舞われていた。と、ピストンが動き、その夢のような悦びをもたらした景観が突然消え去った。もしここで止《や》めなければ、この驚異を見るだけのために丸一日を費やさなければならないところだった。移動していた羽目板が元の場所に戻され、太陽光が再び部屋の窓から差し込んだ。

少佐は初めて肱掛椅子から立ち上がった。並はずれて長い脚のために、立ち上がると、腰かけていたときに思ったよりもさらに背が高かった。実際、その風貌には何かしら威厳があった。「さて」と少佐はこの上なく機械のように冷ややかに言った。「もしよろしければ、庭に下りましょう……」

少佐はすでに客人たちに対して大きな支配力を及ぼしていたから、客たちはほとんど宗教的感嘆の念に貫かれ、一言も異議を差し挟むことなく立ち上がって従った。階段の下で少佐は言った。

「私の庭園をぐるりと一回り散歩することはひょっとして皆様方のお気に召すでしょうか。私は意のままになる機関車[12]を一台持っております。晩餐まで、外の空気を吸いながら列車の中で、先ほどと同じように、たっぷりとお話ししましょう……」

ド・サルキュス氏と秘書たちはこの申し出にあっけにとられていたが、彼らが我に返る間《ま》もなく、一人の機械技師の指揮で一台の機関車が邸の側面から現れた。それは優雅な無蓋車を牽引していた。少佐は客人を招じ入れ、席につくように言った。直ちに機関車はターンテーブルを必要ともせず角を曲がり、煙と蒸気を吐き、汽笛を鳴らして走り出した。速度は遊覧列車ほどに調整された。遊覧者たちはさまざまな景色の中を通り抜けながら思いのままにその眺めを楽しむことができた。変化に富み、非常に珍しい景観だった。大地のあちこちに溢れんばかりに生育し、咲き乱れる花々、草や木々の絢爛たるさま、その炸裂せんばかりの輝き、変化に富むありさまを見ていると、まるで貴重な植物や灌木がこの上なく豊かに生い茂る風土にいるかのような錯覚に容易に陥り、またそう信じてしまうのだった。えもいわれぬ薫香が大気を香《かぐわ》せ、枝もたわわに実をつけたオレンジ、レモン、ザクロの木々がその陰を豊かに投げかけていた。この森を出ると砂糖きびの大農園《プランテーション》、田圃《たんぼ》、コーヒー、綿花、茶の灌木の苗床に眼を奪われた。さらに進んで、バナナ、棕櫚《しゅろ》、ココヤシ、パンの木の森を通り抜けた。いわずもがな、池では空中で交差する幾すじもの噴水の下であらゆる種類の水鳥が戯れ、花咲く灌木の茂みではうぐいす、アトリ、ナイチンゲールが順に鳴いており、牧場ではガゼルの群れが身を休め、雑木林では野獣が身動きもせずにじっとしていた。

列車はこうしたあらゆる豊かさの宝庫を通り抜け、信じられない大胆さでいくつものカーブを描き、右に左に曲がり、無数の蛇行を重ね、しかもどれ一つとして同じ風景の場所を通らなかったから、一時間後に普通の速度になったとき、少佐の客人たちは庭園の囲いの中を周ったのだとは露ほども思わなかった。

その間もウィティントン卿はクッションに肘をつき、ぼんやりとした目つきをして、夢見るように、あれこれとさまざまなことを話した。

「私たちの先祖は何でも恐れました。彼らは、この上なく簡単な考えにも目を啓《ひら》かれませんでした。ですから、彼らは戦争やペストも多分恐れたのです。ところが、こうした災《わざわ》いが徹頭徹尾なくなってしまったら、それこそその方をもっと恐れたことでしょう。この災禍が絶滅すれば痛ましい致命的な人口の増加が決定的となり、そのため地球は小さくなりすぎると信じ込んでいるようでした。何という錯誤でしょう。もし平面的に場所がなくなるようなことになれば、それこそ当然のことながら高さを利用して空高く建てる[13]ことをどうして思いつかなかったのでしょうか」

「そのことですが、閣下」とド・サルキュス氏はいそいそと言った、「今、セーヌ県の県議会で問題になっております計画《プラン》、議会が間違いなく大喜びで採用するであろうあの計画《プラン》……」

「陽光を透す骨組みとガラスの床とを使ってパリの上に、この首都に負けず劣らず大きく美しい都市を重ね合わせるという[14]」ウィティントン少佐は、静かに口を挟んだ。

「閣下はあの計画《プラン》をご存じなのですか」

「あれは私の発案なのです。私の古い着想の一つなのです。周囲の町や村を完全にとり壊してその土地をすべて耕作地に当ててます。そしてこの土地は機械で一時間に二十哩というスピードで次々と開墾し、掘り返し、種を播き収穫するのです」

「おお！」と男爵は言った、「卿の高遠なお考えは、とても私どもが考え及ぶところではございません」

「気球の操縦についても同様です」[15]と少佐は続けた、「おそらく、人間が、この問題の検討に関してほど創意に富んだ知恵を見せたことはなかったでしょう。同様に、これほど単純なことを研究者たちがその叡智にもかかわらず一世紀以上も見逃していたことにもさほど驚かされません。実際、何が問題だったのでしょうか。人間がコントロールすることのできない時の風をうまく利用することだったのです。大気は、その様態の変動と予測できない変化の中でさえ、不変の法則に従っているはずでした。私は観測によってこの法則を導き出したのです。私はある表を作りました。この表からは、無数の細かい事実とともに、あらゆる緯度と大気層の一日ごと、一時間ごと、一秒ごとの風向と風力がわかるのです。嵐、突風、竜巻はその表によって予測できます。要するに、友人のオットウェイの気球と私の気流表があれば、どんな天候でも何ら危険を冒さずに、ある地点からある地点まで気球に乗って移動できるのです」

機関車は相変わらず速度を変えることなく走っていた。

「ふと思ったのですが、閣下」ド・サルキュス氏が勢いよく言った、「医者のプリチャードがあんなにも騒ぎ立てているあの空中病院、[16]あれももしや、卿の発明ではないのでしょうか」

「あれなど実につまらぬものです」少佐は即座に応えた。「そんなことでしたら子供でも考えついたでしょう。ブリチャードが現在大気浴によってあらゆる病気を快癒させていることはご存じの通りです。しかし以前は全く些細な障害のためこの医者のシステムは一般の人々に広く使うことができなかったのです。病人の症状に必要な良質の空気を十分かつ即座に手に入れることの難しさです。プリチャードは私の友人の一人でした。私はある案《プラン》を教えてやりました。プリチャードは目下それを実現しつつあるのです。溢れんばかりの花々と小灌木に埋めつくされた数棟の美しい小屋を巨大な気球で空中に持ち上げ、大気圏のしかじかの層にケーブルで固定します。ユーディオメーター[17]を携えた医者が病人たちと一緒に上昇し、患者たちを病院に落ちつかせ、常駐の医師の治療に委ねます。そして患者と一緒に上に昇った者はパラシュートで自分の家に帰るのです」

驚嘆したド・サルキュス氏は、少佐もさすがにこれ以上感嘆の種《たね》を提供できまいと思っているようだった。

「ところで」と少佐は手を差し出して言った、「周りをご覧下さい。貴殿方《がた》の五官を驚かせるもの、この見事な花々、この珍しい木々、この黄金の果実、さえずるあの小鳥たち、草をはむあの動物たち、これらはすべて私の技術でつくったのです。この四方を囲む壁の中で私の創造物でないものは塵ほどもありません。もし時間さえ許せば、馬上狩猟のすべてをご覧いただけるのですが、あの雑木林の陰には吠えたてる猟犬の群れ、華々しい喇叭《らっぱ》を吹き鳴らす馬に乗った猟犬係、従者たち、この世で最も御しやすい従順で見事な馬がおります。あるいはまた、あのいくつもの池の底で眠っている魚たちの眼を覚まさせて、鰻、かわかます、鱒、鮭などを釣っていただくこともできます。さらには、西洋杉のこずえの間のあそこに吊られた優雅なゴンドラに乗って、荒れ狂う嵐の海をあちらこちら旅する興奮を存分に味わっていただくこともできるのですが。けれど陽が傾いてきました……」

「実のところ、閣下」と当惑した男爵が言った、「私が目にしているものを人に語る勇気はほとんどございません。たとえ話しても、ここで起こっていることを信用する人などいないでしょう。こんな話は錯乱した頭が考える、途方もない馬鹿げた作り話だと思われることでしょう」

客車は停まった。

「降りましょう、皆様方」と少佐は言った、「いくらか食欲が沸いてこられたかとひそかに期待しているのですが……」

皆は館に戻りまた二階に上った。

燦然と輝くばかりに用意された食卓が皆を待っていた。天井からは撚《よ》り、編まれ、彫刻された、巨大な黄金の照明《シャンデリヤ》がたくさん吊り下がっていて、その枝には宝石の花綵《はなづな》と果実の房が揺れていた。この上なく美しい純白のテーブル掛けの上には四人分の食器、葡萄酒、リキュール、肉、テリーヌ等が並べられ、これらのシャンデリヤのうちひときわ明るく灯された一つだけがその上に光の波を撒き散らし、その下では花々や金めっきを施された銀器やクリスタルのグラスがきらきら輝いていた。これほど壮麗で眼を歓ばせるものはまたとなかった。客人たちはそれぞれ決められた席についた。食卓は皿に盛った美味繊細な料理で溢れていた。すべてえもいえず美味しく滋味豊かだと賞讃された。一口食べたり飲むごとに満足の唸りや言葉が漏れ出した。司法官と秘書たちは酔いが回り始めていた。一種の昂奮が胸いっぱいに拡がっていった。飲み、食し、おしゃべりをし、その後はもう、たとえ死者の復活にも驚きそうもなかった。

ウィティントン卿はさらに勧めた。

「召し上がれ、皆様方、お飲み下さい！　我が家では毒は盛られていませんからご心配なく。これら食物は、葡萄酒も、冷肉も、マリネも、保存食品も、香辛料も、リキュールも、皆、私の実験室でできたものです」

こんな風にしてデザートに達した。強い酒がなみなみと注がれた。皆は、化学、工学、少佐、そして自然のために乾杯した。最初の落ち着いた静けさに取って代わってやや騒がしい陽気さが次第に座を領した。冷静なウィティントン自身もそこに加わった。そのこわばった舌はほぐれ、驚くばかりの饒舌ぶりを発揮した。盃を重ねるうちに極度に興奮したウィティントン少佐の雄弁さは目が回るような勢いとなった。機は熟していた。形而上的思索に対する少佐の嫌悪は測り知れなかった。形而上学者たちが五十年を経るごとに、いそいそと解決し直す問題を決定的に解決しようという野心からのみ少佐はこの思索に専心したのだった。今印刷中の自著が出版されれば、宇宙物質の渦動説[18]を唱えた人たちに永久に沈黙を課することになろう。それでも少佐は前もって、人間という種の創造、起源、運命、滅亡に関して快く自分の意見を述べ、しかもそれはこの種の問題に何の知識のない人々にも理解できるほど明快鮮明な言葉で述べられたのだった。男爵によれば、それを信じずに反論するには手のつけようのない知的蒙昧に身を捧げていなければならないとのことだった。

しかし感極まりながらも男爵は思っていた。それでも時にはやはり名士や、とりわけご婦人の顔をご覧になれば卿は喜ばれるのではないだろうか、と。

「おお！」と少佐は言った、「私はお付き合いをする方々には事欠きません。私の妻、娘、ジャンヌ嬢、イングラム夫人等々に貴殿はまもなくお会いになることでしょう」

時計が時刻を告げた。

「七時三十五分四秒」と少佐が言いそえた。「もし音楽がお嫌いでなければ、謹んで、大オーケストラの演奏するセレナーデをお聴かせしましょう」

「なんと！　卿はお抱えのオーケストラまでお持ちなのですか」[19]

「もっといいものです。創造するオーケストラです。それは演奏するものを即興的に創るのです、そして常に新しい組み合わせは、不思議なことに、過去の最も優れたシンフォニーをさえうんざりさせるのです。私の楽しみの源泉は尽きることがありません。音の調和《ハーモニー》に飽きた私は絵画や造形に頼るのです。アペレス[20]もフィディアス[21]も、私の考え出したメカニズムによって得る眩《まばゆ》いばかりの絵と惚れ惚れする音群との組み合わせ[22]を否認しはしますまい。私の発明の才をご披露したくとも時間がありません。後ほど最も創意に富んだ発明の縮小模型《ミニチュア》をご覧に入れるのみにとどめましょう。

ウィティントン卿が話し終えないうちにもうオーケストラが前奏を始めていた[23]。それでもまだ互いに話し声が聞きとれた。せいぜい十くらいの楽器が非常に厳かでゆっくりとした導入部を弱音で演奏していただけだったからである。響きは徐々に膨らみ、まもなく少佐の声を蔽ってしまった。よく知られているものもそうでないものもすべての楽器が次々と振動し、皆揃ってスケルツォを奏でた。スケルツォは突如として躍動し、旋回とおどけとで耳を楽しませた。喧騒の音量はあやうく聴覚の限界を越えそうだった。ところがそれはまだ何物でもなかった。国歌の『ゴッド・セイヴ・ザ・キング』から着想を得た讃歌が突如荒々しく炸裂した。楽器の数は次第に三倍に、五倍に十倍になり、さらにいくつかの展開部分の終わりに近づくにつれて百倍以上になった。特に終結部の最後では、騒ぎは極限に達した。太鼓、らっぱ、鉄砲、大砲、砲弾、臼弾、瀕死の人々の叫び、兵士の勝ち鬨《どき》が一斉に響く激戦の最中をご想像いただきたい。

さらに比喩を完璧にするには多分、山中の雷《いかずち》の轟音をそれに重ねても不都合ではあるまい。おお！　この怪物的作曲家の魂は、怪物的オーケストラ、怪物的コンサートを夢見、例えば、窓しか震わせなかったにせよ、怪物的効果を実現した。この偉大な人物、この先駆者の魂はさぞ満足だったであろう！

この間にも、ド・サルキュス氏はうたた寝をしていたのだった。男爵は十五分ばかり居眠りをした。消化とオーケストラの大ハーモニーのために眠気が襲ったのだった。音響の停止が男爵を目覚めさせた。彼は、目蓋を半分開けるとすぐさま閉じた。溢れんばかりに注ぐ強烈な光に目が眩んだ。男爵は何度も目をしばたたいて、部屋に絢爛と炸裂する照明に慣れた。

不可思議で眩《まばゆ》いばかりの意外な光景が眼をうった。男爵はしばし夢の国に捕えられたか、はたまた熱に浮かされて幻覚と戦っているのかと疑った。数多くの釣燭台には灯《ひ》がともされ、壮麗に縁どりされた巨大な鏡が部屋の三つの側面を飾っていた。この鏡と鏡の間の壁からは黄金の腕が突き出し、その指は、同様に灯《ひ》のともされた多くの蠟燭立のついた枝付燭台をつかんでいた。四番目の壁面はまだ描かれたばかりの巨大な戦争画に蔽われていた。そこには、数多くの血まみれの場面が点々と描かれ、そのはるかかなたの地平線では軍団が機動しており、その大きさは優に幅六十ピエ〔一ピエは約〇・三二五米〕、高さ四十ピエもあった。劇場風に並べられた立派な椅子が、先ほどまではがらんとしていたが今では熱気の籠る坩堝《るつぼ》と化した部屋の右半分をいっぱいにしていた。中央は大きなテーブルで占められており、そのテーブル掛けは、黄金、鼈甲《べっこう》、本物の宝石が象眼され、外形からは何の用途に使われるのやらさっぱりわからないありとあらゆる種類の小物入れの下に姿を隠していた。左手では、黄金の食器の並べられた食器棚、紫檀の立型ピアノ、輝く茶器の置かれた優雅な小卓、さまざまな遊戯卓が間隔を置いて並べられていた。

美しく着飾った三人の女性と海軍士官の服を着た男性がそのうちの一卓で静かにトランプをしていた。[24] このグループには、刺繍に専念している別の四人目の女性がいた。その向こうでは少佐が禿頭の老人と差し向かいに腰をかけチェスをしていた。ド・サルキュス氏には、自分の二人の秘書が、一人は西洋双六《すごろく》を、他はドミノを、黙々と、それぞれ見知らぬ人といっしょにしているのがはっきりと見えた。しかし、甥の相手も、もう一人の秘書の相手も、少佐の相手も、背中だけしか見えなかったことをつけ加えなければならない。

男爵は自らの無作法にかなり恐縮し、急いで立ち上がると女性からなるグループに向かって会釈をした。そしてこの女性たちをつくづくと眺め、また夢に翻弄されているのだと思って眼を手で覆った。一番年長の女性は赤味を帯びた金髪《ブロンド》で赤ら顔だった。青い磁器の眼は何かを見つめてはいたものの何も見てはいなかった。菫《すみれ》色の唇の微笑《ほほえみ》は紋切型だった。さまざまなダイヤモンドとルビーとが黄金の頭髪の上で輝き、美しい真珠の首飾りが長い頸をとりまいていた。

レースの波がドレスの上半身とスカートの三段のフリルを飾っていた。この女性は二人の若い女性と——一人は金髪《ブロンド》でばら色の頬の女性、もう一人は褐色の毛髪に蒼白い顔色をした女性だった——青年士官と一緒にホイスト[25]に興じていた。刺繍にいそしんでいる他の一人の女性を含めてこの五人の頭は直立し、顔は無表情、眼は一点をじっと見つめ、身体《からだ》はしゃちこばっていた。彼らは言葉を使うことを知らないようだった。それに前腕と手しか動かさない上に実にぎくしゃくとしていた。こうしたことはすべて奇異で、悪夢のような効果を生み出していた。

　波瀾に富んだゲーム展開は少佐とド・サルキュス男爵の二人の秘書とを夢中にさせていた。ド・サルキュス氏はその間中じっと彼らの相手を観察する暇があった。彼らの相手と、ホイストのテーブルに腰かけているグループの人たちが同じ性質を持っていることには疑いがなかった。この人たちは皆同じように押し黙り無感動だった。眼差しと表情には同じ硬さがあった。身体《からだ》の中で前腕と手だけが動いている唯一の部分だった。

「王手！」歯車の音の最中《さなか》で突然しゃがれ声が上がった。

　少佐の相手の声だった。

　少佐は敗北を認めた。そして眼を上げ、そのときやっと自分の客に気づいた。

「失礼しました」少佐は礼儀正しく言った。「ゲームに心を奪われて貴殿のことを忘れていました。私の家族をご紹介させていただきます」

少佐はあっけにとられている司法官をホイストのテーブルに案内した。少佐がそのグループまで来るや三人の女性と士官はゲームを中断して、まるでばね仕掛けのようにぱっと立ち上がった。そばで刺繍をしている女性も針の手を止めて同様の素速さで立ち上がった。

「私の妻を紹介いたします」とウィティントン卿が金髪《ブロンド》の女性を指して言った。

ド・サルキュス氏は会釈した。奇妙な音が聞こえた。ウィティントン卿夫人は頭を振り、口を開けて片言をしゃべった。

「卿、美しい、卿、優しい、わたし、卿、愛します」

こう言うと夫人はまた頭を振り、会釈してお茶のテーブルの方へ滑るように進んでいった。

「私の娘です」少佐は続け、金髪《ブロンド》のばら色の娘の頰を手で愛撫した。

今度は娘が頭を振り、口を半分しか開けずに非常にはっきりと発音した。

「パパ、パパ」

そして母親のもとへ戻った。

少佐は今度はそれほど格式ばらずに、順に、ウィティントン嬢の婚約者である海軍青年士官アンリ・スミス、褐色の毛髪で青白い顔の家庭教師アンナ嬢、つき添いの婦人でさっき刺繍をしていたイングラム夫人を紹介した。この三人もウィティントン夫人と令嬢に倣って挨拶をし、再び席についたスミス氏を除いて、ウィティントン卿夫人のいるテーブルの方へと赴いた。そこでは夫人がすでに湯気の立つティーポットの中味をとても器用に小さな陶器の茶碗に注いでいた。

次に少佐は、あっけにとられている客を他の遊戯卓の方へ連れていった。初対面の紹介は抜きで名前をいうに留めた。

「あの禿頭《とくとう》の方が尊敬すべきノートン卿で、前代未聞のチェスの名人でいられます。あの方は今も私を打ち負かしたところです。私はいつも彼に対する敗北を甘受しなければなりません。甥御殿は目下、海軍准将で私の妻の父親、ジョージ・シャルマース卿と西洋双六をしておられます。秘書殿は、元領事で私の最も旧い友人の一人、バークレー卿とドミノをしておられます。お邪魔をしないことにしましょう。まもなく終わります」

ド・サルキュス氏は強い好奇心をもってドミノをしている人たちを観察していた。

「負けた！　負けた！」──男爵の二人の秘書はほとんど続けざまに繰り返した。

彼らは立ち上がった。その顔は悔しさを表してはいたが驚きは表していなかった。ド・サルキュス氏は彼らに尋ねに行こうとしていた。と、ほとんど同時に、ウィティントン嬢、アンナ嬢、イングラム夫人がこの殿方たちに模範的な優雅さで、茶とサンドイッチを競って差し出した。

少佐が客人たちに向かってつけ加えた、「イングラム夫人は完璧な刺繍をなさるばかりか、とても見事にピアノを弾かれます。[26] 私たちのために何か演奏して下さることを拒みはなさるまい」

少佐は自ら夫人の手をとってピアノへ導き、夫人は椅子にかけた。夫人は前奏を全くせずに五つか六つのヴァリエーションをともなった独創的なテーマをその場で即興演奏した。最初は三連音符で、次にはアルペジオで、三番目にはトレモロで、最後はカスカードとルラードだった。彼女の指は乾いた音で鍵《キー》を叩いた。鍵盤は小さな槌で叩かれたような響きを立てた。その演奏はとても表情豊かだとは言い難かったが、少なくとも完璧な規則正しさと均等そのものだった。

続いてアンナ嬢が歌うように請われた。彼女は顔の形が変わらんばかりに大きな口を開けて発声して聞かせた。よく響く、りんりんとした金属的なコントラルトの声は、たっぷり四オクターブは歌うことができた。この独特な声は、非常に低い音から非常に高い音まで驚くほどたやすく発声でき、最も鮮やかなトリル、非常に速いルラード、曲芸もどきの驚異的な困難さをともなう歌唱を懼れ気もなく疲れもなく歌ってのけた。これほど完璧なものはまたと聞けまい。小ぢんまりとした聴衆は心を奪われていた。特にウィティントン卿夫人は、頭と両の手と言葉とで賞め讃えた。そして音楽の切れ目ごとに「ブラヴォー！　ブラヴォー！　ブラヴォー！」と繰り返していた。

最後にアンナ嬢は車輪が転がるように元いた場所に戻った。オーケストラが再び聞こえ始めた。ド・サルキュス氏は、アンリ・スミスがウィティントン嬢の胴に手を回してステップを踏み始めたのに気づき、二人の若い男女がワルツを踊ろうとしていることを察した。[27]はたして緩やかな数小節と延長記号《フェルマータ》に続いて楽しげな調子でオーケストラが始まった。二人のフィアンセは互いに腕の長さだけ離れ、ダンスをするチロルの木製玩具の人形のように、正確に拍子をとってくるくると回った。二人は一刻も同じ場所に留まらず、テーブルの周りを一巡りし、絶えず速度を増すオーケストラのリズムに合わせて動きを速めていった。その速度は一瞬ごとに増し、二人の姿は次第に見分けがつかなくなり、ついにはぼんやりとした色の形だけしか見えなくなり、その旋回は本物の渦巻のようだった。少佐が合図をすると二人はぴたりと止まった。彼らには感動した様子も息を切らした様子もいささかもなく、それぞれ元の席に戻った。

ド・サルキュス氏は本当に目覚めているのかどうかまだ確信できずにいて、こんな疑心暗鬼のためにある種の苦痛を感じていた。幻覚に翻弄されているのだと信じるだけの根拠はあったのだが、それにしても同じ場所、同じ人々、同じ物がこれほどはっきりと永く存続するのを知覚して驚いていた。一つの夢がこれほど永く続き、これほど論理的に脈絡があり、しかもちっとも断絶がないなどということがあろうか。こんなことを考えていたためか、男爵は何か圧迫されるような息苦しさを感じていた。と、ちょうどそのとき、少佐が言った。

「さて、ド・サルキュス殿、もしよろしければ、ウィティントン夫人がもう一度ホイストを終えられるまでの間、そして、皆様方にお見せしようと思っておりますバレエ・パントマイム[28]が始まるまで、ご一緒にこのテーブルを一周りして私の最上の発明品をご覧いただくことにしましょう」二人は、金銀のメッキと漆塗を施された箱で溢れんばかりになった大きなテーブルに沿って進んだ。これらの箱は形も寸法もそれぞれ異なっていて、あるものはタバコ入れほどもなかったし、また旅行用化粧箱ほどの大きさの箱もあった。ド・サルキュス氏の記憶力は優れてはいたけれど、それでも少佐が見せた縮小模型《ミニチュア》の数々をすべて記憶することはできなかった。箱はすべて極小の機械のケースだった。このコレクションの中には、服を裁つ機械、刺繍する機械、ビール、茶、コーヒーを製造する機械、ひげを剃る機械、野菜と果物を生産する機械、チョコレートを包む機械、卵を産む機械、毛髪を縮らせる機械、下着、シーツ等を洗濯する機械、鉄を鍛《きた》える機械、等々があった。少佐はこうした発明すべての測り知れない恩恵を強調するのを忘れなかった。「耕作機械一揃いがあれば十ヘクタール以上の農地を耕すのに農夫一人で十分でしょう。また他の機械が一揃いあれば、非常に大きな製造所を運営してゆくのに労働者がたった一人しか必要ありません。少なくとも人間の三分の二はもはや腕組みしているだけでいいのです。かつて熟練工の手を必要とした製品のうち、今日、機械の力を借りて得られないものは一つとしてありません[29]」これらの驚異の発明の大半に対してド・サルキュス氏はさっと一瞥をくれただけだった。男爵は人間の知性を抹殺する傾向のある機械にしかほとんど興味を抱かなかったのだ。[30] たとえば、素描をしたり絵を描く機械、彫刻の機械、作曲の機械、詩作する機械、この上なく複雑な数学の計算をする機械、とりわけ、あらゆる事柄に関して蓋然性を皆無にしてしまう機械の草案、[31] こうしたものに、ド・サルキュス氏は感嘆したのだった。「まことに、閣下」男爵は叫んだ。「人間は、天才的能力をもってしてもこれより先には進めないでしょう。ですから閣下の後世には発明家と発明の時代を閉じなければなりません！」

こう言いながらも男爵は始終きょろきょろと顔を動かしていた。ある物音が気になっていたのだ。サロンの両開き扉が絶えず開いて、勲章をつけた軍人や、燕尾服の紳士、はたまた花と宝石とに蔽われビロードの衣服を着た女性、こうした人々に通り道をつくっていた。この人物たちは出立《いでた》ちこそさまざまではあったが、皆同類であることを隠せなかった。入口に立っている召使の叫ぶような声で次々と来訪を告げられた人たちは微笑みながらウィティントン卿夫人の前まで縫うように進み、会釈し、絵の描かれた壁に面した椅子に順に着席していった。男爵はふと、こうした委細に注意を払うのを忘れた。と、長い七、八列の椅子が華麗に着飾った多くの同席者たちによって埋められているのに突如気づいた。同じ一室に集められた二万個の時計の音にも似たざわめきが耳を充たしていた。

男爵は驚きのあまり茫然としていた。直角に身体《からだ》を曲げ、一直線に並んで腰をかけたこのしゃちこばった不動の人々の姿に、一瞬エジプトの神々の集会の只中に迷いこんだかと思った。音楽が少しずつ会話の声を蔽った。客人たちには、バレエの上演があること、席はお好きな所にお掛け下さいと予め丁重に伝えてあった。

「バレエ！」啞然としたド・サルキュス氏は思った、「どこで？　どうやって？」

夢を見ているのだ、眼の前を次々と通っていくものはすべて眠気のせいか熱にうかされた幻影のせいだ、といった考えにまたもや取り憑かれた。ところがまた今度もこの推測を確かめる暇がなかった。オーケストラの奏でる混沌とした旋律《モチーフ》の力で、男爵は知らぬ間に妖精の王国に沈潜した。

観客の顔が向けられている壁面を蔽った巨大な絵は、思いがけずも、まるで夜風に震える池の水面のように震えた。最初、頑丈な壁に見えていたものは実は一枚の画布にすぎなかった。絵の三分の二ほどが機械でゆっくりと持ち上げられると、広くて奥行のある舞台が現れた。登場人物のパントマイムに適《ふさわ》しく作曲されたと思われる音楽の響きとともに上演が始まった。

解説者が必要だった。エジプトの象形文字《ヒエログリフ》に果敢に取り組む解読者といえども、この筋を十分に理解する仕事を前にしてはたじろいだことだろう。これほど解りにくい脚本がダンスの題材に使われたことはこれまで一度もなかった。それは明らかに一人の王子と王女の物語に違いなかったが、運命の書物に記された彼らの結婚に至るまでには、十か十二場にわたる長きを待たねばならなかった。幻想世界の支配者たちのうち、ある者は難行苦行に、また他の者は抗い難い恋の栄光に心を惹かれ、負けじと策を弄し、奇跡を起こし、勇猛果敢な行為を競い合っていた。

しかしこれ以上素晴らしい演出はとても想像できなかった。太陽をさえ色あせさせるばかりだった。舞台装置は幕ごとに変わり、舞台の早変わりは稲妻のごとき速さで操作されたので、それを見る時間さえあるかないかだった。まるで美しい田園をよぎって走る車輌のデッキに居るかに思われた。

そうしている間に、巨人たちに攻囲され、小人たちが防御する城では、妖精の軍団が次々と現れて刀剣で魔神たちと戦っていた。庭の中央では、大釜を取り囲む醜い魔女たちの田園舞踏《ブランル》が蝶々の方舞《カドリーユ》に成り変わっていた。[32] そこでは、花々が生命を帯びてダンスの仲間入りをしていた。さらには、爬虫類と怪物でいっぱいの洞窟があり、亡霊、蝙蝠《こうもり》、無数のキマイラ〔（ギ神）ライオンの頭、ヤギの胴、蛇の尾を持ち、口から火を吐く怪獣〕が蠢《うごめ》く危険きわまりない森もあった。[33]

これら登場人物は皆、観客を喜びで気絶させんばかりに行き来し、交錯して踊っていた。彼らは顔を右に左に向け、眼をくるくる回し、操り人形さながらに腕を振り動かし、また片方の脚で滑っては他方の脚で滑り、まるで磁石のように床に密着しているように思われた。かじかんだスケーターでいっぱいの池でさえこれほど奇異な感じは引き起こさなかっただろう。見事な衣装が主たる踊り手たちを際立たせていた。たとえば、第一の踊り手は宝石で蔽われていた。この踊り手は最高の芸術家の一人に違いなかった。さまざまなステップをし、つま先立って電光石火の速さで旋回し、そのときどきで観客を熱狂させた。ベンガル花火の打ち上げられる壮麗な雰囲気のうちに、お決まりの二人の恋人の勝利で幕は降りた。

ド・サルキュス氏は何が何やら皆目わからなかった。それでも、交互に現れる感動的で楽しい音楽、舞台の矢継ぎ早な変化、衣装の美しさや豪華さ、どんでん返し、パントマイムの俳優と踊り手の奇妙さに絶えず惹きつけられ、笑い、ブラヴォーを叫び、拍手喝采をするまでに我を忘れていた。演出の魔術に夢中になっていたド・サルキュス氏は、いわば機械的ともいえる叫び声と拍手を送る隣の奇異な観客たちにほとんど気をとられないでいた。幕が降り、彼らのことを思い出した。見ると彼らはオーケストラが結尾部を演奏している間に、順に立ち上がって左を向き、ウィティントン夫人の所まで滑るように進み寄って、来たときと同じように彼女に挨拶をしてドアから姿を消していった。このときオーケストラは総奏《トウッティ》の最後の和音で締めくくられた。部屋にはもはやこの夕べの最初の場面の主要人物たちだけしか残っていなかった。順番がきて今度はシャルマース海軍准将が立ち上がり、婿と握手をして立ち去った。アンリ・スミスとジョン・バークレー卿と老ノートン卿も次々と前の人々に倣った。ウィティントン夫人は、娘とアンナ嬢とイングラム夫人に囲まれ、夫からおやすみなさいを言われていた。ド・

サルキュス男爵は駆け寄って、夫人が差し出した手をとって言った。
「ああ、奥様、理想の女性、優雅の驚異、誠意と謙譲の範よ、御手に接吻することをお許し下さいませ」
夫人はそれに応えて数音節の外国語をたどたどしく発音したが、男爵は難なくソフォクレスのあの詩句だとわかった。

Γύναι! γυναιξὶ κόσμον ἡ σιγὴ φέρει.（婦人たちよ！　沈黙は女に飾りをもたらす。[34]）

シャンデリヤが徐々に消えていった。すべてが、冒頭で少佐の訪問客たちを驚かせたあの最初の歯車の音の中に戻った。敬意と讃辞の言葉も尽き果てたド・サルキュス氏は何度となく暇乞いの意を表していた。突然奇妙な音が男爵の耳を打った。一階から聞こえてくると思われるおうむの声が歌い始めた。

アンリ四世、万歳、
勇敢な王、万歳[35]……

少佐の唇から困惑したような薄笑いが漏れた。

「どういう意味でしょうか……」あっけにとられたド・サルキュス氏が叫んだ。

「下に参りましょう、皆様方」少佐は静かに答えた、「貴殿方は私の財産の保全についてご心配下さっているようです。拙宅の壁が簡単に越えられ、扉は簡単にこじ開けられるものとお思いのようです。一階へ参りましょう。私がするまでもなく、たまたま丁度いい具合にそのことにお答えすることができそうです」

彼らは階下へ降りた。階段の下で、少佐は客をすぐに庭へは連れていかずに、左手にいざない、扉が半分開いている部屋へ一緒に入るように請うた。そこは真っ暗闇だった。入るやいなや溜息が彼らの注意を惹いた。

多くのガス燈が直ちにその場を照らした。その場景は、まず彼らを驚かせ、ほどなく陽気さを掻き立てた。

入口の左手、貴重な家具がたくさん置かれた部屋の隅に、みすぼらしい身なりの男がうめきながら、両開きの金庫の前で身動きもせずじっとしていた。皆には男の腰しか見えないので、この哀れな男が、どうして物音にも明かりにもおびえずに、金庫に深く差し入れた手を引こうとさえ思わないのかが不可解だった。少佐は客人たちに近寄るように請うた。そこでやっと客人たちはこの見知らぬ男がどうしてこんな風に身動きもせずじっとしているのかが解った。その手首は、鉄の輪が締める力で青くなり、握っていた手は堪え難い痛みでだらりとしてしまい、棚に散らばった無数の金銀を惨めに見下ろしていた。

「おやおや、畏れ多くも閣下の金貨を狙うとは運が悪かったね」ド・サルキュス氏は楽しそうに言った。

　この言葉は皆の哄笑に迎えられた。泥棒は黙っていた。男は若かった。長い毛髪が肩に乱れかかっていた。窮乏生活でやせこけてはいるもののその顔からは気品も魅力も失われてはいなかった。額は知性に輝き、鷲鼻の鼻翼は極度に感じやすい性格を示していた。口と顎《あご》は絹のように柔らかいひげに隠れていた。大きな青い眼からは痛ましい悲しみが流れ出していた。やがて自身を痛めつけていた手錠をはずされた青年は、自分をじろじろと眺めている人々の前に恥じ入って頭《こうべ》を垂れた。

「貴殿のような高雅な面立ちの青年がためらいもなく盗みを企てたとはいったいどうしたことなのかな」男爵が突然、厳しい口調でいった。

「おお、私は盗みをしようなどとは毛頭考えてはいませんでした。宿を探していたのです」哀れな青年はこの上ない純真さで答えた。

「これは驚いた！　それでは貴殿は仕事を持ってはおられぬのか」ド・サルキュス氏は叫んだ。

「すみません。私は詩人なのです[36]……」哀れな男は顔を赤らめながら低い声で口ごもった。

　この告白に、少佐と客人たちはあっけにとられて顔を見合わせた。

「詩人ですと！」ド・サルキュス氏はやっと言った、「詩人ですと！　気の毒な人だ！　じゃ、まだ詩人がいたということか！　おお！　卿よ、珍しいことですから無罪放免してやりましょう」

「お願いです、お慈悲ですから！」とすぐさま詩人が涙を流して言った。「手を合わせてお願いします。私を追い払わないで下さい。私はどこへ行ったらいいのでしょう。私には住処《すみか》も食べ物もありません。私を牢に入れて下さい[37]！」

この願いを聞いてウィティントン卿が最初にした動作は、金庫の棚の金貨の山をつかみ青年の手に握らせてやることだった。この手本に触発されたド・サルキュス氏自身は名誉欲を刺激されて、ポケットに手を入れて数枚の銀貨をとり出し、少佐の贈り物につけ加えた。詩人の顔色は変わっていった。彼は順に蒼く、緑に、そして赤くなった。詩人は血走った眼を見開いていた。手は開いたままだった。詩人は確実に夢を見ているか、さもなくば残酷にもかつがれているのだと信じていた。

「さあ、取りなさい。そして素行を改めて何か仕事につきなさい」少佐は優しく言った。

ド・サルキュス氏は疑わしいという印に首を振った。

詩人は、もっともだと言いたげだった。そして、自分が決して眠っているわけではなく、黄金を手にし自由の身であることを納得すると、錯乱にも似た陶酔に捉えられた。

「ありがとうございます、ありがとうございます！」詩人は突如、感激して叫んだ。「貴方《あなた》がたは高貴なお心をお持ちです！　後世の人々はそれを知ることでしょう。貴方がたのお陰で私はやっと抒情詩の詩作に身を捧げることができます！」

「申し上げた通りで」とド・サルキュス氏は少佐を見て意味ありげに言った。「いやはや！矯正不可能！」

しかし詩人には聞こえなかった。喜びに有頂点になった詩人はすでに夜の闇の中に姿を消していた。

「皆様方、この事件から察しますところ」と少佐は言った。「これからの道行きは安全とは申せますまい。私の発明した短マントを皆様に差し上げることをお許しいただきたく存じます」

少佐は、左右対称に拳銃の砲身と短刀が付いた熊皮の短マントを壁掛けから取り外して客人たちにそれを身に着けるよう促した。

「胸の所に並んだ三個のスイッチにご注目下さい」少佐が続けた。「最初のは機械を装塡し、二番目のは炸裂させ、三番目のが停止させます」ド・サルキュス氏、そしてド・サルキュス氏に倣った二人の若い秘書が、最初のスイッチを動かした。短刀と砲身とが脅すように立ち上がった。まるで身を護ろうとするヤマアラシの背中のようだった。

「危険に出会った場合は」少佐が続けた。「第二のスイッチを押すだけで結構です。たちどころに二十発の砲弾と二十突きの短刀とが敵を片づけます。私はこの衣服を地獄マントと名付けました。私の思い出の印にこれをお収めいただきたく存じます」

男爵はしきりに礼を述べた。男爵は身も心も尊敬すべきウィティントン卿の仰せの通り、といった心持ちだった。そのため、何事にあれ少佐のお気に召すことができれば、どれほど誇らしく、幸せなことかと述べた。

少佐は客人を戸口まで送り出しながら言った。「私の隣人がこれからも一度ならず苦情を訴えるのは当然ですし、また必ずそうすると思わなければなりません。もしよろしければ、少しばかりあの男に我慢する気持ちを起こさせていただけるでしょうか。私の近所付き合いも、もうそんなに永くは隣人を苦しませないでしょう。それに、私は隣人の不眠を補償するために名誉ある職務を準備しております……」

ド・サルキュス氏は、件《くだん》の小市民について、閣下はみじんも憂慮なさいませんように、と強調した。

これに答えてウィティントン卿が言った。「さようなら《アディユウ》皆様、さようなら《アディユウ》！ 科学と進歩が皆様に喜びをもたらすよう祈っております。皆様方にはほどなく私の消息をお知らせすることになるでしょう……」

実際、気の毒な老人はまもなくまた裁判所へ苦情を訴えにやってきた。それはいつの間にかこの男の慣わしとなった。男とその妻とは目に見えて衰弱していった。最初は丁重に追い払われ、次にはかなり冷たく、まもなく邪険に追い払われた。そうしてついに検事総長は男が自室に立ち入ることを禁止する決意をした。不幸な男は何度となく請願書に頼ったが、そのたびごとにそれは屑籠に捨てられた。最後の請願書は脅迫めいていた。

そこにはこう書かれていた。「今や台無しにされた堪え難い生活から一刻も早く解放されるために、私どもは早急なる死を心から望むに至りました。司法官殿、この点にご留意いただきたく存じます。私どもが被害を蒙《こうむ》っております陰謀に早急にけりをつけて下さらなければ、二人の人間の早すぎる死に対し、ご自身をお咎めになる羽目となることでしょう。あらゆる美徳を備えた、模範的で優れたこの二人の人間が、多年にわたる商売と、規律正しい生活、倹約と耐乏、上手な家政のきりもり等々の代償として手に入れました幸せに適《ふさわ》しくないとは、今もってとても思えません……」

この不吉な見通しにも当局は全く冷淡だった。

善良な市民《ブルジョア》はもはや自らの絶望と相談するより他はなかった。怒りに駆られて、男はすぐさま庭の鉄柵に次のような貼札をした。

「魅力溢れる家、家主死亡につき即刻売りたし」

買い手が現れた。すぐ売買契約書が作成された。足りないのは署名だけだった。そして恐るべき一夜が、思いがけずも、この律儀な家主の気持ちを変えた。

真夜中の一時頃だったろうか。星のまたたく下で野山は眠っていた。間《ま》を置いて、鈍い轟くような音が平野の静謐を乱した。人々は雷が近づいたか地震の前ぶれだと思った。その響きは次第に烈しさを増して恐ろしい音になった。今までこれと似た音は耳にしたことがなかった。雨も降っていなければ風も吹いていなかった。騒音は稲妻を呼ぶこともなく次第に凄まじくなっていった。それは何千という不快な雑音の奇妙な寄せ集め、世界中の騒がしい織機を一堂へと集めたかのようだった。エトナ火山の洞窟にある、轟音の響き渡る穹窿《きゅうりゅう》の下で、ウルカヌス〔(ロ神)火と鍛冶の神。(ギ神名)ヘパイストス〕とキュクロプス〔(ギ神)一つ目の巨人〕とが力を合わせて働いても、この演奏には兜を脱いだことだろう。およそ二時間ばかりは、まるで数百万の金槌、やすり、のこぎりが同数の工場用吹子《ふいご》と呼子《よびこ》とに混じり合って、鉄とブリキと木と石とを同時に叩いたり、こすったり、切ったり挽いたりしているかのようだった。この巨大な、怪物のような、恐ろしい交響曲《シンフォニー》に続いて爆発が起こり、それは二里四方の家屋を揺るがせ、何事にも動じない人々の心をも恐怖におののかせた。多くの人々はこれで自分も終わりかと思った。しかしこれだけだった。ついで死のような沈黙が訪れた……。

明け方、哀れなあの老人は、恐怖に半死半生となって、それでも思い切って窓に眼を押し当てた。眼に入ったものから判断して、まだ自分が十分に目覚めていないのだと思った。老人は眼をこすった。だが見間違いではなかった。ほんのしばらくは、驚きのためにその場に釘づけになって手足がきかなかった。しかしすぐ妻にかけ寄って、ショックで口もきけないままにスカートをつかんで妻を窓まで引っぱっていった。妻もまた同じように動顛してしまった。

昨日にはまだ夫婦の視界を遮っていた高い陰鬱な壁の代わりに、今では、金色の美しい格子柵が広大な広場を囲み、その中央には記念碑のようなものが聳《そび》え立っていた。

ほどなくしてこの格子柵の下にやってきた夫婦は、この奇跡と見まがう変容の前に続々と集まってくる群衆と同じように、すぐにあれこれ推測し始めた。

ド・サルキュス氏は、それより遅れて、知らせを受けた当局の者たちの先頭に立って現れた。彼の記憶には、少佐のあの予言的な言葉がまだ鳴り響いていた。

「皆様方にはほどなく私の消息をお知らせすることになるでしょう……」ド・サルキュス氏は人混みを掻き分けて庭に入り込み、記念碑へとまっすぐに歩んだ。

それは荘厳な、しかし奇妙な墓廟《ぼびょう》だった。その構造の詳細を述べるには十頁をさいても十分ではないだろう。それは全く何とも言い難い形をしていた。御影石の土台には、非常に巧みに考え出された巨大な機械装置が横たわっていたが、数え切れないこれらの中でとりわけ、機関車、気球、船、電線、プロペラ、望遠鏡が特に目をひいた。小さなピラミッドと避雷針がこれら全部を見下ろしていた。ピラミッドの台座の四面のうち二面には大理石の石板に墓碑銘が刻まれるのを待っていた。

ピラミッドの傍には、御影石の土台に地下室へ下りて行く入口があった。ド・サルキュス氏は松火《たいまつ》を持って来させて勇敢にも降りていった。二十歩ばかり進むと、柱と飛び梁《はり》とで支えられた広い部屋に来た。手筆原稿の山といくつもの戸棚とが壁に沿って秩序正しく並べられ、中央には大理石の墓が建っていた。男爵が近づいた。厚いガラス板が墓を蔽っていた。ド・サルキュス氏はクリスタルガラスの向こうに少佐が仰向けに横たわっているのを認めた。少佐はあの赤い服を着、鶏の羽飾りのついたあの帽子をかぶっていた。顔はすべて見えたが、それを除けば身体の他の部分は柔らかいクッションの中に半ば埋まっていた。顔全体は薄い蠟の膜で蔽われているように見えた。片手には巻紙を握っていた。ド・サルキュス氏は墓の蓋を持ち上げるよう部下に命じた。巻物はド・サルキュス氏に宛てられ、そこにはウィティントン卿の願いの言葉がしたためられていた。

それは遺言とは言えなかった。

「私は死んではおりません。私の発明した麻酔[38]によって生命活動が一時停止しているだけなのです」

　こんな風に少佐は始めていた。そしてこう続けていた。

「その処方は私の書類の中にあります。六十年後の世界がどんなになっているかを私自身の眼で見たいのです。何を隠しましょう、変わらぬ幸せの内懐《ふところ》に包まれながらもある不快さが、倦怠や憂鬱《スプリーン》に似た何かがひそかに芽を吹き発育していました。もし、入眠という手だてがなかったら、そこから私を救い出したのは自殺だったでしょう。今日まで私が何を発見しようとも何も解決できなかったのは、この条虫《テニア》[39]が成長したからなのです。今から六十年の間にはあるいは、このふさぎの虫を退治する薬も見つけ出されているかもしれません。それが重要な問題なのです。[40]私の隣人には、命のある限り一ヶ月二十英ポンドで私の身体《からだ》の番をする役を引き受けていただきたい。それは楽な仕事であり、私のこれまでの騒音による近所迷惑を忘れていただくために、この特権を遺贈するものです。その仕事は、ときどき私にかかった埃《ほこり》を払い、一年に一度私の顔の蠟の層を新しくすることです。その後継者は、彼の知人で正直な人たちの中からご自分で選んでいただきたい。こうして私の番人に任命された方は、六十年後には、私を生き返らせるために、書類に記載されている指示を細心綿密に守っていただきたい」

　他の多くの意向が続いて記されていた。少佐はこうつけ加えていた。

「地下室の自筆原稿はすべて科学アカデミーの会員諸氏にお任せし、会員諸氏は委員会を任命し、原稿を整理、注釈、出版し、その影響力をすべて駆使し、私の発明の普及にお力添え願いたい。さらに、これら諸氏においては、人類の苦痛が根本的に廃絶されるに至ってもさらに完璧に人類が幸せになる方法を発明した人のために、願わくば、一年に八百英ポンドの賞金を与えるべく基金を創設していただきたい。諸科学、工業技術、機械、資本の引き寄せがもたらすおそれのある不治の幸福に人類が直面したとき、この基金は、それこそ真に人類愛に貢献するものとなるように私には思われるのです……私は、深い賞讃と高い評価の印として、その部門の四十席の間で毎年分配されるべき終身年金として八千英ポンドを科学アカデミーに遺贈するものです。銀行紙幣の形で戸棚にしまい込んである六千万英ポンドの半分があればこれらの遺贈に十分でしょう」

このように明示された希望を厳格に遂行し、監督する名誉ある役割は、ド・サルキュス男爵の好意と叡知に対して授けられていた。

このニュースは学者たちの間で長期にわたってセンセーションを引き起こした。さまざまな新聞、とりわけ『実用機械新聞《プラクティカル・メカニックス・ジャーナル》』[41]は、数ヶ月の間、喪の黒い縁どりをした新聞を出した。少佐の書類を整理、検討し、深く研究するために委員会が、即刻指名された。アカデミーの科学部門の会員たちは、原稿にしたためられた数々の驚異の芽生えを見て途轍もない熱狂にとらえられた。彼らは全員揃って一斉に立ち上がり、大礼服を着、行列をつくってウィティントン卿の邸宅に赴いた。

彼らの気配りからピラミッドの台座部分の一側面には金文字でこう刻まれた。

科学の救世主《メシア》

そしてもう一つの側面にはこう刻まれた。

人間の他に神はなし、而《しこう》して
ウィティントンはその預言者なり。

かくあらしめ給《アーメン》え！

ロマンゾフ

一

一八四一年十一月のある寒い日の午後一時頃、頭巾付外套《フード》に身を包んだ一人の男がムッシュー・ル・プランス通り[1]のとある建物の前で立ち止まり、扉にぶら下がって揺れている貸家《アパルトマン》の表示がある板にさっと一瞥を投げた。

男は門番室に入った。

「奥さん《マダム》、貸家《アパルトマン》は空いているでしょうか」男はそこにいる女に言った。

「ええ、旦那様。四階に一つと二階に一つ」「二階の貸家《アパルトマン》を見せて下さいますか」

門番の女はまず、この青年の声、物腰、容貌に魅せられて、いそいそと鍵束を取り、先に立って階段を上った。

男は中背で、その蒼白い顔には気品があり、青い眼は柔和そのものだった。金髪の長い顎鬚は顔の下部を隠していて、訛《なまり》から北部地方の人間であるとわかった。

男はたいして注意も払わずに、貸家《アパルトマン》の部屋をざっと見て、その値段を聞き、借りた。貸家《アパルトマン》は空いていたのですぐに入居することができた。

「私はロマンゾフといいます」男は出がけに言った。「もしお聞きになりたいことがあれば、……氏の所をお訪ね下さい。私の公証人で、住所は××通り、××番地です」

公証人の名前、通り、番地はその通りだった。

しかし、そんなものは要らなかった。昼間のうちに競売吏役所から、実に美しい家具を満載した大きな屋根付きの家具運搬馬車がロマンゾフ氏宛に到着した。それだけで、最も優れた情報よりはるかに価値があった。

こんなわけで、門番のおかみさんは新しい借家人の銀行口座に関する情報を問い合わせに行かなくてもいいと思った。もっとも、――後におかみさん自身の言葉が証明することになったのだが――男の誠実そうな見かけからだけでも、この人物を信用して受け容れたのかもしれない。

ロマンゾフ氏にはある生活様式があり、そのためにすぐさま変わり者だと思われた。この人物は全く一人で生活し、誰も家へは招かず、ちっとも外出しないかあるいはとにかく非常に稀にしか外出せず、しかもそれは夜だけだった。

最初のうち、ロマンゾフは卸市場へ行くために、夜明けにせいぜい二、三度出かけたことがあり、そのたびに、肉と野菜とぶどう酒を満載したかごの下で背を丸くしている使い走りの男を従えて戻ってきた。この貯えはすべて地下室に入れられ、ロマンゾフは食事に必要なものを毎日そこから取り出していた。

ロマンゾフに眼を向ける人々は誰しも、二千フランを超えるアパルトマンに住み、贅沢な家具、鏡、じゅうたんを所有する育ちのよい青年がこんな風に生活していることに納得がいかなかった。しかもそれは、青年がけちなどころか、いつも手元に現金を持ち何に対しても値切らず支払っていただけに、ますます不可思議だった。

ある日、門番のおかみさんは青年に誰か掃除、片づけをする人間を見つけようかと申し出た。

「その必要はありません」ロマンゾフは答えた。「家では少ししかすることがありません。すべて整頓されていますし、私は散らかしませんし。それに」と男はつけ加えた「もうじき一人、青年が来ます。もし必要があればその青年が手助けをしてくれるでしょう」

実際、数日後、先に話に出たその青年が不意にやってきた。それはプレッセルという名のヴュルテンベルクの人間で、建築技師の免状を取るために勉強をしているということだった。

この日から、ロマンゾフは朝出かけるのをぷっつりと止めた。卸市場へ行き食料の買い置きをする世話はもっぱらプレッセルの仕事だった。

この青年はフランス語がうまくしゃべれなかったが、ロマンゾフのことをいつも必ず敬意と熱狂をもって話し、恩人と呼んでいた。

「とても金持ちで名家の出であるのに」と青年は半分ドイツ語、半分フランス語の何やらわからない言葉で言った。「あの方は誰よりも質素で善良な方です。あの方の情熱はただ二つ、研究し善行を施すことだけです。私がお世話になったことだけでもその全部をお話しすることができないほどです。私の些細な手助けに対して衣食住を下さり、本を買って下さり、色々と教え、建築家の講義を受けさせて下さっています。学業を全部終えるまでは私を故国へ帰らせるつもりはありません」

こうした細々《こまごま》とした事柄は驚きよりもむしろ興味を掻き立てた。それは、ロマンゾフについて人々が思い描いていたことをただ裏付けるものにすぎなかった。ロマンゾフの感受性は確かに度を超えていた。貧困という貧困はロマンゾフの感じやすい心を震わせ過度に昂ぶらせた。この感じやすさがために、施しをすることはロマンゾフが生活の平穏を得るために必要だと思われる日々の慣わしとなっていた。ひどくお腹を空かせているように見える煙突掃除をする子供たちを幾人か玄関の間《ま》に呼んではパンと肉をたっぷりとふるまうことがよくあった。またさらにはぼろをまとった裸足《はだし》の貧しい子供たちを集め、あれこれと尋ねたあと、肌着、古着、そしてしばしば金銭さえ与えた。

こうしたあらゆる行為の中には、もちろん、見せびらかしの影はみじんもなかった。というのもロマンゾフは憐れみを感じ施しをした人々に対して、秘密を守ることを義務とし、どんな事情であれ、自分のことを誰にも話さないことを約束させたのだ。

ロマンゾフの生活は相変わらず堅固な壁で閉ざされ続けていた。アパルトマンの中は後宮《ハーレム》のようだった。プレッセルを除けば、誰もそこに入り込めなかった。ロマンゾフは手紙もまったく受け取らなかったし、まる数週間も出かけることがなかった。もし出かけるとしてもそれは夕方、黄昏時《たそがれ》だけであり、ほとんどの場合、四、五日経たなければ帰って来なかった。

一度だけ、門番のおかみさんは朝方、じゅうたんの鉤裂《かぎざき》を繕うためにロマンゾフの家にやっと入り込んだ。デルトおばさんと呼ばれているこの女主人は中年の未亡人でロマンゾフを熱愛していた。おかみさんは崇拝する人の聖域に入ってただ深く感動するばかりだった。ロマンゾフは数学の勉強道具、ギター、紙、本が散らかった大きなテーブルに向かって腰をかけ、プレッセルに計算の授業をしていた。おかみさんは興奮していたにもかかわらず、縫う手を止めずにあちこちを素早く盗み見た。

おかみさんはロマンゾフの青い眼から洞察力に富んだ鋭い視線が自分の上にじっと厳しく注がれているのに気づき、骨の髄まで凍りつくのを感じた。

ある日、一人の婦人がロマンゾフに会いに来た。婦人は非常に質素な身なりをしていたが、とても上品だった。厚いヴェールが顔を完全に蔽い隠していた。訪問者はロマンゾフが在宅かどうか、何階にいるのかを訊ねた。他のときには——というのもそのとき以来何度かいつも同じように入念にヴェールをかぶって現れたのだが——この女性は門番室の前を通って振り返りもせずに上の階へ上っていった。この女性の訪問には謎めいたところがあったので、ロマンゾフによってそそられ募りつつあったおかみさんの好奇心はますます掻き立てられた。

二

六階か七階建の建物には実に種々雑多な職業の人間が、縦長の同じ一つの空間に寄り集まっていた。そこには学生、絵描き、もの書きなどの若者がいて、しばしば夜になると一階の門番室に会し、種々のひそひそ話がなされ、そこでは少しずつあらゆることが話題にされるのだった。この建物や近所の女たちがやってきて、ときとして、この集まりは大きくなった。ロマンゾフのいないときには、プレッセルがきて壁の花となり、必ずしも理解できるわけではない議論にぽかんと口を開けて聴き入っていた。

二、三度ロマンゾフは不意に現れ、しばらくそこにいた。この人物のことは絶えず話題に上っていたが、めったに会うことがなかったから、当然、魔術的な威光を持たないわけがなかった。ロマンゾフは気さくに門番室へやってくると、自分が他人《ひと》と付き合わないのはプライドからではないことを示しさえした。ロマンゾフは来るたびごとに人々に強烈な印象を与えた。無遠慮な人たちは、まったく無邪気にこの隣人を尋問した。この人物は数ヶ国語に通じていて、歴史、哲学、数学に深い知識があった。音楽と絵画に関するこの男の意見は芸術に関する理解が本物であることを物語っていた。しかしなかでも最も好んで話したのは政治経済であった。貧困が問題になるや、眼は閃光を放ち、その雄弁には火がつき、身振りは特異な生気を帯びるのだった。

以下のような言葉がロマンゾフの口をついて出てきたのを聞いた人々は、後になってそれを思い出し唖然としたにちがいなかった。

私はこの世の中が不公正ばかりだとは思いません。例えば、我々が偶然によるものだと考えている富の配分は多分一般に考えられているよりは公平です。しかし、明らかに、あまりにも多くの人々が、食欲をほどほどに満たしたり、知力、才能が必要とするよりもはるかに多くの財産を持っています。そしてこのことはおそらく我々の災《わざわ》いのうちで最も深刻なものの一つなのです。[2]

ロマンゾフの言うところによると、こうした人々のうち、どんなに無欲な人々でも、今より良い方法がないので、金を貯め込み、資本の流れから夥しい富を得、それはあたかも余暇を費やして川をせき止め、深みの底にその水を貯めている人々に似ているというのだ。またこうも言ったものだった。

もしひとたび人間が、ものごとをよく見、欲することに同意しさえすれば、人類を悩ませ、悲嘆に暮れさせている貧困の半ばは明日にでもやすやすと混乱もなくこの世から姿を消すことでしょう。

ロマンゾフの言葉にはその生活と同様何か謎めいていて不可解なところがあった。幾条かの閃光が、ときにこの闇を貫いた。

たとえば、

この世には貧困がありすぎます。哀れな人類にはその貧困がなくなってもまだかなりの苦しみが残るでしょう。

こうした言葉の断片は、そのままロマンゾフが言った通りではないにしても、少なくとも、ロマンゾフが実際に突き動かされている、あるいはそう信じてほしいという真摯な気持ちのニュアンスを精確に表している。

さらにロマンゾフは若者たちに向かって、ときどき情熱的に激しく語りかけ、たとえば――ただ一つしか例を引かないが――こんなことを叫んだ。

おお！　パリサイ人[3]よ！　パリサイ人よ！　十八世紀の永きを経ても相も変わらぬ人々よ。死人の骨と汚《けが》れにまみれた偽善者たち[4]！　福音[5]をまたやり直そうではないか。じきにわかることだ！　この行きすぎた無秩序と諸悪からはおそらく何らかの善が生まれ出よう。

この言葉が、ロマンゾフに耳を傾けた人のうち幾人かの魂を夢中にさせ、熱狂を呼んだことは言うまでもなかった。

その上、不幸に対して空しい涙しか流さない繊細ぶった偽善者たち、涙と蜂蜜のように甘い言葉以外には何も持たない偽善者たちをロマンゾフは大胆にも批判し、この問題についてこう言った。

私たちは同胞に対して薄情でいる権利があると考えます。それでも、法と習慣が規定することの外で他人に何かを強要することはとにかく慎みのないことだと考えます。しかし、断固として貧しい人を追い払おうと考えながら、自分が抱く下心から彼らを騙そうと望むこと、徒刑囚を監視する恐ろしい刑吏の心を持ちながら心優しい人間だという評判を取り、ここから利益を得ようと目論《もくろ》むことは、憎むべきで、糾弾すべきことだと思われます。

ロマンゾフはこんなことを言い、驚くほどこれを強調しさえした。だが多くの中から選ばれた二つの印象的な行ないからは、どう見てもこの青年が言葉より行動することを好んだことがじきにおわかりになるであろう。

三

建物に入ると門番室が右手に、階段が正面にあった。門番室のそばの階段の下の空間には地下室に降りる入口があった。未亡人のデルトおばさんは中二階で寝起きしていた。未亡人の寝室と門番室の間にはいびつで高さは低いが、広くて奥行のある、扉で閉じられた窪んだ空間があった。それはデルトおばさんの納戸になっていた。

ある朝、ロマンゾフが自分の家から地下室に行こうとしたとき、途中、暗くて息の詰まりそうなこの壁の窪みの少し開いた扉から溜息が漏れてくるのを聞きつけた。ロマンゾフはすぐさま門番室にそっと入った。

「多分私の間違いです」ロマンゾフはいくらか驚きの混じった調子で言った。「こんな所には誰も住んではいますまい。階段を降りながら嘆き声を耳にしましたがそれは空耳にすぎないでしょう」

「どんな嘆き声ですか、ロマンゾフさん」

「あなたの寝室の隣の壁に作られた納戸から漏れてくるように思われました」

「そのことですか。ある哀れな女が……」

「哀れな女！」ロマンゾフは勢いよく遮った。

フランスでは、特に大都市では、慈悲が惜しみなく、絶えずあらゆる形で施されていることは誰も疑わない。そしてそれは、ごく自然に、慎しみ深く、全く模範的な素朴さでなされている。苦しむ人々はまるで当たり前のようにそれを享受する。しかしまだ多くの不幸が表面には見えずそれとはわからないために、全く救済されずにいる。こうしたことは例外なのである。それが今起こっている事例であった。

この女には家族や友人がいないか、いたとしても、少なくとも、女を助けることができない親戚、友人しかいないのだった。どう見ても、この女は助言さえも受けられなかったに違いない。

夫は働き者の職人だったが結婚して六、七ヶ月後に病気になった。夫が救済院[6]に運ばれることを妻がとても嫌がるので、夫はすぐに治るだろうとひそかに期待もし、妻のたっての願いに折れた。その結果、恐るべき不如意に陥ったのだった。どうしようもないその場しのぎを繰り返すうちに、暗い現状は改善を見ず将来を悪化させていった。危機に次ぐ危機を経て、職人は、明日にも出産しようという身重の妻を残して死んだ。

一文無しになり、預金もなく、希望もなく、借金に打ちのめされた妻はもはやブルブ救済院[7]の入院許可を請願するしかなかった。妻は疲れと窮乏により精根尽きてそこに入院し、子供を産んだが、子供はたった数時間しか生きられなかった。母親は高熱と疲労のため永い休息と手厚い看護を必要とした。しかし救済院は病院ではなかった。そこを出て自分の場所を他の人に譲らなければならなかった。

一ヶ月六フランの家具付きの小部屋に住み、数日間は懸命に働いた。だが体力が気力についていかなかった。さらに災難は重なり、ホテルの主人のたび重なる督促によって女は住んでいる小さな屋根裏部屋を去らなければならなかったのだ。

夜、寒さの中を、女は絶望に半ば気が狂いそうになりながら通りから通りへとよろめきながらさまよっていた。それはただ浮浪罪で訴えられはしまいか、逮捕されはしまいかという恐怖心に支えられていたからにすぎなかった。何に導かれてか女はついにムッシュー・ル・プランス通りに行くことを思いついた。そこには古い知り合いの門番女が住んでいた。門番女は深く同情し、自分の判断でこのねずみの寝倉のような所で革帯を張っただけの木のベッドを提供したのだった。ロマンゾフはそこからうめき声が漏れ出るのを聞いたのだった。「こう言いますわ。《天は自ら助くるものを助く！》って」最後にデルトおばさんはこうつけ加えた。「やっぱり、ロマンゾフさん、人は自分で立ち上がる力を持たなきゃ」

ロマンゾフは我を忘れるほど心を動かされていた。

「本当ですか。不幸な女性ですって。どうしてすぐに知らせて下さらなかったのです」

「昨夜ここに来たばかりなのです」

「ああ、やっと」ロマンゾフはまた言った。「神の讃えられんことを！　その女性をここに導いたのは摂理です。待って下さい！……」

こういってロマンゾフは突然門番室から出ると自分の住居に上がっていった。そして数分たつと戻ってきた。

「おかみさん」ロマンゾフは門番の両手に百フランを渡しながら言った。「このお金をそのかわいそうな女性に渡して下さい。住居《すまい》を探して健康を回復しますように。女性が生活に必要なものをいつも私に知らせるようにして下さい。仕事を見つけられるまですべてを引き受けます。ただ、このお金がどこから届いているかを決して口外しないで下さるようお願いします」

ロマンゾフは門番がこの行為にあっけにとられ口もきけないのをいいことにその場を立ち去

った。

四

一八四一年十一月に入居してからというもの、ロマンゾフはほとんど毎日何か施しをし、それは人々の記憶に刻まれた。

多くの人々は、この男が褒めそやされるのを絶えず聞くことにうんざりし始めてさえいて、その善行を笑い物にする勇気を持った冷やかし好きの人たちに喜んで耳を貸したものだった。他方、情熱にも似た好奇心を掻き立てられた人々は、この人物が頑《かたく》なに自分の生活の周りに張りめぐらした謎のヴェールを思い出しては小声で噂話をしていた。無遠慮、羨望、中傷、不当な行為が徒党を組み、知らぬ間にこの謎めいた人物を、いわば攻囲していった。だが結局、こうした敵意のある感情からは、数時間ともたないへたな憶測さえも生まれなかった。

一八四二年の一月六日がやってきた。

この日、この建物では忘れられない大事件が起こることとなった。

ロマンゾフは留守だった。午後の二時か三時頃一人の若い娘がこの男を訪ねてきた。

「あの方はお留守です」デルトおばさんはすぐさま答えた。

「まもなく帰られると思われますか」

「そうだといいですね。お待ちになりたければ……」

若い娘は腰を下ろした。二十五歳くらいだった。その顔立ちには誠実さが息づいていた。身なりはとても質素だった。

ロマンゾフ氏に関することならデルトおばさんに興味のないものはなかった。おかみさんはロマンゾフとこの若い娘にどんな共有事項があり得るのか知りたい一心から、すぐに打ち解けた。知らず知らず会話はこの住人の話となり、おかみさんは心底熱狂的にこの男のことを話した。

「ああ！」若い娘は感動して言った。「ロマンゾフさんの善行のありったけを全部話して下さい。あの方はあなたが思ってらっしゃるよりさらに心が寛いのです。私にはそう信じる根拠があるのです」

一種の親密さが急速に二人の間に生じた。ロマンゾフ氏のおかげで、女性たちの時間はたちまち過ぎていった。だが若い娘はついにそれ以上は待てないようだった。

「あの方に何かお伝えしますか」デルトおばさんは訊いた。

「私だけが」若い娘はすぐに返答した。「私だけが私の感じていることをロマンゾフさんに言えるのです。私の感謝の気持ちは心から溢れそうです。おわかりいただけますかしら！」

若い娘は一息ついて再び話をついだ。

「いいですか、あなたはロマンゾフさんがお好きです。あなたに秘密にすることはよくありません。その秘密を知ればあなたはあの方のことを本当によく知ることになり、さらに讃嘆の気持ちが増すことでしょう……」

この若い娘の父親は中央市場の界隈で賄い食堂《ターブル・ドット》8を経営していた。元軍人で、見たところ、最も他人を信用しやすい人物だった。数々の失敗をしても、誰にでもツケを許す性癖《くせ》が治らず、気が弱くていつも債務者を告訴できないでいた。絶え間ない激しい不安と経済的苦境の最中で私欲なく十年を過ごし、ついに破産に追い込まれたのだった。

ロマンゾフはこのお人好しの男の賄い食堂《ターブル・ドット》で長い間食事をしていた。ここで食事をするのを止めてもやはりときどきは会いに行き続けていた。つい最近、こうした訪問のとき、老兵が陰鬱な様子で手形の支払いを延期しているのに驚いたので、脇に呼んで事業の状態がただ事ではないことを無理矢理白状させた。「いくら要《い》るのですか」続けてロマンゾフは訊いた。「その話は止めましょう」老人は頭を振って答えた。「言っても無駄です」「いいから言いなさい」「少なくとも七、八千フランは必要でしょう。万事休すです」「大丈夫かも知れません」ロマンゾフはすぐに言い返した。「私個人の経済力では明らかにこの額はお貸しできないでしょう。けれども、おそらく、私が頼めばあなたを助けることを拒みはしない裕福で慈悲深い人たちを知っています。希望を持って下さい」ロマンゾフは外へ出た。

「私たちは、あの方の寛大な心をわかっていました」その若い娘は言った。「それでも、正直に言って、あの方の言葉にはほとんど期待をかけてはいませんでした。実際、そんな多額のお金を担保もなく見つけるなどどうやって期待できましょう。けれどその翌日、一人の青年が封をした手紙大の小包を父に手渡しました。私たちはどう考えていいのかわかりませんでした。その青年は入ってきて出て行っただけでした。封を切った包みから八枚の千フラン札が落下したときの驚き、喜び、興奮をお察し下さい！　私たちは自分の眼を疑いました。特に私にとっては救い以上のものでした。それは父の命でした。よく整理された帳簿がありませんでしたから、破産以上に悪いことが起こったかも知れないのです。そうしたら、多分、父はこの恥辱でそれ以上生きている勇気がなかったでしょう……」

デルトおばさん自身も驚き、讃嘆の気持ちで興奮し、今新たに聞き知ったこの行為は、自分がロマンゾフ氏について知っていることよりもずっと素晴らしいと認めた。

娘は話を続けた。「私は笑い、泣き、まるで狂女のように手足をばたばたさせました。感謝の言葉を表したいという気持ちは熱の苦しみ以上のものでした。けれどもあの方は姿を見せませんでした！……もう我慢しきれずここへ駆けつけたのです。あの方ご自身からこの住所をいただいていたのです……」

娘は再び間《ま》を置いて立ち上がりながらつけ加えた。

「あの方は戻られませんね。これ以上長く留守にしますと父が心配しそうです。失礼させていただきます。必ずあの方におっしゃって下さい、私たちがお会いしたがっているって。そしてこれ以上、付きまとわれたくないなら、たってのお願いにどうしても折れて下さらないといけませんって……」

デルトおばさんは必ずそう伝えると約束をし、娘はこの確約を得ると急いで帰っていった。

五

ロマンゾフとプレッセルはある夜一緒に出かけ、その後少なくとも一週間は音信がなかった。普通、二人がこれほど長い留守をすることはなかった。デルトおばさんはどちらかが姿を見せるのを絶えず心待ちにしていた。今しがた受けた訪問のために、ロマンゾフに対する心酔を募らせていたおかみさんは、ことさらに待ち遠しく思いながらその帰りを願っていた。

この待ち遠しさのため、夜八時ごろ、木槌で扉を強く二回叩く音を聞いたときには、おかみさんは喜びのあまり身を震わせた。

実際それは待ちに待った住人だった。

ロマンゾフは門番室に入った、というよりは、飛び込んだ。いつも通り頭巾付外套《フード》に身を包み、死人のように真っ青になって額に汗をかき、血走った眼をして身を震わせながら、空しくそれを抑えようと努めていた。

「おかみさん、おかみさん」とロマンゾフは息せき切った声で言った。「早く、誰か！　危篤の友人を徹夜で看ていなければならないんです。家にある本を取り出したいのですが鍵がどこへ行ったのかわからなくて……」

ロマンゾフが大変不安な様子で頼んだのでデルトおばさんは言うべきことも忘れて急いで頼みをきいた。おかみさんは錠前屋に走って行って、まもなく戻ると職人はすぐ来ると伝えた……

しかし、その日は一月六日で公現祭[9]だった。家族水入らずで公現祭のお菓子を食べていた錠前屋は忘れているのか来るのを急いでいないかだった。

相変わらず真っ青になって動揺しているロマンゾフは、時間つぶしに、若い娘が託した伝言の義務を果たそうとしているデルトおばさんの言葉もろくに聞かずに同じ所を何度も行ったり来たりしていた。ロマンゾフはおかみさんに職人の家にもう一度行ってきてほしいと頼むのを躊躇《ためら》っているようだった。しかし、ときに、あらゆる懇願よりずっと雄弁に物語る眼差《まなざし》でおかみさんを見つめるのだった。

デルトおばさんは理解した。錠前屋は今度は一緒にやってきた。それはまるで、死亡証明をするためにやってきたような太った重々しい男だった。ロマンゾフは明かりを奪い取ると素速く錠前屋の先に立って階段を上った。

「急ぎましょう、お願いです！」ロマンゾフは言った。

太った男は、この興奮には動じず、不機嫌な様子でゆっくりと錠前を調べて持っている合鍵をひとつひとつ試そうとした。この鈍《のろ》さにロマンゾフはじりじりしていた。

「一刻たりと猶予できないんだ！」ロマンゾフは我慢しきれない口調で叫んだ。「もっと速く、おじさん！　もし何なら錠前をこじ開けて！」

家族団欒から引きずり出されたことが非常におもしろくなく、それに、自分がここへ来てやったことだけでも賞められてしかるべき寛大さを証《あか》すものだと思っている錠前屋は、ロマンゾフが話す威圧的な調子を全くもって無作法だと思った。錠前屋は鈍《のろ》さと不器用さを倍加した。

「お願いだから、おじさん！」身を苛む苦痛に震える声でロマンゾフがまた言った。

「へーっ！　旦那」錠前屋は不機嫌をこれ以上隠せずにすぐさま言い返した。「この錠前はやっかいなんでえ。あっしゃ、合鍵をいくつかしか持ってねえんだ。ペンチを持って来いって言ってくれなけりゃいけなかったんだ」

こう言いながら錠前屋は身を起こして退却したそうにした。

「お願いだから！」とロマンゾフは決然と行く手をはばみながら言った。「友だちが死にかけてるんだ。刺絡瀉血用のメスを家《うち》で取って来ないといけないんだ。刻一刻と危険は迫っているし、僕は絶望的になってきている。ひょっとすると間に合わないかも知れない」

ロマンゾフの様子と口調と言葉がついに錠前屋の心を動かしてこれまでより急ごうと決意させた。錠前屋は再びせっせと仕事に取り組んだ。熱意のおかげで、仕事は思い通りに運んだ。

「さあ、できた！」錠前屋はほとんどすぐ言った。

扉が開いた。ロマンゾフは裂け目から湧き出る急流のように自分の家に飛び込んだ。せいぜい三、四分いた後に、外套の下にかなりかさばる物を一つあるいは数個隠しながら姿を現した。そして扉が開いていることも意に介さず大急ぎで階段を駆け降りた。

デルトおばさんは門番室の入口にいた。

「さよなら《アディウ》、おかみさん！」ロマンゾフは勢いよく言った。

「承知しました、ロマンゾフさん」門番のおかみさんはあわてて言った。「今夜は、お帰りじゃありませんね」

「……二時に来ます」ロマンゾフは口ごもりながら言った。

「さよなら《アディウ》」ロマンゾフは門番のおかみさんの手を強く握りしめて再び言った。「じゃ、また」そして姿を消した。

六

その夜、デルトおばさんは、建物の住人の中でも最も遅く帰ってくる人たちが戻るのを見届けるまで一階に居た。夜番は夜中の十二時より遅くなることは稀だった。その時刻になると門番室を閉め、道路側の扉の鍵を厳重に閉め、自分の寝室へ上がることにしていた。それ以降にもし誰かが扉を叩けば、おかみさんはベッドから起き上がり、扉を開けに降りて行かなければならなかった。

「二時、二時と」とおかみさんは考えた。「朝の二時なのだろうか、それとも午後の二時だろうか?……どうでもいいわ!」そうしてこうつけ加えた。「念のため朝の二時まで待とう」

それに、あの大切なロマンゾフさんにかかわる以上、そんなことはほとんど苦にならなかった。

出かけていた住人たちは次々と帰ってきた。真夜中の刻《とき》が打った。ついで一時が、ついで二時が。だがロマンゾフは帰らなかった。この住人が帰らないであろうことをやっと納得してデルトおばさんは扉を閉めて寝室へ入った。

デルトおばさんがベッドに身を横たえて明かりを消したところだった。とその時、木槌のノックが三つ、通りに面した扉を揺すった。

「ああ、ロマンゾフさんだわ!」門番のおかみさんはそう思った。

おかみさんは床に飛び降りてペチコートをはき、住人を待たせてはいけないと明かりをつけずに手探りで急いで一階に降りた。

「あなたですか、ロマンゾフさん」とおかみさんは訊いた。

「はい」と一つの声が答えた。

おかみさんは錠前の鍵を回して扉を細目に開けた。扉が外からとても激しく押されたのでデルトおばさんはあやうく仰向けに倒れるところだった。同時に足音と呼吸の入り乱れた音が聞こえ、開いた扉から隣のガス燈が投げかける光線の中に幾人かの人影が次々と現れるのが見えた。激しい恐怖で麻痺した哀れな女はてっきり殺人者の一味だと思い最後の時が来たと思った。

暗闇の中で——というのも扉は再び閉められていたからだ——おかみさんは恐怖心のため、数を増してくるように思われる男たちに押され、肘で突かれていると感じながら、ただ、どうかお助け下さいと乞うことばかりを考えていた。

「旦那さま方、私に乱暴しないで下さい」おかみさんは口ごもった。

「静かに、静かに!」男たちはおかみさんを黙らせようとしながら低い声で言った。

「ああ、ああ! 旦那さま方、私に乱暴を働かないで下さい!」おかみさんは逃げ出そうとしながら繰り返した。

「もう一度言いますが、静かに！」複数の声が言った。「そして明かりを点《つ》けて下さい。あなたに乱暴はしません」

半ば息を詰まらせ、よろめきながら、助けを求めたものかどうかと心中ひそかに考えながら、おかみさんは自分の部屋に辿り着いた。黙って従っていたほうが賢明だと思われたので、明かりを点《つ》け急いで衣服を身に着けて下に降りた。

十人ばかりの男が暖かい兵隊の大外套を着、鼻にスカーフを当てて仲間内で相談しているように見えた。男たちはボタンホールに赤いリボンの勲章をつけた一人の男の周りを取り巻いていた。男たちの外観からデルトおばさんは少しばかりほっとした。赤いリボンをつけたその男は一団から離れておかみさんの所へやってきた。

「ロマンゾフは何階に住んでるんですか」男は威圧的な口調で訊いた。

「二階です」

「家にいますか」

「いいえ、旦那さま」

「いつ、あの男を見かけましたか」

「昨日《きのう》の夜です」

「何時に」

「八時です。入ってきて、ほとんどすぐに出て行きました」

「帰ってくることになっていたのですか」

「はい、旦那さま、二時に」

「朝の二時ですか」

「それを言わなかったのです。あなた方がノックされたときはあの方だと思いました」

「一体どういうことですか……」

そこでデルトおばさんは、六日の夜、ロマンゾフとの間にあったことを細々《こまごま》と話した。

「結構です」赤いリボンをつけた男は即座に答えた。「待ちましょう。あなたの門番室を私たちに空けて、あなたは自分の部屋へ戻って下さい」

七

現時点で、この男たちの職業と用件に関しては何ら疑う余地はなかった。明るくなると一人が出かけ、しばらくするともう一人の人間をともなって戻ってきた。皆一緒に二階に上がり、開けたままになっているロマンゾフの住居《アパルトマン》に入り込み、綿密な家宅捜索をした結果、多数の物品を押収した。

　ロマンゾフ氏は何をしたのか。どんな罪で告発されているのか。あらゆることからこの人物を捕えることに最も重点が置かれているのは疑いようもなかった。たった一つ罪になることといえば政治的共謀くらいで、そのために警察当局は厚かましくも、この建物の中で、あの寛大な人物の思い出を汚《けが》したのだ。とにかくそれから後も長い間謎は解明されなかったに違いなかった。警官の口から出る言葉のどれひとつとしてこの件の手がかりを提供するものはなかった。警官たちはロマンゾフ氏の住居《アパルトマン》に一時間あまり居た後その場を離れたが、それでも二人だけは門番室に見張りに残された。

　この二人の男は居心地の好いように身を落ち着け、門番のおかみさんには自分たちに構わずこのことは誰にもしゃべらないようにと頼み、自分たちは黙って出入りする人々を監視していた。夕食の刻になると男の一人がロマンゾフの住居《アパルトマン》に上がって行き、ほどなくいくらかのパンと冷肉と罎《びん》の口を封印した年代物ワインその他を持って降りてきた。デルトおばさんが二人分の食器を急いで提供すると、まるで自分の家でするかのように落ち着いて横目で扉から眼を離すことなく食事をした。

　この日は他の出来事といっては何もなかった。その翌日は新しい二人の警官が門番室にやってきて、一昼夜の勤めが終わると他の二人と交替し、一週間か十日くらいはこんな具合だった。

ある朝、男たちは出て行ったきりもう現れなかった。しかし、ときどき昼間とかさらには夜とても遅くにロマンゾフを訪ねてくる見知らぬ人々がいた。デルトおばさんはとても気持ちのよい住人と知り合った名誉の代わりに、多くの心配事を抱えなければならなかった。

その上おかみさんは裁判所の予審判事室に出頭を命じられ、そこでロマンゾフ氏の習慣、仕事、交際について長い尋問を受けなければならなかったのだ。善良なおかみさんはそれ以前にあった事柄しか知らなかったので何かそれ以上のことを知りたいと心から願っていた。しかしその熱烈な好奇心は全く満足させられずに帰された。おかみさんにとっては、これほど小説的な雰囲気をまとい、これほど激しい興味を抱かせた主人公は未だかつてなかった。

ある朝、郵便配達夫が次のような手紙をおかみさんに渡した。

親愛なるお母さん、

いくつかの不幸な事情が重なって思いがけずも刑務所に閉じ込められました。僕自身がたじろいでいるのと同じように深く悲しまれるにはおよびません。僕は潔白で完全に法廷を信頼していますのでまもなく釈放されるものと思っています。それまで、下着類とその他すべての身づくろいの道具がないので困っています。僕の持ち物は全部ロマンゾフ氏の住居《アパルトマン》に置いたままになっています。当局はそれらをあなたにお願いすることを許可しました。以下にそのリストがあります。すべてを包みに入れて、勾留されているサント＝ペラジ監獄[11]へ届けて下さるお心があるなら僕はそのご恩を永久に忘れないでしょう。

敬意あふれる忠実な息子

プレッセル

デルトおばさんはこの手紙を読んで、また新たな困惑と闘わなければならなかった。なぜかはわからないが不安になり、何か陰謀に巻き込まれているのではないかと漠然と心配しているうちに、おかみさんは知らず知らずに落ち着いて眠れなくなっていた。近所のおしゃべり女たちがあれこれ当て推量をするせいでついにおかみさんは気を動顚させてしまった。この手紙は文字通り、こんな不安の真っ只中にいるおかみさんを出し抜けに襲ったのだ。実際おかみさんにはどうすればいいのかわからなかった。結局、あるひとが、検事局に行って、以前に尋問された判事に直接この手紙を渡すといいと言った。おかみさんはその通りにした。

予審判事はこの手紙をよく調べ、手紙の頭書きの親愛なるお母さんという表現はどういう意味なのかとデルトおばさんに訊いた。おかみさんはその問題をどう解決すべきか本当にわからなかった。判事自身に劣らずおかみさんもこの言葉には驚いていた。その説明の方法は一つしかなかった、しかもそれもあまり明瞭ではなかった。職人が居住し、食事をしている家の女性をお母さんと呼ぶのは、職人組合で互いに結びついている職人たちの習わしなのだ。多分プレッセルはそうした職人だったのだろう。あるいはまたひょっとすると単に職人たちとしげく付き合っていただけかも知れない。いずれにしても判事はこのような細かいことにはこだわらずにプレッセルが望んでいることをしてもよいと許可しておかみさんを帰らせた。

八

こうした事実があり、それを補ったり説明したりする法廷弁論が行なわれるまでには、二十二ヶ月が必要だった。そんなわけで一八四二年一月と一八四三年十月の間に流れた時間を一足跳びに飛び越えなければならない。人々はそのとき初めて、セーヌ重罪裁判所で、ロマンゾフとは結局は何者であり、見たところ尊敬すべき人柄の男がどんな罪で告発されているのかを知った。

一八四一年、プロシャ政府は国庫紙幣に多くの偽造紙幣があることを知って驚きおののいた。贋札が検査された結果、並はずれた巧妙さが証明された。贋金造りは、贋物だとわかる欠点が新聞、雑誌で報じられるやいなや急いでそれを手直しした。八年の努力と相次ぐ八つの版刷の後、贋金造りは非の打ちどころのない精密な模倣に到達したのだった。

この詐欺犯人の捜査のためベルリンからパリへ派遣された特別捜査官、マグヌス・ド・ミルバッハ氏は、流通している贋札の数は五タレール札で四百五十枚にのぼることを確認し、同時に、贋金造りはテオドール・ヘアヴェークなる人物で、共犯者にド・クナップとかいう男がおり、二人ともプロシャ生まれであるという確証を得た。ド・ミルバッハ氏は犯人たちを発見し逮捕するために何一つおろそかにしたわけではなかった。だが、逮捕一人につき三千フランの報賞金を与える約束がなされたにもかかわらず、犯人たちは、行動力に富み、知力を結集した警察の捜査からまんまと逃げおおせた。

しかしながら、イギリスの警察が暴いた一事実から突如フランスの司法警察はこの二人の足跡をつかむこととなった。

一八四一年十一月三十日、三十五歳くらいの青年がロンドンの銀行家、バトソン氏を訪れ、産業促進のためベルギーのソシエテ・ジェネラル銀行の千フラン札三十六枚を両替に差し出した。この青年はパスポートによればカニエッツといい、ホテル市議会堂クラブ《ギルドホール・コーヒーハウス》[12]に滞在していると申告した。バトソン氏は青年から三十六枚の紙幣を受け取り、交換に英国紙幣を渡した。ブリュッセルとアントワープとに送られた三十六枚の紙幣は贋物だと認められ、王国検事の手に委ねられた。自称カニエッツがホテル市議会堂クラブ《ギルドホール・コーヒーハウス》からすでに姿を消していたことは無論である。同い齢の仲間と一緒に旅をしているこの人物はフランスに向かったと思われる根拠があったので、イギリスの係官たちは、カレー[13]と同様ブーローニュ[14]で、パリからロンドンに行くためにせよ、ロンドンからパリに行くためにせよ、この二つの市を最近通過した旅行者のリストを確かめた。その結果、次のことがわかった。

①一八四一年十一月二十八日、次の二人がカレーでロンドン行きの船に乗船した。シャルル・ヴォンジエ（パリから出発）。同年五月二十二日パリ警視庁発行のパスポート所持者。エルネスト・ダレノ（同様にパリ発）。同警視庁にて同年六月二十一日発行のパスポート所持者。

②ロンドンから来たこの同じ人物たちは十二月二日にブーローニュで下船した。そして、ベルギーフランと引き換えにバトソン氏によりカニエッツに渡された英国紙幣の一枚がブーローニュのアダン社で両替されており、この両替と二人の下船とは同時に起こっている。

これだけでも大したことだった。

バトソン氏はカニエッツに交付した英国紙幣の番号とそれがどんなものであるかをガリニャーニ新聞[15]に掲載させた。しかし贋金造りたちは番号を変えた。そんなわけでパリの両替屋の監視は完全な失敗に終わった。

他方イギリス警察が与えたこれらの情報によってパリ警察は、二人の人物が所持していたパスポートのうち一八四一年六月二十一日の日付のあるパスポートはエルネスト・ダレノという名の男には全然交付されてなどおらず、エルネスティーヌ・ダレンヌという名の女性に交付されていたことを発見した。従ってこのパスポートは偽造されたのだった。

さて、一八四二年一月六日、この日の夜ロマンゾフは無我夢中で錠前屋に扉を開けさせることになったのであるが、この日、女性のダレンヌはというと、ケルンに行くためのパスポートを申請しに警視庁[16]へやってきた。何か古いパスポートでも持っていないかと訊かれて、持ってはいるけれども、それがどうなっているのかわからないと答えた。その場ですぐその女性を逮捕するのはうまくなかった。共犯者たちが入口で待っているかも知れず、彼女を逮捕すれば、これに疑念を抱いて逃走するかもしれなかった。新しいパスポートがダレンヌ夫人に交付された。当局は女性を尾行するだけにした。ダレンヌ夫人はパッシィ[17]のヴィタル通りに赴いた。夫人はそこの中庭と庭園の間の建物に住んでいた。当局は近所の住人から夫人がロマンゾフという名の外国人と一緒に生活していることを聞き知った。

その同じ日、夜になると警察署長が公安局長と何人もの警官と一緒にダレンヌ夫人の家を訪れ家宅捜索を行なった。銃弾を装塡し雷管を装備した三丁のピストルが寝室のテーブルの上に置いてあった。ベッドの長枕の下には五百フラン札が一枚隠されていた。寝室に隣り合う壁の窪みには活字の入れていないほとんど新品の凹版の小さな印刷機があり、ダレンヌ夫人はそれをロマンゾフという人物の持ち物だと証言し、その人物は版画を刷るのにそれを使っているのだと言った。

「そのロマンゾフはどこにいるのですか」と訊問があった。

「出かけています。わたしはその方を待っているのです」ダレンヌ夫人は答えた。

ちょうどこのとき公安局長は庭園の奥に明かりを見つけそちらの方に小さな離れがあるのに気づいた。公安局長はすぐさま部下をともなってそこに向かった。

明かりと物音とでロマンゾフの注意が呼び覚まされた。その時ロマンゾフはプレッセルと一緒にこの小さな離れにいた。ロマンゾフは危険を察知した。瞬間、人気《ひとけ》のない路地に面した窓を開けて敷石の上に外套を投げ、その上にそっと滑り降り急いでパリの自宅に駆けつけ、そこで五章に概略を述べた場面が生じたのであった。

プレッセルはそれゆえ一人だった。青年は窓を閉めて二人分の食器が並べてあるテーブルに座っていた。

ひげのない顔から二十歳にも見えないこの青年を見て、公安局長は眼の前にいるのは通報された贋金造りのいずれでもないことがわかった。局長は青年に訊問した。青年は下手なフランス語で、自分はプレッセルといい、ヴュルテンベルク生まれであり、ロンドンでロマンゾフ氏と出会い、勧められてパリへ来たのだと、もぐもぐ言った。

「このテーブルに二人分の食器があるのはどういうわけですか」

「夕食を摂ろうとロマンゾフ氏を待っているのです」プレッセルはすぐに返答した。

当局は新たな家宅捜索を行なった。発見したものは貴重であった。警察官たちはまさに贋金造りの仕事場にいるようだった。作業台には彫刻用の鑿《のみ》、柔らかい蠟《ろう》、数種類の酸、印刷機、贋札の試し刷り、そして最後には五枚の小さな版画用の刻版が散らかっていて、そのうちの四つの版は五タレールのプロシャの贋札ばかりかベルギーのソシエテ・ジェネラル銀行の千フランの贋札を刷るのにも使われたことが明らかだった。

版画用の版が入っている封筒の中には灰青色の色合いの三十六枚の紙片が入っていて、それらを陽《ひ》にかざすとその中央には千フランという語が読めた。この紙片は疑いなくベルギー紙幣の新たな印刷をするのに用意されたものだった。

プレッセルは再び訊問された。

「パリでどこに泊まっているのですか」

「ロマンゾフ氏の所です」

「ロマンゾフはどこに住んでいるのですか」

「ついさっきから通りの名前を思い出そうとしているのですが、正直に申し上げて思い出せないのです」プレッセルは答えた。

長い間探しあぐね多くの通りを間違って言った挙げ句、とうとうムッシュー・ル・プランスという名の通りに辿り着いた。

「番地もわからないだろうか」
実際、ここでプレッセルは相変わらず不正確な記憶を披露した。時が流れた。やがて夜の十二時になろうとしていた。そのとき警察はついにロマンゾフがムッシュー・ル・プランス通り、二番地に住んでいることを知った。我々読者はそのとき起こったことと哀れなデルトおばさんの恐怖を覚えている。

ロマンゾフの住居の家宅捜索はそれまでと同じくらい重要な他の発見をもたらした。なかでも、一八四一年四月一日にボーフム[18]（ウェストファリア州）出身のロマンゾフに警視庁より交付されたパスポート、いくつかの手がかりからロマンゾフのものであると推測されるイギリス製の肖像画、版画道具、試し刷りに使われた材料、二十一枚の薄桃色の紙片が発見された。その薄桃色の紙片の中央には打ち抜き器で、一八三五年五タレールという数字と語、そして絡み合ったＦＲという文字がくり抜かれていた。

電信機があらゆる所にロマンゾフの名を知らせた。ムッシュー・ル・プランス通りで発見された肖像の石版画を添えた勾引状がパリ近郊とフランスの主要都市に送られた。しかしおよそ二年間というもの、ロマンゾフはフランス、プロシャ、イギリス、ベルギーの警察がこの男を捕えるために払ったあらゆる努力の裏をかくことができたのだった。

九

プレッセルは数ヶ月サント＝ペラジ監獄に勾留された後、証拠不十分で釈放された。検察側が紙幣偽造者たちの共犯であると指摘した女性のダレンヌだけは、勾留状態のままで、サン＝ラザール[19]の監房に監禁されたのだった。二十二ヶ月の未決勾留の後、一八四三年十月、この女性はついに法廷に出頭することになった。

ダレンヌ夫人は中背でその穏やかな顔立ちは知性を表していた。黒ずくめの服装は修道女の簡素さそのものだった。カールし長く垂らした濃い栗色の髪は蒼白い面《おもて》を引き立たせ、実に活き活きと輝く眼が際立っていた。女性は非常に礼儀正しく自分の考えを述べた。

弁護側の長椅子、弁護士の傍にはダレンヌ夫人の息子の一人、二十歳ばかりでパリで木版画家をしている青年が腰かけていた。

この女性の身の上話はとにかく非常に不運な星を物語っていた。ポーランドで由緒正しい家柄に生まれたこの女性は、現在四十一歳くらいだった。ワルシャワの高等中学校でフランス語の教師をしていたダレンヌという男が結婚を申し込み受け入れられた。妻の財産を一刻も早く活用したくてたまらなかった夫は妻と一緒にパリに向かって出発した。夫が断言するには、パリに行けば素晴らしい地位《ポスト》が待っているというのだった。事実、夫には資力がなかった。夫の企てはどれも実に惨めな結果に終わった。一八一九年に結婚し一八三二年に妻と別れ、養育しなければならない子供三人とともに妻を見捨てた。

「わたしには何も残っていませんでした」被告はここでまた続けた。「でも勇気を失くしませんでした。まずマザリンヌ通りに賄い食堂《ターブル・ドット》と家具付きの家を買い、次にサン＝タンドレ・デ・ザール通りに、次にはミニョン通り[20]に買いました。利益は平均して一日に十フランでした。育てなければならない子供が三人いましたが、数年間で三千フランの貯金ができました。けれど試練は終わってはいませんでした。一八三九年にロマンゾフが推薦状を持ってわたしの家に現れました。ドイツ人の亡命者だと言っていました。わたしは当時のロマンゾフの苦境に同情して数々の前貸しをしました。それがわたしの犯したただ一つの罪です。ロマンゾフが何をしているのかまったく知りませんでしたし、遠慮が過ぎてそのことを訊けませんでした。さらにその後、この青年は、本当に家族からお金を受け取ったのだと断言し、わたしから借りているものを急いで返した後、賄い食堂《ターブル・ドット》によく来る私の同郷人に嫉妬し、わたしの店をむりやり売らせました」

　裁判長は女性に訊いた。

「ミニョン通りからどこへ行きましたか」

「パッシィへ。ロマンゾフが借りている家です。その家賃はロマンゾフが払っていました」

「その男と一緒にプロシャへ旅行をしませんでしたか。この旅の目的は何でしたか」

「ロマンゾフはプロシャの亡命者だといい、両親は息子の恩赦を得ようとしてくれているはずだと言っていました。そして、わたしにヘアヴェークというある家族の一員に一通の手紙とお金を渡す役目を引き受けさせましたが、この人物によって、ロマンゾフは自身の家族と楽に連絡が取れることになっていました」

「どこでロマンゾフと落ち合いましたか」

「彼はリエージュでわたしを待っていました」

「この旅行をするためにあなたはパスポートを持っていました。その後、それをどうしましたか」

「ロマンゾフはイギリスへ行くあるご婦人のためにそれを欲しいと言いました。わたしはこの国のビザを取った後、ロンドン在住のあるポーランド人がわたしのために署名した認証をつけてパスポートをロマンゾフに渡しました。だからこのご婦人はそのポーランド人に会うことになっていました」

多くの証言が聞かれた。証人たちはこの女性に不利なことは何一つ告発しなかった。何人もの人はその誠実さを褒めさえした。

次に次席検事が発言し、被告は全的にロマンゾフに身を委ねていたと指摘し、被告の行為に強く抗議した。「我々は」次席検事は言った。「この行為に対し憚ることなく糾弾する権利があります。この女性はあらゆる淑徳の感情を忘れたのです。妻と母親の務めを怠ったのです。ここにいられる方々は誰も私の言葉に抗議できますまい……」

「次席検事殿、私は抗議いたします！」弁護側の長椅子から一つの叫び声が上がった。

「この男は誰ですか」裁判長が訊ねた。弁護士が答えた。

「被告の息子です……皆様はどなたも彼が裁判長のお話を遮った気持ちを理解なさるでしょう。私は裁判長殿に寛容をお示し下さるようお願いする次第です」

「被告の息子を退廷させなさい」

ダレンヌ夫人に関する事細かな名誉に値する事実――しかもそのどれもが完璧に立証されていた――に満ちた口頭弁論は、人々がこの女性に対してすでに抱いていた同情の気持ちをさらに募らせた。ダレンヌ夫人は単にポーランドの非常に高貴な家柄の出であったばかりか、ババリア王が一週間のあいだ夫人の家に喜んで滞在し、もてなしを受けられたほどであった。その上、夫人はまた並はずれて慈悲深く狂信と言ってもいいほど献身的な性格だった。弁護人に宛てられ、サン゠ラザール監獄の婦人監督官の芳名が署名された以下の手紙は傍聴者にとても強い感動を与えた。

拝啓

私は、今日初めてダレンヌ夫人の弁護人の名前を知ったところです。そこで依頼人がおそらくは弁護人に話していない事実を取り急ぎお知らせし、弁護人に対する義務を果たしたく思います。そうなのです。私は確信しています。ダレンヌ夫人は、優しさ、品位に満ちた忍従によって、そしてまた逆境にある仲間に対する限りない献身によって、獄中で夫人が勝ち得た評価についてあなたに一言も言ってはいないでしょう。夫人の永い勾留期間のうち親切さと寛容な行為が刻まれていない日は一日としてありません。

数ヶ月前一人の乳母がある女性留置者に赤子を返しにきました。その女性は乳母に十五フランの借りがありその支払いができないでいました。乳母は――疑い深くてそれにとりわけ、多分、貧しかったのでしょう――支払いをしてくれないからこれから子供を棄児院《アンファン・トゥルヴェ》に連れていく、と宣言しました。母親は絶望して嘆き苦しみました。不幸な女たちのうち最も邪《よこしま》な女といえどもまだ情というものがあるものです。母親は、願いを受け入れない、つまらない百姓女に跪《ひざまず》き、目に涙をためて幾度も嘆願しました。しかし女は撥ねつけたのです……ダレンヌ夫人は少しばかりのお金、といっても本当に僅かな額を受け取ったところでした。借金を完済していませんでしたから。しかし、とても心を動かされた夫人は「これが私のありったけのお金なの！」と自分の十一フランを渡しながら言ったのです。すると乳母は給金は支払われた、と宣言して、子供の面倒をそのまま見続けることを約束しました。

この行為が献身的なものであることを理解するには、無一文の勾留者たちが身を委ねている困窮というものを知る必要があります。きわめて長期にわたり勾置されていたダレンヌ夫人は、職についたばかりの息子からほんの僅かな援助しか受けていませんでした。しかしこれっぽっちの不満も言いませんでした。遅滞や不公正について誰をも責めませんでした。神を信じ、おそらくは自らの無罪を信じて、静かに、慈しみの心をもって釈放の日が来るのを待っていました。

世の不幸という不幸に憐れみを感ずる私は、そんな気持ちから夫人に惹かれ、多くの他の収監者以上に夫人に同情をすることが正しいことかどうか知りたいと思いました。そこで、ポーランドのいくつかの名家に照会しましたところ、夫人は、同郷の亡命者たちが着くとフランス政府が生活必需品を供給するより前に、多くの同胞たちにパンを与えていたことがわかったのです。

サン=ラザール監獄の一婦人監督官

ダレンヌ夫人は無罪を宣告された。

「おお！　おお！」夫人は椅子にくずおれ、むせび泣きながら叫んだ。

十

それから、さらにまた幾月も、ロマンゾフは絶えず罪になる術策を用い続け、まんまと逮捕から逃れていられることになった。だがいくら策略が優れていてもそれだけではおそらく公安局の警官たちの鋭敏な眼を免れることはできなかっただろう。ロマンゾフは稀な好運に助けられていなければならなかった。しかしご安心いただきたい。社会の莫大な利益を脅かしながら、同じその社会に身を置いていられるほど大胆な男といえど、いつか司直の手に落ちないなどは全くあり得ないことであった。事実、ある告発によってロマンゾフが隠していた身分はついに露呈した。一八四六年九月十五日、つまり三年後、朝の五時、贋金造りはさる八月十日から居住していたアンジュー＝サン＝トノレ通り[21]の家で逮捕された。

贋金造りはシャルル・ルネという名前を使って、中庭の突き当たりの二階、芸術愛好家を思わせるような住居《すまい》に住んでいた。自称ルネは警察署長が持っている令状を見ると、自分はラインラント・プロシャで生まれ、テオドール・ヘアヴェークの名で洗礼を受けたが、特別な事情で他のいくつかの名前を、とりわけロマンゾフという名を名乗る必要があったのだと自白した。

紙幣偽造者の道具一式、版画用の数枚の銅の原版、そして夥しい数の贋の英国紙幣が押収された。

同じ日、ほどなく、同様に公安局長に付き添われた他の警察署長がラ・トゥール＝ドヴェルニュ通り[22]のアントワーヌ・ジェルメンを名乗る外国語教師の住居に向かっていた。

家宅捜索の結果、三つのパスポート、警視庁印の印影、紙幣の透写図、四本のボルト付きの鉄と銅でできた小さな印刷機その他が押収された。

どの書類にもジェルメンという名前はなかった。そこでこの人物は本名、アントワーヌ・ド・クナップという名前であり、プロシャで生まれ、ロマンゾフの犯行による紙幣偽造でロマンゾフと長年取引関係があったと白状した。

ともに気品のある顔立ちと物腰の二人の青年、ロマンゾフ（本名、ヘアヴェーク）とド・クナップは一八四七年九月、ついに重罪裁判所に出頭した。

語るも悲しいことには、かつて被告席に、これほど聡明で高い教養を持った育ちの良い青年たちが現れたことはなかった。自分たちに責任のある事柄は何ひとつ否認せず、要求された情報はすべて非の打ちどころのない洗練された礼節をもって語った。

ド・クナップの共犯は、ほぼ贋札を流通させることに限られていた。この男はロマンゾフのような恐るべき巧妙さとは較ぶるべくもなかった。ロマンゾフがいなければド・クナップが決して存在しなかったことは確実でさえある。一八三六年、この男は外科医見習いの資格で軍務についていたプロシャ軍を脱走しメッツ[23]に逃げ込んだ。彼がロマンゾフと出会い密接な関係ができたのはこの都市《まち》であった。

金になる職もなく、重病からやっと癒えたばかりのロマンゾフは無一文だった。ある朝、ロマンゾフは、まだ寝ているド・クナップの部屋に入っていって、いきりたってテーブルを拳で叩いて叫んだ。「俺は三万フラン必要なんだ。で、それを手に入れるんだ！」「どうやって？」とド・クナップは訊いた。「プロシャ国庫の贋札を造るんだ」ロマンゾフは答えた。ド・クナップはそれを発行する仕事を申し出た、そして発行されたものの収益は二人で分けることに決めた。

ロマンゾフとド・クナップはプロシャの贋札とベルギーのソシエテ・ジェネラル銀行の贋札の発行から四万フラン以上の利益を得た。

法廷での弁論からは、ド・クナップは詩人であるという以外とりたてて何も目立ったことはわからなかった。なるほどこの男は詩人であった。音節を並べ韻を繫ぎ合わせればこの詩人という肩書きが得られるというのであればである。言うなれば、この男の叙情的才能とは、ひいき目にもまともな詩句を見出し難い見本のような代物だった。

ある決闘に関する数通の手紙がロマンゾフの書類から押収され、これについて訊問されて答えた。

「それは訴訟とは関わりのない動機からド・クナップとすることになっていた決闘で、この動機については説明するには及びません」

当時三十四歳であったロマンゾフは人生ですでに多くのさまざまな局面をくぐり抜けてきた。「最初、学生で」ロマンゾフは言った。「次にプロシャの士官学校に入りました。それは一八三〇年でした。自由思想の熱がヨーロッパ全土に拡がっていました。作文の命題として『軍制』という題が与えられました。これについて私の書いた小論文は思想宣伝《プロパガンダ》の作品だと見られました[24]。けれども若かったという理由でどうにか投獄は免れました。ただ放校されただけで済みました。

無為の人生に倦怠を感じていた私はほどなくプロシャの砲兵連隊の砲手になりました。一八三四年、ケルンにいたとき、バルダンという名の男にプロシャ国庫の紙幣を偽造することを[25]勧められました。というより、おまえにそんなことはできまい、できるものならやってみろ、と言われたのです。そこで五ターレル紙幣を数枚造りました。私は密告されて追われ、ベルギーに、ついでオランダに、次にはフランスに逃亡しました。

そこで四年間メッツからそう遠くないアルスで工場の監督をしました。俸給は八千フランでした。しかし職工長との口論からこの職をどうしても辞めなければなりませんでした。病気で無一文になり、絶望した私がド・クナップと親しくなり、プロシャ国庫紙幣を偽造しようと決意したのはその時でした。ド・クナップが逮捕され、ついでほとんどすぐさま脱走したことが噂になりました。そこで私はパリに行って身を隠したほうがいいと判断しました……」

ロマンゾフとダレンヌという女性との関係はこれまでにすでに話した。一八四一年にこの女性の偽造パスポートでロマンゾフがベルギーのソシエテ・ジェネラル銀行の偽造紙幣を売り渡すためにイギリスに渡ったこともわかっている。ロンドンのある居酒屋で、当時ひどい苦境と戦っていた若いブレッセルと知り合ったのはこの時期だった。ロマンゾフはこの若者を救い、頭の良さを認めてパリに会いに来るよう勧めたのだった。

ところで、ダレンヌ夫人がサン゠ラザール監獄に投獄されている間ロマンゾフはどうしていたのだろうか。それはロマンゾフの取り調べから概《おおむ》ね知ることができる。ロマンゾフはオズヴァルトの名でイタリアに逃れ、そこに六ヶ月滞在してフランスに戻った。ロマンゾフに憑いた悪霊は休息を与えなかった。ダレンヌ夫人が裁判にかけられている間、ロマンゾフはパリ、ロワ゠ド゠シシル通り[26]のとある家屋に引き籠り、新しい原版を刻み新たな紙を製造して贋の英国紙幣を世に出していた。翌年の一八四四年、リンダーという名でそれをリール、ブリュッセル、アントワープへ発行しに行った。この発行から六万五千フランを得た。ド・クナップはそれには全く加わらなかった。

この紙幣の印刷に使われた原版がアンジュー＝サン＝トノレ通りで押収された。これらの紙幣はそれぞれが百英ポンドだった。ロマンゾフは印刷した五十九枚のうちまだ二十七枚しか流通させていなかった。ロンドン、一八四三年十月の日付のすべての紙幣には英語で次のような上書きがあった。「英国政府及びイングランド銀行」とあり、その後にはこの銀行の出納係の一人の署名があった。このさまざまな署名の中には七つの異なる名前があった[27]。

贋札造りはまたある原版にフランス銀行の最新の千フラン札の装飾模様を刻み始めていた。「それは事実です」被告は言った。「しかし、この計画は放棄しました。この下絵は私の逮捕から遡り、少なくとも九ヶ月は前に作られたものでした」

さらには白紙の紙束が押収された。それにはイングランド銀行の紙幣の紙と同じ透かし模様があった。つまり*Bank of England*という語の透かし模様があり、生《き》の紙の二ヶ所にこの透かしが入れられていた。

この分野を専門にするある化学者は、何もかもが驚嘆すべき素晴らしい技術で造られていたことを指摘した。

「英国紙幣の製作に使われた最新の原版は」造幣局長が言った。「非常に巧みに造られていたので、もしヘアヴェーク被告から情報を得ていなければ私にはそこに使われた手法がわからなかったでしょう。それは稀に見る精密さと究極の完璧さをもって刻まれています。両替商で本物の紙幣を一枚手に入れましたが、白状しますと、贋札と本物とを区別するのはまず不可能でした」

ロマンゾフは、用いた紙の製法はアルスの製紙工場で覚えたのかと訊かれた。

「いいえ、この製造に取りかかるとすぐに自分で学び覚えました」被告は答えた。

造幣局長は知りたいことはすべて被告が説明したと指摘した。

「製紙法に関して以外は」とロマンゾフが遮った。「製紙法は私の秘密なのです」

被告の製紙法を知ることに何か意味があるならば知りたいものだと陪審員が言った。

「非常に重要なことです」バール氏が答えた。「それはフランス銀行にとってとても貴重なのです」

そこで秘密を教えては貰えまいかと促されたロマンゾフはすぐさま答えた。

「喜んで。しかしそれを公衆に漏らすととても由々しい不都合が生じるでしょう。今日まで紙幣偽造者の数が少なかったのは紙を造ることが難しかったからです。もし私が公に秘密を知らせると濫用されるかもしれません」

一八三八年を除くこの年以後の通貨発行で、ロマンゾフことヘアヴェークは、プロシャのターレルで一万一千フラン、ベルギーのソシエテ・ジェネラル銀行の紙幣で三万五千フラン、英国紙幣で六万五千フランを手に入れた。しかし、ド・クナップがベルギー紙幣発行の収益から分け前を取ったのは別として、ロマンゾフは犯行から得た全収益を個人的な利益のために使ったのではないこと、自分が食事をしていたレストランの主人のブノワという男に自主的に八千フランを前貸ししていたこと、居住していた家の持ち主のジュケールとかいう男に六百フランを貸していたこと、こんな風にロマンゾフはその名前を明かすことは拒んだが、何人かの人にいろいろな額を分かち与えていたことを、検察側が明らかにした。

だが、いくつかの細々《こまごま》した事実のために、法廷にいる人々がいくらロマンゾフに好意を寄せたにせよ、次席検事が論告で、二人の被告は才能に恵まれ学識が深いだけにむしろ刑の減免は困難であると主張したことは確かにもっともだと認めなければならない。

次席検事は公平な判断の域を超えずに以下のことをつけ加えることができた。

「この人物たちは街道に出没する追いはぎより危険であります……追いはぎに対しては備えることができますがこうした贋金造りに対して商業活動は無防備であります。この人物たちはご存じの大胆さと粘り強さをもって仕事に取り組み、あらゆる富の安全を脅かすのであります……皆さんがご覧になっているのは、被告たちに十一万フラン以上を得させた、このありとあらゆる種類《タイプ》の紙幣を発行するにあたって用いた恐るべき術策の一例にすぎないのです」

続いて刑が宣告された。ロマンゾフはまさに敗北を感じた人間のあの穏やかな諦めをもって罪の宣告を受け容れた。

最後の些細な事柄から一つの策略が明らかになった。ロマンゾフはその策略のおかげでなおも長い間捜索の手から逃れることができたのだった。陪審委員長であり、市長か近辺の村の助役かが、ヘアヴェークはロマンゾフとまさに同一人物であることを認めるかと訊いた。

そして、つけ加えた。「ロマンゾフの肖像画が私に送られてきました。しかしこの肖像画は私が現に見ている男とは似ても似つきません」

「逃亡者の住居で」と裁判官がすぐに応答した。「一枚の肖像画が発見され、いくつかの情報によりそれがロマンゾフの肖像だと誤って推定され、すべての警部、警視及びパリの両替商に送られたのです」

しかるにこの偽りの情報はロマンゾフ自身の手によるものであった。

多くの人には、しかしながら、ロマンゾフが一種の熱に取り憑かれた犠牲者のように思えた。贋物に対する偏執狂的情熱が、殺人への偏執狂的情熱と同じように存在するのは事実である。幾年もの間、夜となく昼となくロマンゾフは自らの生活をこの仕事に捧げたのだった。輝かしい生涯においてゆるぎない成功を収めるのに要する以上の才能、忍耐、大胆さ、精力を費やしたのだった。しかもそれは必然的に一つの深淵に行き着くしかなく、自身は道を進みながら、ときおり恐怖におののきながらこの深淵を垣間見ていたのだ。ロマンゾフが何度も暗い絶望的な様子でこう言うのが聞こえなかっただろうか。「ああ、失敗する、失敗する！」

事情はどうあれ、ロマンゾフが、その素晴らしい数々の資質を総合すると、稀有な逸材であることに変わりはない。つけ加えるならば、このような人たちがたまに世に現れることは、ひょっとして何か存在意義を持つのではないだろうか。それが例えば、警鐘を鳴らす効果、純粋に物的次元の保障以外のところに益の保全を求めるほうが確実であろうと警告する効果しか持たないとしても。

蝶を飼う男

私はこんなメモを受け取った。

「グラヴィリエ通りの中ほど、銅の鋳物屋の向こう正面、刷毛屋《はけや》の戸口に額縁の形をした小さな標本ケースがあり、その中には数匹の蝶が展示されています。ケースにはピ、シ、ョ、ニ、エという名札が貼りつけてあって、続いて、〈ダイコン千切器製造者。愛好家の方々は中庭の突き当たりの三階に上がって、幾年来飼育する三千匹以上の生きた蝶を見られたし〉とあります」

私の好奇心を烈しく駆り立てるものと、おそらくは、思い込んでいる人物に喜ばれようと私はこの住所に赴いた。だがグラヴィリエ通りは銅の鋳物屋と刷毛屋ばかりだった。してみると私が貰った情報には手落ちがあったということだ。私はショーウィンドーからショーウィンドーへ、鋳物屋から鋳物屋へと行ったが、蝶の痕跡もピショニエの痕跡も見当たらなかった。

数日後、メモの主は、前述の額形標本ケースを見、三階のピショニエの家に上っていって、薄布《ガーゼ》の籠《かご》の中で数百匹の美しい蝶が動き回っているのを自らその眼で見た、と口頭で私に断言した。

蝶を育てる男とは、とにかく目新しいことだった。博物誌に関する深い知識などなくとも、この昆虫が大気と暑気と太陽と花を好むことは誰でも知っている。蝶とは姿を現したり消えたりするだけだ。我々が知る限り、冬には蝶は決して見られない。夏でさえ、雲のカーテンが太陽を遮るとすぐさま姿を消す。それなのに蝶がグラヴィリエのじめじめした通りの一室で、ムネアカヒワやゴシキヒワ[1]と同じように籠の陰で生きているなんてことがあるものか！……それに、生きた動物への人間の情熱が最もはかない昆虫にまで向けられるなどということがあり得るだろうか。

こんなことに心を奪われながら植物園《ジャルダン・デ・プラント》の花壇を見て歩いているとき私は一人の男に出会った。男は突然私の注意を惹いた。大きな青いフロックコートを着た背の高い老人だった。古びて赤茶けた絹の帽子には黒いピンで留められた数匹の蝶が斑点模様をつくっていた。小さな生き物たちは断末魔の苦しみにあえいでいた。男は、前面に極細の針金の格子をしつらえた横長の箱を本のように小脇に抱え、野次馬たちには気づかずに花壇に沿って歩いていた。私は、この男がときどき親指と人差し指とを花の萼《がく》に差し入れ、そこからある物体を取り出しては、箱に作られた小さな扉からそれを入れて閉じ籠めているのを見ていた。ほどなくして、この御仁が追いかけている無数の生きた昆虫が箱の中で蠢《うごめ》いていることがわかった。私はピショニエを眼の前にしているという思いに興奮してしばらくその後をつけた。私はまさに男と肩を並べようとしていた。だが帽子で翅をばたつかせている蝶が疑念を抱かせた。男に視線を注ぐ私を観察していた見知らぬ人物がついにこう言って間違いをわからせた。

「あの男は昆虫を集めて売っている昆虫屋ですよ……」と。この見込み違いは、どういうわけか、ピショニエに会いたい気持ちを消し去るどころか、逆に募らせた。

私はグラヴィリエ通りの端から端まで探し回った。追跡は今度は成功した。ピショニエは引っ越していたのだった。以前の住居の管理人が送り状の以下の頭書きを私に渡してくれた。

ピショニエ

ヴィエイユ＝デュ＝タンプル通り

一八四九年展覧会に入選（奨励賞受賞）

特許を受けた発明家にして製造者

（政府保証外）

ついで、さまざまな器具、野菜を切ったり、ガラスを切ったり、彫ったり、穴を開けたり、そしてリンゴをくり抜いたり、きゅうりを絞ったりする器具がずらりと並んでいた。それに続いては鳥と魚に防腐処置を施すための新しい技法が記載されていた。ところが蝶に関しては何ら言及がない。それで私は、多分、実りのないいくつかの試みの末ピショニエはこの趣味を諦めてしまったのだろうと思った。

しかし私は会いに行くのを躊躇《ためら》わなかった。製作技術の間にほとんど関連のないいくつもの発明品を作っているうちに——私が思うには——脳に一種独特の混乱が生じたに違いなかった。ともかく私はかなり風変わりな人間に会う覚悟をしていた。いくつかの点で、ピショニエは予想以上だった。この男は、見かけは極めて平々凡々、ときとして不愛想ながら好奇心の宝庫のような人間であり、後に私の思い出の中で、きっとこうした人種の図録を膨らませるに違いなかった。そしてまた、この男は、興味をそそる側面を持たない人間はおそらくいないという、昔からの私の持論を強力に裏付けるに違いなかった。

一階では、小さなショー・ケースの中にさまざまな工具の見本が見られ、そのガラスケースには送り状の頭書が貼りつけてあった。私はそこに何か蝶らしきものを探したが何も見つからなかった。ピショニエに代わって一人の女性が三階へ上がるようにと促した。扉はわずかに開いていていた。

私の視線はすぐに中背の三十五歳から四十歳くらいの男に止まった。この男の容貌にはいつも具合が悪そうなことと不安げな眼付きとを除けば特に目立ったところは何もなかった。狭い中庭に面した小さな部屋の片隅にたった一人で腰かけ、テーブルの端で粗末な食事を摂っていた。私はすぐさま大きな悲しみに襲われた。静かで陰鬱な部屋に入って行く時この男にだけ注意を払っていたにもかかわらず、壁という壁に沿って作られ、天井から吊るされた棚板、仕事台に陳列されたたくさんの奇妙な品物のために、眼はあちらへこちらへと絶えず惹きつけられていた。

「博物学をしている田舎のある友人が」と私は言った。「あなたが蝶を育てていらっしゃることを聞き知りました。この件についてもしや情報を下さりはしまいかとお願いする仕事を言いつかっています」

この男が噴き出すか激怒するかと心配だった。しかし立ち上がって、驚いた様子も見せずに、「もちろんいいですとも」と静かで憂鬱な調子で言った。

これが序幕のすべてだった。男は窓のそばに掛けてあるかなり大きな籠を私に指し示した。その籠には普通の籠に使われる真鍮《しんちゅう》の針金の代わりに薄布《ガーゼ》が用いられていた。それはおよそ等しい四つの部屋に仕切られ、上の部屋のうちの一つには多くの蛹《さなぎ》が一本の糸で薄布《ガーゼ》にぶら下がっていた。隣のもう一つの部屋では籠の仕切壁に沿って木犀草《もくせいそう》やその他の植物の花々の上に二十四ばかりの生きた蝶を認めた。

「ほらあそこには」とピショニエが言った。「陽光孔雀〔クジャクチョウ〕[2]、妙なる貴婦人〔ヒメアカタテハ〕[3]、王様の外套〔キベリタテハ〕[4]、つまりおおばこ蝶[5]がいます。私はずいぶん以前からこの蝶たちを飼っています。この蝶たちは冬を越せるでしょう」

私は夢を見ているのだと思った。もし読者諸氏が、小さな動物たちが翅をばたつかせて飛び回り、植物の樹液を吸うのをご覧になれば、その生き物たちが庭で太陽の光の下にいるのだと思われただろう。ピショニエが近づくとそれらは競って翅をばたつかせ、私はその鮮やかな生き生きとした色彩にうっとりと見とれた。

「下には」ピショニエは続けた。「亀甲模様蝶[6]がいます。三種類、大亀甲〔ヒオドシチョウ〕[7]、小亀甲〔コヒオドシ〕[8]、中亀甲[9]がいます。それぞれが違った色をしています。この蝶たちが、僅かばかりの藁《わら》からどんな風に養分を摂《と》っている[10]かよく視て下さい。五十匹ばかりいます。羽化してから今日で一週間になります。私は好きなだけそれらを飼っておきます」

「驚きました」私は言った。

「ここには」とピショニエはごた混ぜに桑、菩提樹、柏、その他の木の葉の入った籠を私に指し示しながらさらに言った、「これは血の雫[11]と私が呼んでいるものです。なぜかというと翅に血の斑点を持っているからです。こちらは南京木綿〔カシワカレハ〕[12]と呼んでいます。柏の木にいるからです。これは桑の木またの名を二つ目[13]といいます。実際、それぞれの翅に一つずつ眼を持っているのをご覧になれるでしょう。人々はそれがこの眼でものを見るのだと主張しますが、私はそうは思いません」

私は、男を喜ばせたいために陶酔《うっとり》した気持ちをすこしばかり誇張せずにはおかなかった。ピショニエが言った。「あなたもお好きなようですので、他のものもたくさんお見せしてもいいでしょう」

男は陽光が斜めに差し込んでいる隣の小さな部屋に私を引っ張って行き、二つに仕切られた籠の前に私を連れてきた。片方では無数の毛虫がサラダ菜を齧《かじ》りレースを作っていた。

「数をかぞえてみましたら」ピショニエは言った。「ここには四百匹います。それは陽光孔雀〔クジャクチョウ〕の幼虫です。しかし隣をご覧下さい。（男はもう一方の仕切られた部分を指し示した。そこにはありとあらゆる蝶が動き回り戯れていた）こちらは紺碧〔青シジミ類〕[14]」とピショニエは続けて言った。「そして灰緑色〔ミドリシジミ類〕[15]。こちらはちょうど今ボンディの森[16]で見つかるでしょう……ほら、あそこに、極光《オーロラ》〔クモマツマキチョウ〕[17]が見えますか。あれは五月に、十二日頃にやってきて、姿を消すのは……あそこの黄色いのは檸檬《レモン》〔ヤマキチョウ〕[18]です、もう一つのが鼈甲〔ヒトリガ等〕[19]、それから虎斑《とらふ》〔トラフキアゲハ〕[20]、次が森の精〔イチモンジチョウ〕[21]、次に大真珠母貝〔ギンボシヒョウモン〕[22]と小真珠母貝〔スペインヒョウモン〕[23]。小真珠母貝は三年間見ませんでした……それから石版工〔アポリアクラタエジ〕[24]！　何本もの黒い線が入ったその白い翅をご覧下さい」

こうした名前のいくつか、とりわけ石版工という名は、私には多少なり大胆なように思われた。

「いかにもそうかもしれません」ピショニエは答えた。「私はこうした蝶の突飛な名前に接しても何も理解できません。ですから自分の発想にしたがって命名します。だからといって、多くの人たちよりも、蝶の習性、食物、それらに出会える場所をよく知らないというわけではありません。火の神〔ヨーロッパアカタテハ〕[25]の幼虫がどこにいるかを知っているのは多分私しかいません。なんなら、これからひと月以内に愛好家に素晴らしい蝶を二千匹だって提供する自信があります」

「私があなたの立場だったらやってみますが」と私は言った。

男は痛々しく頭を振った。

「それについても他のことと同じなのです」男は言った。「人は私が食べていけることを望まないのです」

「人って誰ですか」私は訊いた。

「私にはわかりません……」男は最初の部屋へ戻り、とても創意工夫に富んだ仕組みの〈根菜削り器〉を見せた。「これは私が発明したものです」男は言った。「作れるのは私だけです。継ぎ目なしでできています。指を切ることはあり得ません。ところがです！　人はこれが神の祝福を受けていないから、無価値だと主張します。私を無理矢理に懺悔に行かせたいのでしょう。私としては、懺悔に行くことを拒みはしません。しかし自由に結婚させてほしいものです。私は皆と同じように懺悔に行きましょう。人は妻と私と私の作品とをすべて一度に祝福すればいいのです」

私があっけにとられてピショニエを眺めていると、一匹の蟬が歌い始め、男の注意をそらせた。

「あっ！　そうだ。蟬です」男は言った。

そして私を最初の籠の所へ連れていった。そこには下の仕切りの一つに五、六匹の美しい蟬がいた。蟬たちはピショニエを見るとまるでこの男を知っているかのように薄布《ガーゼ》に沿って這い上がってきた。

「彼らには、この小さな虫たちには、太陽の光が必要なのでしょう」ピショニエは語を継いだ。「太陽があれば全然ちがった風に歌うでしょうに！……私はコオロギも飼っています」

積み重ねたいくつかの小さな籠の山からピショニエはおよそ五、六センチ四方の籠を一つ取った。いかにも私は陽光が差し込んでいる薄い金網を通して、茹でた野菜とサラダ菜を齧《かじ》っているコオロギを認めた。コオロギは今度は歌うことで自分の主人に会う歓びを示した。

ふと、この部屋の中で、暑い日の夕べに野原の只中にいるかと思うばかりに、コオロギと蟬の合唱が聞こえた。

ピショニエは私の驚きを楽しんでいた。男の眼に閃光がきらめいた。

「私はあらゆる国のものを飼っているのです」男は窓際にある金魚鉢に私の注意を向けさせて続けた。その金魚鉢には小さな小さな一匹の蛙が水の外の梯子段上にいた。

蛙は実に可愛らしかった。お腹はミルクのように白く、そして、緑色の背中、いや全く、あの薄青緑色で、眼にとても優しい、新芽のあの柔らかい緑色の背中をしていた。

「あれは本物の雨蛙です」ピショニエが言った。「あれには私がわかるのです。私が呼ぶとやってきます。ちび！」

雨蛙は水の中にもぐった。

「もうじき雨が降ります」ピショニエは空を見ずに確信をもって言った。「雨蛙は今あるうちの最も確かな晴雨計なのです」

私は空を見上げた。空は真っ青だった。私はその予言を笑わないように口唇《くちびる》を嚙んだ。だがそれを思い出させる時は遠くなかった。

「ほら、ほら！」突然ピショニエが極度に興奮して言った（このときピショニエの眼は蛹《さなぎ》の仕切り部分を凝視していた）。ほら、羽化したばかりの火の神〔ヨーロッパアカタテハ〕です！　きれいでしょう！……あなたのために、あれを殺さないでおきましょう……」

男はそれを指先でそっとつまみ、花の咲いている仕切室へ滑り込ませた。

蝶の新生児は薄布《ガーゼ》にしがみつき、初めて翅を開いた。翅はまだ濡れているようで、しわくちゃであったが、一見に値する本当に見事なものだった。そのビロードのような黒を横切っている炎のごとき赤い帯ほど目に鮮やかなものは想像不可能だった。私はそこから眼を離すことができないでいた。その間にピショニエはこう言った。

「おかしなことです。いつか私はヴァンセンヌの森で陽光孔雀〔クジャクチョウ〕を追いかけている一人の博物学愛好家《ナチュラリスト》を見ました。この学者が大変な苦労をしていたことといったら！ なぜかって？ ひどく傷ついた哀れな一匹の蝶を手に入れるためなのです。私は内心ひそかに笑うのを禁じ得ませんでした。どんな博物展示室でも見つけられなかったほど美しい蝶を数百匹も私の部屋に飼っていることを思ったからです」

私はピショニエの手が指し示す方向を追った。すると壁に、大小さまざまな、蝶蛾の標本で埋めつくされた二つの大きな額がかかっているのに気づいた。その中で彼は、略式喪服〔ヨーロッパシロジャノメ〕[26]、銀色蝶あるいは大スペインタバコ〔ミドリヒョウモン〕[27]、粉屋〔シロケンモン〕[28]——小麦粉の中から出てきたように見える小さな蝶——尾持ちあげは、あるいは炎の蝶〔ヨーロッパタイマイ〕[29]、夜孔雀〔オオクジャクヤママユガ〕[30]、尺蛾のうちで最も大きいと言われる蛾、菩提樹すずめ〔ヒサゴスズメ〕[31]、鳥蛾〔ハチドリスズメガ〕[32]、枯葉〔カレハガ〕[33]、角蛾または悪魔蛾〔シャレコウベノ絵スズメガ〕、などに注意を促した。

これらの翅は無傷の七宝細工そのものであり、この昆虫たちはすべて昨日羽化したのだと思わせる鮮やかな色彩とみずみずしさを持っていた。

「あるものたちは産卵後に死にます」ピショニエは続けて言った。「また他のものは、生きたまま飼っておくこともできますが、そうはしません。なぜかと言いますと翅を折ってしまうからです」

この律儀な男は他にも細々《こまごま》とした話をたくさんしてくれた。それはプロの昆虫学者にとっても名誉をもたらすような専門知識だった。

「ところで」と私は言った「あなたはいろいろな方策《てだて》をお取りにならなければなりますまい。蝶蛾といえども、情熱的な収集家たちが存在します」

「その通り」この男は憂鬱そうに言った。「できればそうした方々に素晴らしいコレクションを差し上げたかったのですが、そこへ行く勇気がないのです。それに、もし私がそうしたら敵はそれを我慢できなかったでしょう。敵は私を破滅させることを誓ったのです」

またもや、私はあっけにとられてこの男を見つめた。

「人は私を窮乏に陥ったままにしておいて、飢えで死ぬのを望んでいるのです。親戚は皆裕福です。私はひとりぼっちです。私は人生をなんとか生きていくために養子を取りました。というのも片方の脚がほとんど麻痺していますので。ところがです、親戚があまりうるさくしたので子供はもう戻ってきません。せめて、あの人たちが私の結婚の邪魔をしてくれなければいいのですが」

「あなたは一度も結婚なさったことがないのですか」私は尋ねた。

「親戚がいつも妨げたのです」ピショニエはすかさず答えた。「この間だってもう、決まっていた話でした。その件で故郷に来てほしいという一通の手紙を受け取ったので、鉄道で駆けつけ、到着すると……なんと、私の妻と他の男との結婚式に出席するためではないですか……ああ！」男はますます憂鬱になって言った。「戦ってもまるで無駄なのです」

「気落ちしていてはいけません」私は言った。

「そんなことをおっしゃるのは人が私をどれほど苦しめたかご存じないからです！」男は叫んだ。ご覧の通り私は三十二にのぼる有用な発明をしました。それらはこの帳簿に記載されています（ピショニエは一冊の帳簿を見せた）。私は特許をいくつも持っています……いいですか、ご覧下さい、この〈輪切器〉、いくつもの刃のついた〈魚《うお》の目《め》切り〉、〈パイローラー〉、〈レモン搾り器〉。これらはすべて完璧に作られています……さらに、この抽出《ひきだし》にはいつか壊す予定になっている製品《モデル》が五つあります……」

白状するが、実に巧く考案されたこうした器具の手仕事は素晴らしいと思われた。

「これはナイフですが、ダイアモンドのようにガラスを切ります」ピショニエはポケットから一つのナイフを取り出しながら言った。

実際、ピショニエはこのナイフの尖端でいくつもガラスの断片をカットしてみせた。次にこの男は指差して私を大きな板ガラスの方へ振り向かせた。そこには幻想的な人物たちやさらにもっと幻想的な木々が彫刻されていた。カットとカットのすき間にはさまざまな色が入れられていた。

「私がそれを彫ったのです。また、隣にある、本物より美しいあの大きな蝶たちを考案しました。そのうちの一つがこれですが、五フランかかりました」

　私は自分が、この部屋を溢れんばかりにしている統一性のない無数の物体の真中にいることがやっとわかったのだった。あるテーブルの上には、ピショニエによって発明された家庭用具の間に、猿、おうむ、かけす、三本足のひよこ、りす、家鴨《あひる》の子がいるのを認めた。

　そしてすべての動物はとても上手《うま》く剝製にしてあったので、まだ生きているのだと思いそうだった。

「私は鳥に防腐処置を施す方法を見つけました」ピショニエは言った。「全然損なわずにです。博物学者が藁を詰めて剝製にした動物ほどぞっとするものはありません。あの連中は内臓を抜いた鳥の皮で、我々が知るどの動物とも似つかない動物を作るのです。私はといいますと、私は何も触りません、内臓を取り出しません、肉と一緒に乾燥させるのです。私の鳥たちはそのままの形を保ちます。それは死んでいてもまるで生きているかのようです」

「あなたのやり方は長持ちしますか？」私は尋ねた。

「ほら」とピショニエは私の眼を小さな調度品の方に向けるように促しながら言った。「これは私のやり方で十年前に乾かされた雨燕《あまつばめ》です。それを空気にさらしておきましたがまるで今日剥製にされたようです」

この男は本当のことしか言わなかった。

天井に吊り下げられた魚がそのとき私の眼を驚かせた。

「魚についても同じことです」とピショニエは続けた。「博物学者は臓物を抜くために腹の端から端まで切り裂きます。次にそれを縫い合わせます。ぞっとします。もはや鱗は残っていません。博物学者たちは魚のコレクションを持っていますが、それはそれを持っているといわんがためなのです。実際、連中の魚は魚などではなく、人がこれまで見たこともない怪物なのです。私の魚を見て下さい。まるで水から出てきたようです。切り口もなければ縫い目もありません。私は鱗には触れずに鰓《えら》から内臓を抜く道具を発明しました。またたく間《ま》にできます」

鱗と鰭《ひれ》を持つ数々の標本は、そのみずみずしい輝きによって、確かにピショニエの究極の技巧を証明していた。

ピショニエはこうした物品を見せ、飽くことなく私の好奇心を刺激したが、結局のところ、私の記憶力ではそのすべてを頭に収めることはできないであろう。それでも、この男が箪笥を開いたときその棚にガラスの脚付聖杯で作った小鈴《ベル》のコレクションが並んでいたこと、この発明家がココナツの実を角材《つのざい》と同じくらい柔らかくしてそれでナイフの柄《つか》を作る方法を見つけたと言ったのを憶えている。

「けれど、なんの役に立ちましょう」ますます陰鬱な調子でつけ加えた。「発明家というのは、生きている間は迫害されるものです。狂人だ、酔っ払いだと言われます。発明家は死後にしか評価されないのです」

私はこんな陰鬱な思考からピショニエの気をそらせようとした。

「気楽にしているべきなのでしょうが、周りはそうしてほしくないのです。発明した器具を売りに店に行くと嘲笑《あざわら》います。また他の人たちは発明品は、加護を受けていないと言い、見たがらないばかりか私を追い出します。私は二十年間国民軍にいました。一度、軍の持ち場を救ったことがあります。ルイ・フィリップの治世に私は勲章を受けることになっていました。けれどもそれを受けたのは私ではなく他の男でした。家の中に至るまで、あらゆる種類の悪意あるいたずらが私に仕掛けられます。この間、ある隣人が私の家に上がり込んできました。酒に酔っていました。『あんた自分を売り込みたいのかい』隣人は言いました。『私を買いたいという人などいないでしょう』私は答えました。すると隣人は机の上にある道具を何度もいじくり回し、すべてを引っ散らかし、あらゆるもののあら探しを始めました。私のきゅうり搾り器はくるみ割り器の仕組みでできていると言い放ちました。他人の家に来てこのようにひどい仕打ちをしていいものかどうかちょっと伺いたいものです。『帰って下さい』と私は言いました。『せめてしらふのときに来て下さい。酔っ払いに用はありません』。ときどき階段の真中に私の表札が転がっているのを見つけます……洗濯女は洗濯物を返してくれません……ああ！　私はありとあらゆる人に裏切られたのです！」

医者たちは、診察を受けに来る二十人の患者のうち、少なくとも半分は気で病む人だと言うだろう。医者はこうした人々が本物の病人たちと同じように、そしてときにはそれ以上に苦しんでいることを否定しない。事実、この哀れな発明家の悲惨さには、それが事実であれ妄想であれ、何か痛ましいものがあった。

「田舎でも同じことです」ピショニエは続けた。「私は至る所で敵に出会います。バイヨンヌでは、私が十八フランの借りがあるといって三百フラン分の品物を没収されました。そしてそれを二度と取り戻すことができませんでした……」

この律儀な男が、人生のありふれた見込み違いの中に、自分自身に向けられた全世界的な陰謀の歯車装置を見ていることは少なくとも確実らしかった。

「それに、夢は欺きません」とさらに蝶を飼う男は言った。「私は覚えに二十以上の夢を書き留めておきました。そのすべてが同じ意味を持っています。あるときは、見渡す限り拡がる耕作地の真中の大きな草地でした……突然、草地からありとあらゆる猫が、白い猫、黒い猫、緑の猫、赤い猫が、あるものは小さな耳と長い尾を、他のものは長い耳と短い尾を持って、湧き出るように立ち現れます。それらは何千匹と地面の下から次々と出てきました。崩れた蟻塚の蟻のように猫たちは蠢《うごめ》いていました。ついには、夥しい数となって草地は、もはや猫を収めきれませんでした。そこで耕作地に侵入しました。これにはかなりはっきりした意味があります」

「よく解らないのですが」私は言った。

「何ですって！」男は叫んだ。「猫は裏切りです。大きな草地はパリです。耕作地は田舎です。あまりに多くなりすぎた私の敵はパリの中だけにとどまっていられなくなり、そこで敵は田舎に拡がっていくのです」

ヨゼフによって解釈されたファラオの夢[35]が、全く無意識のうちに私の記憶に蘇った。

「私が敗北する羽目になることはわかっています。敵はついには私を殺すことでしょう」

「ああ、何と！」私は憐憫の気持ちから言った。

「私は神を信用しています。しかし率直に言って、こんな風に生きているよりは死んだほうがましでしょう。ただこれらのかわいい生き物たちがいなければいいのですが……」

ピショニエの指と視線が部屋の周囲をさまよっていた。

このとき、飼い主に応えて慰めるためででもあるかのように、蟬たちとコオロギたちが再び歌い始めた。本当に虫たちは歌い始めたのだ。

深い悲しみの感情が私の胸を締めつけた。帰る時が来ていた。私の訪問はこの哀れな男の気持ちを少しばかりは紛らせた。男は、私が羽化に立ち会った火の神〔ヨーロッパアカタテハ〕に会いに来ることを口実にして、また来るよう私を誘った。私はそれを約束して別れた。

外へ出るやいなや雨が滝のように降ってきた。どうして雨蛙の予言を思い出さないでいよう。

何も信じなかったために、私はびしょ濡れになった。

聾者たち（後記《ポストファス》）

ある正直者の男が、四方八方を高い樹木に囲まれた人気《ひとけ》のない所で、百匹ばかりいる自分の羊の番をしていた。それは、男の粗末な住まいのある村からはかなり遠い、大きな幹線道路の辺りにあった。

この正直者は聾者だった。

空腹から、食事の時間がとっくに過ぎていることを感じた男は、食べ物を持って来ない妻を罵る声を刻一刻と強めていった。

羊の群れがいるために、村まで急いで戻れないのだった。

男はついにある決心をした。

道路のこちら側を五、六十歩下った所で、老婆が自分の雌牛のために草を刈っていた。この老婆は年齢と悪評の重みに耐えかねてか、体がくの字に曲がっていた。女は盗人《ぬすっと》としてだけでなく魔女としてひどく恐れられていた。これは皆の知るところであったが、男は空腹に差し迫られていたので躊躇《ためら》わなかった。そこで老婆の所へ行ってこう言った。

「昼飯を食べに行ってる間、私の羊の群れを見張っていてはもらえないでしょうか。戻ってきたら、あなたが満足するだけの――だといいのですが――報酬をあげます」

老婆もまた同じように耳が聞こえなかった。

女はとげとげしく言い返した。

「あんたは私にどうしてほしいっていうんだい。この溝の草は皆のものだけど、同じように私のものでもあるんだよ。何の権利があってあんたは私にここの草を刈らせないんだい。まったく！　あんたの羊たちに幾分多くここの草を食べさせるために、私の雌牛たちを死なせなければならない、ときたもんだ！　なんてこった。邪魔をしてくれるんじゃないよ！　とっとと失せな！」

羊飼いは老婆がこの荒々しい言葉を吐きちらしながらした仕草を同意の印だと受け取った。男はそれ以上一言も言わずに老婆に背を向けてすたすたと自分の家の方に向かって歩いて行った。妻が昼食を忘れたことは夫には許し難いことに思われ、妻を罰したいとうずうずし、そのために歩みは自然に速くなった。

ところが家に帰って目にした光景にそれまでの怒りはたちまち憐れみに変わった。妻は具合を悪くしていた。毒きのこにあたり、ひどく苦しみ床に転がって身をよじっていた。

男は妻を抱き起こし、賢明な処置によって解毒に成功した。そして、そそくさと昼食を摂り、置いてきた子羊たちのいる所へ早く戻ろうと道を急いだ。

いくら速く歩いても羊の所に戻るにはあと一時間以上はかかるだろう。羊の群れを見張っている魔女の悪評を考えると、ともかくひどく心配だった。戻るやいなや男は老婆に猜疑の視線を向け、もしや羊のうち一匹でもいなくなってはいないかと確かめた。数は確かに合っていた。男は大喜びだった。

「偏見ってやつは!」男は思った。「かわいそうに、人は日ごとの盗みの罪をすべてあの老婆一人に着せているがこの老婆は多分とても正直者なんだ。こんなにも不公正極まりない偏見を誤りだと認め、これまで誤って中傷されたことに見合った報酬をやろう。そうすれば、もし老婆が実際に悪魔と取引をしていても、これだけの寛大さを見せれば、ひょっとして私に呪いをかけようなど未来永劫、思わないかもしれない……」

男はそのとき丸々と肥えた大きな雌羊が眼にとまった。それはただひとつ、足を引きずっているという欠陥があるだけだった。この身体障害があるからといってその羊はわずかばかり値打ちが下がるにすぎなかった。男はそれを両腕に抱いて、老婆に近づき、その足元に羊を置き、両の手で指し示しながらこう言った。

「あの、これは助けてもらった感謝の印です。この雌羊を受け取ってくれますか。それはあなたへの贈り物です」

老婆は激怒した雄鶏のように立ち上がった。そして雌羊に眼をやってそれが足を引きずっているのに気づくと、激しく言い返した。

「やれやれ、また難儀なことだ！　これはどういうことなんだ。あんたの居ない間《ま》に私は神に誓ってここから動いてなどいないよ。私がこの動物を襲ってわざわざ喜んでその足の骨を折ったなどと、一体あんたはどうしてそんな口をきけた義理なんだい。悪魔に取り憑かれてるに違いない！　思いもかけないことだわい。あきれたね！」

「この羊の毛は細くて絹のように柔らかいんです」正直者の男がまた言った。「肉はとてもおいしい。あなたがそれを食べたくないなら良い値で売れますよ」

「それに、繰り返して言っとくけどね」かんかんに怒った意地悪女は叫んだ。「わたしゃおまえさんの羊たちのほうにはこれっぽっちも行かなかったよ！　性悪、ぺてん師、卑劣者め！　消え失せな！　自分の所《とこ》へ帰んな！　さもないと、この硬い爪でおまえさんの眼ん玉をくり抜いてやるよ！」

女は威嚇的だった。一方の手は鉈鎌《なたかま》を痙攣したように握りしめ、もう一方の手は恐るべき爪を長く伸ばしていた。

男はまず最初に啞然とし、次いでおびえて後ろに飛びのき、本能的に杖を振り上げた。純粋に身を護るためのこの動作は老婆をすっかり怒らせてしまった。老婆は罵詈雑言を吐いて男に怒りをぶつけ、その眼に飛びかからんばかりの素振りをした。男のほうはじっと押し殺している怒りと戦っていた。堪忍袋の緒が切れた。杖と鉈鎌がまさにぶつかり合おうとしていた……

とまさにそのとき、一人の騎兵が両足と拳とで馬を打って急がせながら喧嘩する二人のほうへ全速力で進んで来た。二人は騎兵に気づきすぐさま戦うことを忘れ、二人で道を塞いで騎兵を無理矢理立ち止まらせた。老婆が右側で手綱をつかみ、羊飼いは左側で手綱を握って、騎兵に向かってたいそう丁重に言った。

「騎兵殿、どうかこの女と私の間に立ってお裁き下さい。この女は私にちょっとした手助けをしてくれました。そこで一匹の雌羊を差し出してすぐに感謝の意を表しました。ところがです、この女は私を罵るだけでは満足せずにそのうえ鉈鎌で私をやっつけると脅すのです」

老婆は老婆でこう叫んだ。

「この男に耳を貸さないで下さい！　嘘をついてるんです！　この男の羊の一匹が不具なのは私のせいじゃありません。この無作法者が気をつけてればよかったんです。この男の居ない間私は、羊の群れから少なくとも百五十歩はある所で、ずっと草を刈っていたんです……」

これほど運の悪いめぐり合わせはあり得なかった。騎兵は話しかけられた二人に劣らず耳が遠かった。その上、蒼白な顔色は不安と恐怖を表していた。

「そうなんです。白状しますと」騎兵は喉の嗄《か》れた声で言った。「この馬は私のものじゃないんです。しかし、まさか私を泥棒だなどとは思わないで下さい。私はとても急いでるんです。一頭の馬が近くにいて、その持ち主はいませんでした。一刻も早く進もうと私は馬に乗りました。これはすべて本当です。この馬はあなたのものですか。お持ち下さい。そして私を通して下さい。というのは、名誉にかけて誓いますが、私は一刻も無駄にできないのです……」

老婆は耳が聞こえないので、騎兵が羊飼いの味方をしていると思い、羊飼いはこの同じ騎兵が老婆の肩を持っていると思い込んだ。こんなわけで二人はまた罵り合い、激しく脅し合い、仲裁人に選んだ人物を不公平で不当だと非難した。騎兵は騎兵で、この激怒した人たちは自分を叱りつけ、自分がくすねた馬のために拳を突きつけて脅してくるのだろうと思った。騎兵は非難と侮辱の合唱に加わった……

と、そのとき三人は、一人の老人が額を垂れ道路に沿って歩みを進め、自分たちのそばを目もくれずに通っていくのに揃って気がついた。このように歳をとり、かくも重々しく厳かな人物は優れた裁判官の条件をすべて兼ね備えているように見えた。三人は駆け寄って、ほんの少しの間でいいから耳を傾けてはいただけまいかと折り入って頼んだ。しかし彼らは三人一斉に声を合わせて、それぞれ自分の苦情を述べ立て、誰が他の二人と比べて正しいのか判断を下すように頼んだ……

しかし、信じられないとはこのことであろう。老人は三人よりさらに耳が聞こえなかった。そこでこう答えた。

「はいはい、わかりました。あなた方をよこしたのは妻なんですね。あれはあなた方を誘い込んで私が出発するのを邪魔しようってのです。あれのもとへ戻るべきだと説き伏せたいのですか。そんなことはお考えにならないがよろしい。決意は揺らぎません。私も昔は、いわゆる結婚の幸せとかいうものを味わうために修道院での禁欲生活から逃れました。天は残酷にも私を罰したのです。皆さんはあれをよくご存じですか、妻を。あれは本当の悪魔です。あれと比べればクサンティペ[1]といえども天使に見えたことでしょう。あんな性悪の女と一緒に暮らすのは、もはや一日たりともご免です。妻のせいで、二百年の厳しい償いの苦行をしても消し去れない罪を犯してしまいました。私はローマまで巡礼に行って、どこかの修道院に身を隠して、断食と祈りで過ちの赦免を得るつもりです。その後はこんな風に決めているのです。背にずた袋をかついで世界を歩き回りながらパンを乞うのです。やっとの思いで逃げてきた妻にもう一度会うくらいなら、どんな苦しみに遭おうとまだましだと思われるのです……」

老人が何を言っても、他の三人は話すのを一向に止めなかった。三人には老人が逃げ口上を言っていて自分の意見を述べる勇気がないように映った。あるものは決着をつけろとせき立て、他の者は老人の気の弱さを非難した。老婆はこの老人を同じことばかりくどくど言う男だと言い、老人はそっとしておいてくれと哀願した。たとえ一世紀をかけてこんなやり取りをしても、和解が得られるはずはなかった。

四人が揃って、理解し合えないまま我先にと叫んでいたとき、騎兵は遠くに早足でやってくる人々の姿を見た。うろたえて、今度は憲兵隊が相手なのだと思い込んだ騎兵は、さっと馬を降りると一目散に逃げ出した。

羊飼いは他の理由から勝負をやめる決心をした。羊の群れが歩き出しはるか向こうへ行ってしまっていたのだ。羊飼いは急いで群れに追いつこうとした。この日の出来事と不条理のせいで暗い悲しみで胸いっぱいになった羊飼いは、心中ひそかに仲裁人たちを呪い、正義がこの世から失せてしまったとひどく嘆いた。

老婆は未だに激昂していたが、自分の山積みの草のほうへ戻った。その近くでは足を引きずった羊が穏やかに草を食んでいた。老婆はそれを捕えて首に紐をかけ、羊飼いから受けた不当な告発の仕返しをするために羊を自分の家に引っぱっていった。

老人はといえば、隣の村まで道を行き、そこで歩みを止めて夜を過ごした。ひと休みし、睡眠をとったことで、妻に対する怒りはかなり鎮まった。親戚と友人たちが老人の遁走を知って跡を追い、ほどなく追いついた。追いついた人たちは、老人をなだめ、全力を尽くして妻を優しく、従順にさせるよう努力することを約束し、ついに老人に引き返す決心をさせた。

完

訳者註

献辞

1　ジュール・バイヤルジェ（一八〇九―一八九〇）……………当時名を馳せた精神科医。幻覚、躁うつ病などの研究で知られ、その講義は大変有名であった。サルペトリエール施療院でポストについていた。精神医学界に影響を与えた『精神医学年報』を創刊。一八四七年より医学アカデミー会員。

2　ビセートル施療院……………もともとはビセートル城の跡地に建てられた傷病軍人の施療院であったが、ルイ十四世の指導により一六五六年、総合救貧院となった。精神病者、麻痺患者、梅毒患者、パリの街に溢れる貧窮者、浮浪者、犯罪者のうち男子を収容する。十九世紀には、ビセートルといえばすぐに精神病者を連想させた。救貧院とは名ばかりで、実際には監獄であり強制収容の場でもあった。パリ市内から五〇〇メートル、クレムラン＝ビセートルに位置し、現在は大学病院として機能している。

3　サルペトリエール施療院……………十七世紀、ルイ十四世の指導により救貧院として始まった。女性の監獄としての機能も持ち、売春婦が収監され、その後、治る見込みがないとされた精神病者も収容された。彼女らは劣悪な環境に置かれ、ネズミの這い回る地下で鎖につながれていた。一七九二年の〈九月の虐殺〉の時には、囚人、娼婦は解放されたが、精神病者は鎖で拘束されたまま街路に放り出され、民衆に襲撃され殺害された。十九世紀初頭、精神科医のフィリップ・ピネルが彼女らの鎖をはずしたことは有名である。ピネルの人道的改革をはじめ、その後シャルコー、エスキロル、バイヤルジェなどの優れた後継者たちによりサルペトリエールは精神科の中心となった。彼らの精神病に関する講義を聴くために、ヨーロッパ全土より人々が集まった。若き日のジークムント・フロイトはその一人であった。現在はパリ有数の大学病院である。

4 バベルの塔…………『旧約聖書』「創世記」に記述があり、バビロンで人類は天に届く高い建物を建設しようとして神の怒りに触れた。

5 小部屋…………精神病院に患者を入れる小部屋があった。

ある名演奏家《ヴィルテュオーゾ》の生涯の素描《エスキス》

第一部

1 シェイクスピア作の喜劇『空騒ぎ』の二幕三場、ベネディックのセリフ。

2 ロドルフ・クロイツェル（一七六六―一八三一）…………フランスのヴァイオリニストで作曲家。パリ王室礼拝堂付楽長。パリ国立音楽院《コンセルヴァトワール》の設立以来ヴァイオリン科教授を務めた。「四十二のエチュード、またはヴァイオリンソロのためのカプリツィオ」（一七九六）は有名。ベートーヴェンは「ヴァイオリンソナタ第九番イ長調作品四七、〈クロイツェル〉」を彼に献じた。

3 バルバラの父はオルレアンで弦楽器製造業を営んでいた。友人のシャンフルリは、『若き日の回想と肖像』の中で、頭で作り出した作品の中に現実の人物像を断定することほど難しいことはないとしながらも、この作品のいくつかのパラグラフを引用し「この老音楽家の肖像には著者の父親とのいくつかの類似点があるのではないだろうか」と言っている。

4　名器に対する強い関心と言及については『感動的な物語集』（*Histoires émouvantes*, 1856）の中の短篇「音楽のレッスン」（《La Leçon de musique》）の中にも見られる。

5　バルバラはおそらく一八二九年、十二歳でパリのルイ・ル・グラン中学校に転校した。教育熱心な父親は兄のピエールをドイツにやってピアノを勉強させたように、彼をもまたパリの名門校に転校させた可能性がある。また、一八三六年にパリ国立音楽院《コンセルヴァトワール》に一時その足跡を見出すことができる。

6　バルバラは鬱が悪くなるとき必ず高熱をともなった。ジャン・ヴァロン宛、バルバラ書簡（一八四八年、四月一日―七月一日の間に出されたと推測される）を参照。

7　「精神的なるもの」が動物磁気の「流体」となって物質界を動かすという、アントン・メスマー（一七三四―一八一五）の動物磁気説（メスメリスム）が十九世紀前半に流行した。バルバラの「美徳の真の流体」という言葉は、このメスメリスムから発想を得た可能性もある。バルバラはその『赤い橋の殺人』（一八五五）の中でも、主人公クレマンが与える不快で耐え難い嫌悪感について、生命から放出される「摩訶不思議な流体」という表現を使っている。文学上の親友、ボードレールはエドガー・アラン・ポーの「催眠術《メスメリスム》の啓示」を訳しその「解題」も書いており、またバルバラは、ポーはもちろん、メスメリスムに強い関心を持っていたE・T・A・ホフマンやバルザックなども好んで読んでいた。

8　バルバラの母はオルレアンで一八四三年八月二十日、五十二歳で死亡。葬儀への立会人は兄のピエール他。

9　シャンフルリは作品中における父親からの手紙の冒頭からここまでを『若き日の回想と肖像』の中で引用し、この父親の中にはブルータスがいる、そしてバルバラが作品中でこのような手紙を書き著したことは彼が父親に鍛え上げられた非常に強固な性格であることの証だと言っている。

10　一八四四年九月一日付レオン・ノエル宛の書簡の中でバルバラは父の破産を知っていた、と述べている。

11 空想社会主義者、シャルル・フーリエ（一七七二―一八三七）の「理想共同体《ファランジュ》」から着想を得ていることは確実であると考えられる。同世代の若い文学者、芸術家たちと同様、バルバラもまた、フーリエ主義の中心人物、ヴィクトール・コンシデラン（一八〇八―一八九三）が創刊した『平和的民主主義《デモクラシ・パシフィック》』紙を読んでいたことがわかっている。一八四八年の二月革命の直後、故郷のオルレアンで政治新聞『民主主義者《ル・デモクラット》』を創刊し編集主幹兼経営者として活動していたバルバラはこのフーリエ主義の新聞に掲載されたものをいくつか転載している。バルバラは彼自身、徹頭徹尾共和主義者としてオルレアンの新聞に論説を書いていたが、「そのことはコンシデラン（中略）への政治的、思想的な深い信頼表明を妨げるものではない」（一八四八年四月一日―七月一日）と友人の哲学者で政論家のジャン・ヴァロンに宛てた書簡中で書いているように、この時期にはバルバラは少なくともコンシデランのフーリエ主義に共鳴していたと考えられる。但し、明晰で論理的なバルバラがフーリエ自身のあまりにも夢のような社会主義と雲をつかむような理想主義とを当時の革命直後でさえ全的に信奉していたとは到底考えられない。

12 フェレの理想を先取りしている可能性が大きく、フェレが最も気にしていた演奏家は本作品後段に登場するイタリアの名ヴァイオリニストであったから、この夢現《ゆめうつつ》のくだりはこの名ヴァイオリニストを思わせる。そしてこの名ヴァイオリニストのモデルとは他ならぬ、ニコロ・パガニーニ（一七八二―一八四〇）である。それゆえ、フェレが夢想する自らの容姿、身振りによる演出効果などは当時語り伝えられたパガニーニのそれであり、それはたとえばハイネの『フローレンス夜話』などに拠っているように思われる。

13 この部分以後に叙述される怪物的で、真夜中に現れ出た悪魔の姿にも似たイタリアのヴァイオリンの魔術師とはまさにパガニーニその人がモデルとなっており、作品中の多くの驚くべき叙述は実際今に語り伝えられている驚異の天才、悪魔に魂を売り渡したといわれたパガニーニの数奇な人生と一致する部分が非常に多い。当時パガニーニについて書かれたものと比較すると興味深いので巻末参考文献リストに掲げる。

14 音楽界の人気スターに人々があまねく魅了されているのを利用して、純粋に商業主義的な副産物が生まれた。パガニーニの名を冠した料理、洋服、髪型もあり、彼の肖像はメダルに刻まれたり、宝石箱や散歩用ステッキにまでつけられた。

15 バルバラの作品中のイタリアの名ヴァイオリニストが辿ってきた都市の順序はドルティーグが『バルコン・ド・ロペラ』の中でパガニーニについて書いている通りであり、何度も期待を裏切った末にやっとパリに来たことなどの記述も見られる。

16 バルバラには幻覚をともなった発熱がしばしばあった模様である。註6で言及した同じ書簡の中で親友ジャン・ヴァロンに以下のように打ち明けている。「悪夢、辛《つら》くて熱の出る夢。それはまだ続いているようだ。というのは、僕はちゃんと目醒めているのかどうかわからないのだ。僕の生活は三ヶ月前から、熱、幻覚、何か幻想のようで事物や理《ことわり》を越えたものだ。現実が逃れてゆき、僕は気が狂いそうだ」（拙訳）。そして、彼が自殺の前に病院に運ばれたのも高熱に冒されたのが原因である。

17 パガニーニのパリ・オペラ座での初演とその後のコンサートは一八三一年三月九日とそれ以後であり、バルバラがパリに勉学に出たのは一八二九年か三〇年と推定されるので、この驚異のヴァイオリニストの演奏を実際に聴いた可能性は十分にある。

18 超自然的な〈出現〉（apparition）とは、人や物が自然界の法則では説明できない形で現れることであり、たとえば、「聖母マリアの出現」「妖精の出現」などと使われる語である。

本文での本註以下の容姿の描写はドラクロワの絵画や、他の多くの著作の中で伝え記されているパガニーニのそれと似通っているところが非常に多い。共通点としては、黒い服に包まれ、痩せてひょろ長い、青白い顔をした、地獄から現れ出てきたような、幻想的《ファンタスティック》な、この世のものとも思われぬ人間、ヴァイオリン演奏の天才を手に入れるために魂を悪魔に売り渡した男、ヴァイオリンと人間が一つに融合した生き物などとして現れる。パガニーニの同時代人であるベナッティの『パガニーニ氏の生理学的批評』には、もう少し客観的な容貌の観察がある。

「パガニーニは、蒼白く痩せていて、中背である（中略）その大きな頭は長くて痩せた頸の上に支えられ、一見したところ、ひょろ長い四肢とひどく不釣り合いであった。広く角ばった額、非常に際立った鷲鼻、完璧な弧を描いた眉。知性と悪意に満ちた、少しばかりヴォルテールを思わせる口、大きく突き出した目立った耳。肩に乱れ落ちる長くて黒い髪は、彼の蒼白い顔の色合いとコントラストをなし、パガニーニの独特な容貌と相まって、いかにその才能が独創的であるかを表していた」（拙訳）

19　E・T・A・ホフマン（一七七六―一八二二）……ドイツの作家・作曲家。パガニーニの初演のすぐ後、一八三一年三月十五日の『デバ』紙にジュール・ジャナンがすでに「パガニーニとホフマン、幻想小説」を掲載していることや、『バルコン・ド・ロペラ』の著者もホフマンとパガニーニを並べていることからもわかる通り、ホフマンが叙述するファンタスティックな人物とパガニーニとを並べる作家、批評家は非常に多かった。ジョゼフ＝マルク・ベルベも『七月王政下のフランスにおける小説と音楽』で以下のように書いている。

「パガニーニは、ホフマンの描く幻想的な人物像のように、彼独特の怪しげな側面をともなって現れる。パガニーニがヴァイオリンで見せた素晴らしい演奏は、この世のものとは思えない存在であるという彼の特性をさらに強めることとなった」（拙訳）

またバルバラの本作品の第二部の冒頭の銘句《エピグラフ》にホフマンからの引用があることでもわかる通り、バルバラがホフマンを非常に好んで読んでいた以上、ホフマンの描くファンタスティックな人物とパガニーニとを比較したのはとても自然であると思われる。

20　この曲はパリではオペラ座の二回目のコンサート（一八三一年三月十三日）で初めて演奏されたロッシーニの『モ

ーゼ』をもとにしたパガニーニによる変奏曲『祈りのソナタ』（手筆原稿二十三）がモデルになっていると考えられる。我が国で『ロッシーニの「モーゼ」の「汝の星をちりばめた玉座に」による幻想曲』という題名で呼ばれている変奏曲と非常に近いものであろう。ただし、今日我々がCDで聴けるものとは少々異なった構造、演奏であったかもしれない。しかし、いずれにしてもバルバラのこの部分の叙述は、無論彼自身の創作部分も多いとは思われるものの、ともかくこの時のパガニーニ変奏の『モーゼ』(*Prière de Moïse*) がソースであると推測される。

21　この描写のソースは、パガニーニ作曲『ヴェニスの謝肉祭』作品十（一八二九）。

22　パガニーニの作曲には『セレナード』ハ長調（一八〇八）があり、これに続く叙述は最初の一部分はパガニーニの『セレナード』に関するものであるように思われるが、ほとんどはこの曲の描写であるかどうかは疑わしい。他の曲がソースとなっているか、全くのバルバラの創作であろう。あるいは、パガニーニが自作の曲の多くを楽譜にせずに演奏したことを考えると、バルバラはこの『セレナード』を聴いたけれども、楽譜として残っていないということも十分に考えられる。

23　パガニーニはこうした超絶技巧をいとも易々と演奏し当時の演奏家たちを驚嘆させた。また技巧や奏法の改革をし、スピッカートやピチカート、ダブル・ストップ、トリプル・ストップ、それに、ハーモニックスを作り出す方法などを発展させた。彼はその後、声楽においても、楽器においても技巧的な進歩の時代への道を切り開いたことはよく知られている。

24　パガニーニ作曲『魔女たちの踊り』……………ジュスマイヤーのバレエ『ベネヴェントのくるみの木』の歌による変奏曲作品八（一八一三）がモデルである。

25　パガニーニがウィーンの新聞に掲載した抗議声明文はG・E・アンダースの冊子の中で引用されているが、作品中のイタリア人ヴァイオリニストの抗議文は、内容、言辞ともこれと非常に類似している。

26　悪意のある数々の風聞が流れ、そこではパガニーニは妻を毒殺し、彼が結婚したことがないとわかると、愛人を短刀で刺し殺したことになり、次には投獄されていたと噂され、パリではついに「獄中のパガニーニ」(*Paganini en prison*)と題したルイ・ブランジェなる画家によるリトグラフが版画店の店頭に貼られ、新聞にもその広告が見られた。

27　パガニーニは一八四〇年、フランスのニースで死亡したが、臨終の告解の聴聞に来たカファレルリ神父を追い払い、神父の証言を信じたニースの司教カルヴァニは彼を不敬虔であると言明した。驚異的な技巧のため悪魔と契約を結んでいると噂された彼の死体は、ニースでも故郷のジェノヴァでも埋葬を許されず、一八七六年にパルマでやっと永眠の地を得た。バルバラの本作品が初めて『フランス評論《ルヴュ・フランセーズ》』誌に発表されて十八年後のことである。

第二部

28　『牡猫ムルの人生観』第一巻、ユーリエとヘートヴィガの会話より、ヘートヴィガの言葉。バルバラはホフマンを最初にフランスに紹介した翻訳者ロエーヴ゠ヴェマールによるフランス語訳から引用している。

29　パガニーニをモデルとしたヴァイオリニスト。註13を参照。

30　この辺りの数行ばかりは、軽業的な新しい技巧に酔う十八、十九世紀の名演奏家・作曲家たち、とりわけ超絶技巧を次々と編み出してそれを苦もなく駆使したヴァイオリンの魔術師パガニーニに対する痛烈な揶揄、批判である。感動、感情を重んじるバルバラの音楽的立場が窺われるように思われる。

31　アルカンジェロ・コレルリ(一六五三—一七一三)……………イタリアのヴァイオリニスト、作曲家。多くはないが堅固な様式の統一性のある作品を残した。公にした六冊の曲集の中には、トリオソナタ四曲、ヴァイオリンとコントラバスのソナタ、それに死後出版のコンチェルト・グロッソ等がある。そこには前期古典派のソナタとコンチェルト・グロッソの最も完成されたモデルが見られる。名演奏家の作曲家たちが軽業的な新しいテクニックに酔う時代の風潮に彼は抑制力を与えた。ヴァイオリンの音域を声域に留め、テクニックにおいて、後世のあらゆる教育が継承し得る合理的な基礎を作った。コレルリはヴァイオリンの古典派の創始者と考えられる。彼はバロック時代以降影が薄かったが二十世紀になって再評価された。

32 フレデリック・フィオリロ（一七五三―一八二四頃）……第一線のヴァイオリニスト、リガの指揮者。一七八五年リガの指揮者の地位を去り、パリ宗教音楽演奏会《コンセール・スピリチュエル》によって世に知られる。ロンドンに移りそこで死ぬ。私生活は全く知られておらず、作品もほとんど忘れられている。しかし彼の作品中「ヴァイオリンのエチュード」はその名を後世に伝えることになった。この優れた古典主義的作品集は芸術的構想の独創性に楽器のメカニズムの深い知識が結合されている。フィオリロの「エチュード」は、ヴァイオリンの技術《ラール》を分析し演奏の基本を絶えず実技に適用しようとする芸術家たちに不可欠なものとなった。

33 ガエタノ・プニャーニ（一七三一―一七九八）……イタリアのヴァイオリニスト、作曲家。トリノの王立礼拝堂付オーケストラの第一ヴァイオリン、楽器音楽の総監督、軍楽隊長を務め、パリ、ロンドンを演奏旅行する。多くの曲を作曲したが、中でも『ナネッタとルビノ』（一七六九）、『スキロス島のアキレス』（一七八五）は大成功を収めた。プニャーニはヴァイオリンのテクニックを情感の表現に従属させた。

34 ジョヴァンニ＝バチスタ・ヴィオッティ（一七五五―一八二四）……イタリアのヴァイオリニスト。G・プニャーニの弟子。トリノ王立礼拝堂楽団員であった彼は、師、プニャーニとヨーロッパ各地を演奏旅行し、パリでは宗教音楽演奏会《コンセール・スピリチュエル》で頭角を現した。一度パリに定住した（一七八二）後ロンドン、ハンブルクで過ごし、再びパリに戻り指揮者やオペラ座の音楽監督をする。彼にはいくつかの四重奏曲、二台のヴァイオリンとコントラバスのための三重奏曲、ピアノのためのコンチェルト十曲、二台のヴァイオリンのための協奏交響曲二曲、特に教育的価値の高いヴァイオリン・コンチェルト二十九曲がある。彼はロドルフ・クロイツェルに大きな影響を与えた。

35 註6、註16を参照。

36 フランス美術館（Musée français）とは現在のルーヴル美術館のことであろう。一七九三年、ルーヴル宮に開設された中央美術館は王室のコレクション（王立アカデミーの諸作品）を収め、後に革命によって没収された作品を収めるフランス記念物美術館（一七九五年開設）を吸収する。フランス記念物美術館は一八一六年に解体した。

37 クリストフ＝ヴィルバルト・グルック（一七一四―一七八七）……………ドイツ人のオペラ作曲家。十八世紀のオペラ改革者。従来のイタリア・オペラの中にフランス精神を溶け込ませた。一七七三―一七七九年の間に五度パリを訪れ、フランス語でオペラを書き、またイタリア語の旧作をフランス・オペラに改作、上演し、大成功を収めた。グルックがマリー・アントワネットの庇護を受けたことはよく知られている。一方、ドイツ人作家にして作曲家のホフマンは、その作品「騎士グルック」（一八〇九）の中で、音楽に向き合う時の巨匠グルックの熱狂的で幻想的《ファンタスチック》なさまを物語っている。ホフマンを愛読していたバルバラの脳裡には、この熱狂的なグルックもまた去来していたことは推測に難くない。

38 「騎士《シュヴァリエ》グルックの胸像」とはジャン＝アントワーヌ・ウードン（一七四一―一八二八）による胸像かと思われる。ウードンはフランスの彫刻家。「グルックの胸像」（一七七五）はロンドンのロイヤル・カレッジ・オブ・ミュージックに一点、クリーヴランド美術館に一点あることがわかっている。ウードンは肖像制作において動作や表情の特徴的な癖を捉える腕と、人物の個性を表す才能に恵まれていた。

39 ゲーテの『ファウスト』第一部、悲劇第一部「夜」においてファウストが呼びよせた霊との対話の一節。

40 フェドー座の前身はマリ・アントワネットの美容師によって作られたムッシュー座で、最初はチュイルリ宮の劇場で上演していたが革命の時フェドー通りに移りフェドー座と呼ばれるようになった。一七九一年、当時名を轟かせたヴァイオリニスト、ヴィオッティ指揮によるオペラ・ブッファで開場。一七九七年オペラ・コミック座――ファヴァール座と呼ばれていた――がここに移ってきて一八〇一年にはフェドー座はオペラ・コミック座に吸収されるが、かつての愛好家たちは相変わらずフェドー座と呼び続けた。一八二九年、建物の崩壊の危険からフェドー劇場は閉鎖され、その後転々と移り、オペラ・コミック座がボワエルディウ広場に移っても、人々は往時の心地好い芸術家たちのサロンとなっていたフェドー座の楽屋に対する若き日の思い出を込めてフェドー座の旧名で呼び親しんでいた。

41　自然科学に強い関心を持ち、また自らが狂気の種を宿しているのではないかと心配していたバルバラは、当時名をはせた精神科医バイヤルジェの講義を受けていた。本作品には精神医学的色彩が強く現れた語、**lésion**（病巣）の他、後出の **torpeur**（麻痺状態、鈍麻、遅鈍）、**hébétement**（精神朦朧、遅鈍）、**symptôme**（症状、徴候）、**léthargie**（嗜眠状態）といった医学、特に精神医学に特徴的であるように思われる語彙に出くわす。**hébétement** は医学用語ではないが、バルバラは医学用語である **hébétude**（遅鈍、精神朦朧）と近い意味に使っているように思われる。

42　夜なべの仕事で空しく体力を消耗していく若い女性は、本作品とはかなり異なった角度から扱われているものの、短篇「カーテン」にも「エロイーズ」にも現れる。

43　すでに本作品中のパガニーニをモデルとしたイタリア人のヴァイオリニストにまつわる叙述（註14及び第一部の最後の部分）にも見られたように、当時擡頭してきた物質主義的商業主義は拝金主義を生み、音楽・芸術の世界にも力を振るい始め、音楽家・芸術家も商品化を免れなかった。本註の前後の本文叙述にはおどけ《ブフォヌリ》の要素が強く表れているのは無論であるとしても、その中にはこうした社会状況に対するバルバラ側の揶揄の形をとった鋭い社会批判が透けて見られる。

44　段落の初めからここまでのくだりは、プルーストの『失われた時を求めて』の主人公の語り手がマドレーヌを紅茶に浸して食べた瞬間にかつての思い出が蘇るくだりを想起させる。幼い頃に（あるいは過去に）経験した感覚を後に追体験することによって関連する記憶が蘇る点で、心理学的、精神分析学的には同じ範疇の事象であると考えられる。無論ここでは、プルーストの一人称小説の膨大な目くるめく世界に発展するための入口ではなく、うつ病の無気力、麻痺状態の改善の第一歩であり、一人の芸術家の幸せへの入口にすぎないが。五感の刺激による記憶の覚醒はバルバラの時代にもおそらく経験的にわかっていたと思われるが、バルバラが受講していた精神科医、バイヤルジェの講義の中で何らかのインスピレーションを得た可能性は十分に推測されるし、ここにはバルバラ自身の体験もかなり見出されるように思われる。

45　フェレの母の名前は一部バルバラの母の名前 Marie Magdleine Henriette Louise Antoinette から取っている。

46　バルバラの母に対する愛情は非常に深かったと推測される。作品から事実を推測することは非常に危険なのではあるが、それは本作品及び「双生児」等の端々に感じられる。「双生児」では、傲慢な暴君めいた父の傷ついた苦悩する心を引き受け、父の怒りっぽさに圧し潰されて死ぬ母への言及があり、こんな母の死が父の破産と直結するといったくだりがある。あらゆる苦難を引き受けるフェレの伴侶、さらには聖女テレーズのイメージとも重ね合わされるように思われる。

47　街を巡り歩く惨めな音楽家は「街の女歌手」のルイーズにも体現されている。

48　「人が経験する喜び、直《じか》に感じる感動は芸術の至高の存在理由」であるとする考え方は無論バルバラ自身の強い信念であった。これは以下に続く芸術家と聴衆との間の交感ともいうべき〈共感《サンパティ》〉を芸術家の最高の栄光とする思考の基礎となっている。一方、この段落の終わりでは、芸術家に砂を噛むような思いをさせる贋物の賞讃や熱狂に対するバルバラ固有の鋭い批判も忘れてはいない。参考のため演奏家と聴く者との間の〈共感《サンパティ》〉をバルバラ自身が最も率直に表現したと思われる「音楽のレッスン」中のくだりを引用する。

「無関心だったり退屈したりする聴衆はシェンクには迷惑で彼を麻痺させてしまうのを僕は知っていた。感動を頒《わか》ち合える場でなければ演奏家は完全に自分自身になれない。それは催眠術者にも共通したことで、敵意を持つ人間がいると催眠術はうまくいかない。僕は自分の裡に、もはや生命のあるものといえば芸術作品の力のもとでうち顫《ふる》える数本の弦しか持たない、まるで動かぬ物体のように、薄暗い室の片隅に腰を掛けたのだった」（拙訳）

49 コントルダンス………数組の男女が向かい合って踊るダンス。イギリスの民族舞踊を起源とし十八世紀にヨーロッパ中で大流行した。またその曲のこともいう。

50 サン＝マルセル界隈………長い間、パリで最も汚らしく、陰鬱で、最も貧しい界隈であった。

51 ヴィエール………ヴァイオリンの前身で、非常に古い擦弦楽器。ヴィオールの前身となった。中世には乞食の楽器として卑しめられたが、十八世紀中ごろのパリではミュゼットとともに貴族階級に流行するに至った。ルイ十六世の頃より再び大衆の手に落ち、それ以後は民間の楽器としてしか演奏されなくなった。

52 リトルネッロ………「回帰」の意。協奏曲やオペラ・カンタータなどの声楽曲で、前奏、後奏として一つの主題を持ち、その間に主調と異なる調の同じ主題を何度も挟みながら進行する楽曲の形式。またはその主題のことをリトルネッロという。ここでは前奏を指しているのであろう。ヴィヴァルディの『四季』は、リトルネッロのひとつの例。

53 フィオリトゥーラ………「花をまき散らす」の意で、小さい軽い装飾的な歌唱法のことをいう。十八世紀のオペラの詠唱に即興的にベルカント歌手がつけたもので、一時はヴァイオリニストやピアニストもこれに心酔した。

54 『戦争交響曲』と呼ばれるものはハイドン作曲のものやベートーヴェン作曲のものがあるが、この文中のラッパの響き、太鼓の轟き、狙撃兵の発砲音、断続的な大砲の地響き、騎兵隊の突撃、戦勝者の勝利の歌、敗戦者たちの葬送行進曲等からベートーヴェンの『ウェリントンの勝利』、通称『戦争交響曲』がソースであることは確実である。この曲は、『ルール・ブリタニア』や、よく知られたフランスの民謡である『マルブルーは戦争に行く』《Marbrough s'en va-t-en guerre》をテーマに管弦楽曲に編曲され、二部の「勝利の交響曲」ではそれとなく『第九交響曲』の「歓喜の歌」をほのめかすようなアレンジメントがあり、次にはイギリス国歌の *God save the King* をテーマとしたフーガが現れる。この交響曲はメトロノームの発明者メルツェルが発明した自動オーケストラ〈パンハルモニコン〉のためにベートーヴェンが作曲した（一八一三）ものにすぐ後でベートーヴェン自身がオーケストレーションを施したものである。同じ交響曲は自動人形《ロボット》をテーマとする作品、「ウィティントン少佐」の中に現れる作曲できる機械が演奏する音楽のソースとしても使われている。ちなみに、バルバラがシャンフルリ、シャンヌ等と演奏した四重奏団のレパートリーにベートーヴェンを導入し、このレパートリーを維持し続けたのは他ならぬバルバラであった。

55　高熱や重症のため、外界の刺激に応じられなくなり、眠ったような状態になること。

56　註48を参照。

57　「苦難か死か！」と叫んだあの聖女とは、スペインのキリスト教神秘家、女子カルメル会改革者である聖女テレーズ（一五一五―一五八八）を指す。イエズスのテレーズ、またはアヴィラのテレーズとも。アヴィラのテレーズの名は、キリスト教の教えの中で、キリストの受難への愛に関わる部分で、「苦難」「死」を耐えることに幸せを感ずる代表的人物として頻繁に現れる。例えば『キリストのまねび』（トマス＝ア・ケンピス）の「第二の書、十二章、十字架の聖なる道について」〈省察〉や聖テレーズの『自叙伝』四十章に彼女の言葉がある。
「私にとって唯一の存在理由は苦しむことであるように思われ、それこそが私が熱心に神に請い求めることなのです。私はときどき、魂の奥底から神に次のように言います。『主よ、死かさもなくば苦難を！ それ以外のことは求めません』」（拙訳）

58 アルフォンス・ド・ラマルチーヌ（一七九〇―一八六九）によって月に一回持たれた対話『やさしい文学講義』より。

ウィティントン少佐

1 赤いリボンとはレジオンドヌール勲章の略章で、ボタン穴につける。ナポレオン一世が創設した。国家への功労者に授与される。従って一般に社会的地位が認められた人がつけている。

2 十八世紀フランスの発明家、ジャック・ド・ヴォーカンソン（一七〇九―一七八二）が一七三八年に発表した自動人形の〈あひる〉は、近代オートマタの誕生と位置づけられ、餌を食べ、排泄するメカニズムを持っている（しかし実は消化済みの食物を入れておく格納庫があり、これを排泄した）。この〈あひる〉は、バルバラの短篇「街の女歌手」の中にも現れる。だが彼の最も重要な発明は、パンチカードを用いた完全自動織機であり、このパンチカードを用いた織機は半世紀後にジャカールに改良され、パンチカードはコンピューターの父とも言われる数学者バベッジに応用され、コンピューターの出発点となった。

3 一八二一年にフランスのアンペールが電信のシステムを実験して以来、さまざまな電信システムが発明され、一八三〇―四〇年代にはイギリスでクックとホイートストンにより電信システムが発明され商業化された。一方アメリカでは一八三六年モールスとヴェイルが独自に電信を開発し、安価な導線で長距離の伝達が可能になった。このシステムは二十年ほどでたちまち拡がり、フランスの腕木信号もこれに取って代わられた。一八五〇年前後には、アメリカは最も早く、次にヨーロッパ諸国では幹線ケーブルが敷設され、ネットワークが拡がると各国間では次々と相互接続協定が結ばれた。一方、ポール゠ジュリアス・ロイターは、アヴァス通信社で働いた後、ロンドンに移り、一八五一年英仏海峡に敷設された海底ケーブルを利用してロンドンやパリの金融情報を迅速に各地に配信し始めた。また史上初の大西洋海底ケーブルも一八五八年には敷設された。アヴァス、ロイターなどの配信サービスがすでに始まっていた以上、電信と組み合わされたシステムをバルバラが想像するための科学的基礎はできていたと考えられる。卓上では、チャイム以外には音が無い以上、文字か記号を読んでいるのであり、電話の前身ではないことは確かであるが、薄膜の振動を電流に変える電話に似た装置のアイデアは、フランスですでにブルスゥルが一八五四年に理論的な提案をしており、また、実用にはならなかったが、電話に似た装置は、ドイツのライスによって作られた（一八六〇）。

4　ジャンク船とは、古くから中国にある中〜大型の三本マストを持つ木造帆船。羅針盤で外洋に航海した。一九世紀になると蒸気機関が帆に取って代わり、ジャンク船は次第に廃れた。

5　当時、化学の進歩は目覚ましかった。有機化学は、分析、合成、異性体、化学的官能基に関して数々の研究を発展させた。シュヴルルは、脂肪性物質の分析成果を上げた。リービッヒは異性体の存在を考え、酒石酸を人工的に合成し、アルコールを即座に酢酸に変性させる方法を見つけた。一八三八年には『有機酸の構造について』で、未知の有機化合物の構造を決定する方法を述べた。その後いくつもの新しい食品を化学的に作り、食料品店の店頭や新聞の四面を賑わした。望ましい結果を得られないものもあったが、人工乳、化学パン、ブドウ酒の芳香、牛肉の肉汁エキス等を合成し、食料品の化学産業の基礎を築いた。ベルトロは、一八五四年に〈酸とグリセリンの化合、及び自然の脂肪性物質の再生〉に関する論文の中で、有機物が化合によっていかに再生されるかを示した。彼はまたエチルアルコール合成に成功し（一八五五）、蟻酸の合成をおこなった（一八五六）。

6　この時代には偉大な天文学者が輩出し、望遠鏡の製作も数多くあった。たとえば、フランスのユルバン・ルヴェリエは、計算で遊星の海王星の位置を決定し、これを発見した（一八四六）。イギリスのアダムズは個別に同じ結果に至ったがあまり問題にされなかった。有名な望遠鏡といえば、ドイツ人ウィリアム・ハーシェル（一七三八—一八二二）は天王星を発見し（一七八一）、自らが造った望遠鏡で月面の山の高さを測定したり、二重星のカタログの編纂を行なった。また、月と火星のクレーターにウィリアム・ハーシェルの名がつけられたものがある。アイルランドのロス卿（ウィリアム・パーソンズ）の大口径の反射望遠鏡による星雲や銀河の膨大な情報も有名であるし、本作品より少し後にはフランスのレオン・フーコー（一八一九—一八六八）は口径八十㎝、F5.6のガラスに銀メッキした反射望遠鏡を作り、その主鏡はマルセイユ天文台で製作された望遠鏡に使われた。

7　ピコ・デラ・ミランドーラ（一四六三—一四九四）……イタリア・ルネサンス、人間中心主義の哲学者。〈碩学の王子〉と渾名された彼は、パドヴァ大学で、アラブ語、ヘブライ語、カルディア語を学びカバラの奥義に入門した。著書『哲学、カバラ、神学論考』がローマ聖庁に有罪宣告を受け異端とされた彼は、しばらくフランスに亡命する。フローレンスへ戻ってプラトン、ネオプラトニズム、錬金術の書物を見出す。サヴォナローラと親交を結ぶ一方『創造の八様相』を著した。

8　〈改正した不滅の干満表〉は、ケルヴィン卿（本名ウィリアム・トムソン、一八二四—一九〇七）の地球物理学の研究を思い起こさせる。ケルヴィン卿は、地球の潮汐、地球の固さによって地球の自転に生ずる抑制《ブレーキ》に関する研究を行なった。ずっと後に計算機を作り、非常に正確な潮汐の予測機械を作った。

9　潮汐の時刻は天体運動によるものであり、天文学的に導かれるが、実際の満干は海水の慣性や海流、水温や塩分濃度、気圧、湾岸の形状などの要因によって計算通りにならないことがある。

10　青鞜派。文学趣味や才能を持つ女を指して軽蔑的に使われた。十八世紀のロンドンで文芸愛好家が青色の靴下をはいていたことよりこの言葉が生まれた。

11 この拡がりがあり、立体感があり、自然と同じように活き活きとした鮮やかなカラー映像の投影装置と思しきものについての描写は、写真家で評論家でもあった友人のナダールからの情報があったかも知れない。当時、映画やアニメはまだその草創期にあった。一八五二年、デュボスクは物が立体的に見える〈ステレオスコープ〉、またの名〈ビオスコープ〉で写真像を作り、それを〈フェナキスティスコープ〉(仮現運動を利用した一種の回転のぞき絵で初期のアニメーション機器)に適用して〈ステレオファンタスコープ〉を考案し、写真の映像でそれまでの絵画に取って代わろうとしていた。他方、オーストリアのウヒャチウスは一八五三年に、〈フェナキスティスコープ〉を用いて初めてスクリーンに動画の投影を試みた。しかし撮影対象の変化を任意の速度で映し出せる動画の登場には一八六四年のデュコス・デュ・オロンらを、さらに今日の映画の実現には一八九五年のリュミエール兄弟、エジソンを待たねばならなかった。

12 機関車は、バルバラにとって馴染み深いもので、パリと彼の故郷のオルレアンを行き来したのは、蒸気機関車に牽引される列車だった。蒸気機関の発明は十八世紀に遡るが、ヨーロッパで鉄道の敷設が始まったのは十九世紀前半であった。パリ―オルレアン間は一八四三年に初めて開通した。

13 金属の骨組みを持つ建物の建築技術を考案したのはジョージ・W・スノウであり、彼は一八三三年にシカゴに初めて鉄骨の建築を実現した。細く精密な超軽量のその鉄骨は木材で覆われて垂直方向に建築可能な骨格を成し、後の高層建築の先駆となった。だが、十八階建ての鉄筋コンクリートでできた真の高層建築が建てられたのは、ウィリアム・ド・バロン・ジェニーが一八八四年にシカゴに建造したものが初めてであった。

14 光を透す骨組みとガラスを建材とし、パリの上にもう一つの都市を重ねる案については、その基礎としてすでにレオナルド・ダ・ヴィンチや十八世紀のロバート・アダムがロンドンのエステート「バービカン」(一九八〇年代）のような立体都市の構想を抱いており、一方、一八五一年ロンドン万国博のガラス建築の水晶宮、一八五三年のニューヨーク万国博の水晶宮などを考え合わせると、こうした科学的空想は十分に理解できる。「バービカン」とは下の階には自動車が走り、歩道と商店がその上にあり、歩道橋が通りを繋ぎ、階段が二、三階を結んでいるものである。

また、一八五一年のロンドン万国博の水晶宮は、当時最新技術の鉄骨とガラスを使って作られ、長さ五六三メートル、幅一二四メートル、頂上約四十メートルを有し、通りには大きな噴水があり、両側には翼廊や桟敷《ガルリ》があり、それらは橋で繋がれていた。その建材、工法ともに近代建築の先駆的作品であり、今日の公共建築の先駆けをなすものであった。

15 操縦できる気球のニュースは、当時たびたび話題の的となった。ジュール・ヴェルヌのものとされている一八五二年八月の〈科学時評〉によると、「気球は雲と同様に、走行距離を調節できないし、方向を変えることも、ジグザグに進むことも、気流をコントロールすることもできない。まるで大波に揉まれる漂流物のように大気の大海を行き当たりばったりに浮かんでいる。気球は、風とその気まぐれに対して何もできない」ものだった。モンゴルフィエ兄弟による一七八三年の熱気球の成功以来、さまざまな無数の実験がなされてきた。一七八五年にはブランシャールとジェフリは英仏海峡を水素ガスの気球で飛んだが、予想外に早く下降し始めたため荷物も捨て衣服も一部捨てて上昇し、やっと森の中に着陸できた。一八〇四年には化学、物理学者ゲ・リュサックは物理、天文学者ビオとともに地球大気の調査のために六四〇〇メートルにまで上昇し、高度の新記録を立てた。一八五二年九月にはアンリ・ジファール（一八二五―一八八二）はプロペラと舵を備え、蒸気モーターで推進する最初の操舵できる気球を作り、パリ―エランクール（現在のイヴリーヌ）間、二十八キロメートルを飛んだ。アルキメデスの法則により空気より軽い機体で浮力を確保して飛ぶことができた。電気モーターを持ち、出発地点に戻れる最初の操舵できる飛行船は一八八四年になってやっと初めて出現した。

16　樹木や花々に囲まれた空中病院とはかつての結核のサナトリウムを思い起こさせる。大気浴とはサナトリウム療法には必須であった。産業革命以来、都市化が進む中で工場の劣悪な環境と貧窮に苦しむ労働者や女工などには特に結核が蔓延、急増した。フランスでは、十九世紀には結核犠牲者は夥しい数にのぼり、その恐るべき感染力により経験的に知られていた。一方、古来、結核の治療には新鮮な大気と日光、十分な栄養が有効であることがり、この病は白いペストと呼ばれた。結核菌がコッホにより分離され正式に発見されたのはやっと一八八二年であり、フレミングの抗生物質がイギリス首相チャーチルを救ったのは一九二八年であった。結核患者はそれまでは、森林に囲まれ、大量の良質の空気を自由にできる高原や海浜のサナトリウム療法に頼る他はなかった。

17　ユージオメーターとは語源的に「天空、大気が良い」と「メーター（測定器）」が結びついてできた語である。イギリスでは十八世紀後半以来の産業革命によって化石燃料で汚染された空気が人間の健康を害するようになっていた。この時代にはすでに空気と病気とは密接に結びついていたのである。自然哲学者、ジョーゼフ・プリーストリ（一七三三―一八〇四）は汚れた空気を良質の空気に戻そうとする自然の摂理に注目し、それを読み解く研究途上で「脱フロギストン空気」（現在の「酸素」）を発見した。この際に使った実験器具がユージオメーターである。種々の金属を硝酸に溶かし、この時発生する気体を硝空気（現在の一酸化窒素）と呼び、これと空気とを混合すると赤褐色の気体（二酸化窒素）となり、さらに水と接するとよく溶けて空気の体積が減少することになる。この減少量から「空気の良好度」を測定するのである。この手法を使って各所で「空気の良好度」が測定された。この器具は後にヴォルタによって電気火花で空気を化合させる「火花ユージオメーター」が作られ、ラヴォワジエ（一七四三―一七九四）はこうした改良ユージオメーターにより、水素と酸素の結合から水ができることを確信し、そこからフロギストン論と対立する新しい科学の基礎を打ち建てた。現在では、ユージオメーターは「空気の良好度測定器」としてよりも、「ガラス管に電極を備え、混合気体を電気火花で化合させる実験器具」としての使用が主流となっている。

18 宇宙の生成に関する問題であり、デカルトの渦動説、それについてのニュートンの反論、またそれに対する反論など、二つの立場の主張、反論が複雑に入り組んで繰り返されていた。

19 音楽を創造するオーケストラは現代のコンピューターを思わせる。コンピューターの実現は、一九四〇—一九五〇年代とされているが、その構想と設計図はすでにバルバラの時代に存在していた。イギリスの数学者、チャールズ・バベッジによる二つの計算機、〈階差機関〉（一八二二—）と〈解析機関〉（一八三三—）がそれで、このうち後者は現代のコンピューターの基礎となり、それに関する講演のフランス語記録は詩人バイロン卿の一人娘、エイダ・ラブレスによって英訳され、その註釈には〈解析機関〉の汎用性と音楽の作曲能力について書き記されている。これについては、紙面が手狭なので別の機会に詳述する。

一方、音響、音声の再生については、一八五七年にスコット・ド・マルタンヴィルが薄膜の上に非常に繊細な針を取り付けたフォノトグラフという機械を用い、実験的に機械による録音の原理を確立していた。科学に関心の深いバルバラは一八五八年より前、つまり、一八七七年のシャルル・クロスによる蓄音機のパレオフォンヌの原理やエジソンの蓄音機の実現を待たずして、言葉や音楽を再生する機械を、自らの主人公に実現させる情報源を持っていたと推測される。

20 アペレス（紀元前四世紀頃）……………古代ギリシャの最も有名な画家。コス島のイオニア人。アレクサンドロス大王の友人で、彼の公式の肖像画家。

21 フィディアス（紀元前四九〇頃—紀元前四三〇頃）……………アテネの彫刻家。ギリシャ古典美術の最も有名な人物。彼の名は、ペリクレス時代のアテネの繁栄とともにしばしば語られる。

22　音楽と絵画、造形の融合とは、音響付きのカラー映写機であろうか。

23　このくだりは、ベートーヴェンの弦楽曲『ウェリントンの勝利』がソースである。ベートーヴェンの熱烈な讃美者であったバルバラが太鼓の音響や戦闘の音の聞こえるこの弦楽曲から想を得たのはまず確実である。原曲は、一部では行進曲、イギリス愛国歌『ルール・ブリタニア』、次にフランス民謡『マルブルーは戦争に行く』。二部ではイギリス国歌 God Save the King を素材とし、フーガ風に展開される。ヨハン・ネポムク・メルツェル（一七七二―一八三八）は四十二の楽器からなるオーケストラ、〈パンハルモニコン〉を製作し、このオーケストラのためにベートーヴェンはこの弦楽曲を作曲した。「ある名演奏家《ヴィルテュオーゾ》の生涯の素描《エスキス》」においても、やはり God Save the King のテーマからインスピレーションを受けた楽曲のくだりがある。

24　チェスをはじめ、トランプ、西洋双六、ドミノ、ホイストをするこの人形たちは、「メルツェルのチェスプレイヤー」（一八三六年四月）と題して書かれたポーの評論にあるチェス対戦人形から着想を得たものと思われる。この人形は「トルコ人」と呼ばれ、ハンガリー人のケンペレンによってオーストリアのマリア・テレジアを喜ばせるために製作された。チェスの駒を動かし、驚くほど強く、ときには会話した。ナポレオン・ボナパルトやベンジャミン・フランクリンをも打ち負かした。ケンペレンの死後、宮廷音楽家でメトロノームの創作者、ヨハン・ネポムク・メルツェルが譲り受け、自動人形として展示、対局し、その強さで欧米を席捲した。今日コンピューターの父といわれるチャールズ・バベッジもこのトルコ人に挑戦した。

ポーによれば、このトルコ人自動人形のチェスプレイヤーは、チェスのテーブル下の箱の中に男が隠れ、自動人形の物理的な動きを担っていた。それゆえ無論この自動人形は手品で操られているにすぎず、チェスの頭脳としての機能などはもちろん、備えていなかった。ホフマンの『自動人形』では「喋るトルコ人」として、『牡猫ムルの人生観』では「チェスプレイヤーの人形」として取り上げられているが、現代応用科学の人工頭脳など備えているわけもない。しかるに、本作品のさまざまなゲームのプレイヤーたちは、人工知能を持ったコンピューターである可能性もある。詳しくは別の機会に論ずる。

25 トランプのゲーム、ブリッジの前身。二人一組で四人で行なわれる。今日では世界中で淘汰されてしまったが、本家イギリスでだけはこのゲームは今も盛んに行なわれている。

26 ピアノを弾いたり、歌を歌う人形、ダンスの伴奏をするオーケストラなどはバベッジの〈解析機関〉の構想を連想させる。イングラム夫人は即興で独創的な曲をピアノ演奏するが、この叙述の基礎となったものは〈解析機関〉の汎用性ではないだろうか。一方これまでに文学に現れた鍵盤楽器を演奏する人形の例を挙げると、ジャン・パウルの『再生』にはジャケ・ドローの自動人形「音楽家」が登場してオルガンを演奏し、ホフマンの『砂男』のオリンピアはピアノを、『自動人形』の中の自動人形たちの一人はピアノのような楽器を演奏する。また歌を歌う人形を挙げると、ホフマンのオリンピアは見事に歌を歌うし、ジュール・ヴェルヌの『カルパチアの城』（一八九二）では、歌手スティラは城のバルコンで姿も歌も本物そのもののように歌う。

27 ホフマンのオリンピアは独特の落ち着きをもって、世にも驚くべき正確なリズムでダンスをする。

28 バレエはもともと歌とパントマイムをともなった宮廷ダンスであった。ルイ十四世の黄金時代を経て、ルイ十六世（在位一七七四―一七九二）のとき、初めて歌も言葉もないバレエ・パントマイム（バレエ・ダクシオン）が上演された。ここではまず筋を求め、時代と主題に合わない宮廷衣装は追放した。音楽は各シチュエーションの展開に応じて決められた。バレエのテクニックは重要視されず身振りと顔の表情が重視され、群舞の踊り手たちは主役の背景の役を務め、筋を変化させることは主役が担うようになった。

29 この種のさまざまな機械の発明は当時相次いでなされた。イギリスの数学者でコンピューターの父ともよばれるチャールズ・バベッジの『機械類と製造業の経済論』（原著一八三二、仏訳一八三三）にも多くの機械が書き記されている。本作品中に引かれている『実用機械新聞《プラクティカル・メカニックス・ジャーナル》』を見ると、多種多様な発明品に出会う。また、ジュール・ヴェルヌのものとされる署名のないテクスト「耕作機械」(『家庭博物館』一八五二年八月)には耕作機械への言及がある。

30 バルバラは法律の不公平を警戒しそれに憤慨していた。だから司法官や警察、官吏を揶揄し、至る所でこれについて憤りを表明している。例えば、滑稽でユーモアに満ちた短篇「ある警察官の報告抄」はほとんど全部がおどけ、警察官に対する風刺と揶揄である。

31 ここで挙げられた機械は、今日のコンピューターを思わせる。この一節を書いた当時の作者の想像の基盤は、数学者バベッジの〈解析機関〉の構想である可能性もある。『実用機械とエンジニアの雑誌《プラクティカル・メカニック・アンド・エンジニアズ・マガジン》』には、ロス博士の自動計算機について述べながらも、バベッジの計算機について、「この種の自動計算機の最も有名な試みは、バベッジが考案した偉大な計算機である。その製作に向けて、この数学者は二十年以上、政府から助成金をもらってきた」と記している。

32 田園舞踏《ブランル》は十六—十八世紀の民衆的舞踊。方舞《カドリーユ》は四人一組で踊るダンス。

33 このバレエは、バルバラが愛読したホフマンや、デッサン画家J・J・グランヴィル(一八〇三—一八四七)の『花の幻想』(一八四七)に着想を得たと思われる。またパガニーニの『魔女たちの踊り』(一八一三)やその構想の元となったとされるジュスマイヤーのバレエ音楽『ベネヴェントのクルミの木』も着想源として入れることができるかもしれない。バルバラは「ある名演奏家《ヴィルテュオーゾ》の生涯の素描《エスキス》」の中で『魔女たちの踊り』というタイトルを使用している。

34 「アエネイス」、二九三行目。

35 アンリ四世(在位一五八九—一六一〇)を讃えて書かれた歌で、フランスで永く民衆の間で歌われた。フランス王、アンリ四世はブルボン王朝最初の王。即位後一五八九年ナントの勅令を発して新教の自由を認めた。

36 効用性を第一とする時代の潮流にあって、テオフィル・ゴーチエは、もはや詩人を必要としない自動機械の世界を前にして、「フランスのオリジナリテ」（『読書の部屋』一八三二年六月十四日、『木炭画とエッチング』一八八〇年）の中で、不安を表明している。「これから数百年後には人々は一人のロボットがさまざまな役割を果たせるような生活に至ることを疑わない。我々はばね仕掛けの政治家、キャスター付きの軍隊、ローストチキンの焼串回転機のシステムの中にしっかりと組み込まれた歯車と分銅のついたコック等々を発明することだろう。子供と本はてっとり早く片づけられるだろう。（中略）ああ！　詩も絵もないこんな時代に生まれるとは、我々はなんと不幸せな絵描きか、なんと不幸せな詩人か！」（拙訳）

37 シャンフルリは『若き日の回想と肖像』の中で、詩人が現れるくだりを引用しながらこう言っている。「浅薄な人間は『ウィティントン少佐』を幻想的短篇《コント・ファンタスティック》だと考えるだろうが、これは工業の時代に対する痛烈な風刺に他ならないのだ。」

38 ウィティントン少佐を六十年の眠りにつかせる麻酔は現代といえども実現できていない。しかし、ここで夢見られた麻酔もまた当時の医学の進歩に基礎を置いていたのである。一八四〇年代に四人の麻酔の発明者が現れた。クロフォード・ロングはエーテルの蒸気を使って友人に小手術を行なった。ホラース・ウェルズは亜酸化窒素の麻酔を発見した（一八四四）。ウィリアム・モートンはエーテル麻酔を発見し、一般の外科手術をする間その効果を示した（一八四六）。シンプソンはクロロフォルムの麻酔を考え（一八四七）、スノーがこの麻酔によってヴィクトリア女王の無痛分娩を行なった（一八五三）ため、バルバラはこの〈女王の麻酔〉を確実に知っていたであろう。

39 サナダムシ。ここでは比喩的に倦怠や憂鬱の虫の意。

40 『ハムレット』三幕一場。バルバラがこのシェイクスピアの戯曲をよく知っていたことは確実であると思われる。

彼の短篇「エロイーズ」の中にも『ハムレット』への言及がある。

41 『実用機械新聞《プラクティカル・メカニックス・ジャーナル》』は『実用機械とエンジニアの雑誌《プラクティカル・メカニック・アンド・エンジニアズ・マガジン》』が名前を変えたものである。

ロマンゾフ

1 ムッシュー・ル・プランス通り…………パリ六区にあり、オデオンの四辻からサン＝ミシェル大通りに至る。バルバラはこの通りの二番地に住んでいたことがあり、このすぐ近くのカネット街にはバルバラが足しげく通った文学・芸術のグループ〈ボエーム〉の根城《ねじろ》があった。

2 この言葉はルイ・ブランの「各人がその才能に応じて生産し、その必要に応じて消費する」という言葉を思い起こさせる。ルイ・ブランは、理想工場（国立作業場）をつくった。一方、バルバラが信奉していた社会主義者、ヴィクトール・コンシデランは空想的（ユートピア）社会主義者、シャルル・フーリエの弟子であり、フーリエ主義実践の中心人物であり、彼もまた、ルイ・ブランのリュクサンブール委員会に加わり、理想工場に加わった。コンシデランはフーリエ主義の機関紙『ファランジュ』（一八三六）を主宰し、『平和的民主主義《デモクラシー・パシフィック》』紙（一八四三）を創刊した。『社会主義の諸原理――民主主義宣言』（一八四七）を著した。ベルギーに亡命し、ブリュッセルを中心にフーリエ主義の実践に活躍し、アメリカでもコロニーを作ったが失敗した。余談ではあるが、バルバラがポーの「黒猫」「モルグ街の殺人」「黄金虫」を読んだのは、この『平和的民主主義《デモクラシー・パシフィック》』紙上であり、文学上の親友ボードレールとともにその喜びを共有し、熱中したことは重要である。

3 パリサイ人…………形式、外形を重んずる偽善者。福音書の中で批判されている。

4 原文を直訳すると、「死人の骨でいっぱいの白い墓たち」となる。外見は白く塗った美しい墓も中味は死人の骨やあらゆる汚れたものがいっぱいであることから、偽善者を形容したもの。この部分は『新約聖書』「マタイによる福音書」二十三章二十七節にある。

5 「福音」とは「良い知らせ」、「喜ばしい知らせ」の意。新バビロニアに捕えられていた同胞の本隊に先立ってその帰還を告げた使者を〈喜びの使者〉と呼び、彼が山上で住民に宣言した内容を「福音」という。それは神が〈即位〉したことにより、平和、幸い、救いが支配する、それまでとは質の違う新しい時代が始まる、という「喜ばしい知らせ」であった。(『旧約聖書』「イザヤ書」五十二章七節)。『新約聖書』でも、『旧約聖書』の用法に由来し、始まりつつある救いの時を告げる知らせを意味する。イエス゠キリストの言葉と行動を通してもたらされる人類の救いと神の国に関する「喜ばしい知らせ」をいう。

6 生活に困っている貧しい人のための病院に代わる無料の施設。

7 ポール゠ロワイヤル出産施設《マテルニテ》のこと。ブルブ通り(現在は、ポール゠ロワイヤル大通りに吸収されている)に位置していたため、かつては「ブルブ救済院」と呼ばれた。妊婦や産褥期の女性を収容し、助産婦養成学校と寄宿舎が設置されていた。十九世紀半ばでも産院の環境は劣悪で、ほとんどの産婦が不衛生な施設で産褥熱のため死亡した。当時の統計によると、家庭での出産のほうがはるかに安全であった。

8 いわゆるレストランではなく、下宿屋を兼ねた賄い食堂。

9 東方の三博士の来訪によってキリストが神の子として世に公に現れたことを記念する祝祭日。

10 レジオンドヌール勲章のこと。「ウィティントン少佐」註1参照。

11 サント゠ペラジ監獄……………パリの旧刑務所。一八九五年に取り壊された。

12 十八、十九世紀に文人、政客などが出入りしたクラブ。

13 カレー……………ドーヴァー海峡に臨むフランス北部の港湾都市で、ヨーロッパ大陸とグレートブリテン島をつなど玄関口として、フェリー港、貿易港として栄えてきた。パ＝ド＝カレー県東部にある。

14 ブーローニュ……ドーヴァー海峡に臨むフランス北部の港湾都市でイギリスへの渡航地。パ＝ド＝カレー県西部にある。

15 ガリニャーニ新聞……『ガリニャーニズ・メッセンジャー』紙。パリに拠点があり、イギリスで印刷されパリで発刊されていた日刊紙。そのポリシーは英仏間の好感情を促進することであり、この新聞は世界に名声を博していた。

16 フランスでは人々がパスポートを申請する所は警視庁である。

17 パッシィ……現在はパリ十六区の高級住宅地であるが、当時はまだパリ市外にあった。

18 原文にはローフム（Rochme）とあるがボーフム（Bochme）の誤植であろう。

19 サン＝ラザールの監房……パリ十一区の東駅の近くにあった。十二世紀にハンセン病院として建てられた。大革命のとき監獄となり、その後、女囚専用の監房となったが、一九四〇年に廃止となった。

20 いずれもパリ六区にある通り。

21 アンジュー＝サン＝トノレ通り……現在ではパリ八区にそれぞれアンジュー通り、サン＝トノレ通りがある。

22 ラ・トゥール＝ドヴェルニュ通り……パリ九区にある。

23 メッツ……フランスの北東部の都市。

24 一八一五年から一八四八年頃は、プロシャで反動政策と国民的自由運動とが対抗した時代であり、宣伝《プロパガンダ》とは自由主義思想の宣伝のことであり、当時の反動政策にとっては危険思想であった。一八一五年の神聖同盟（オーストリア、プロシャ、ロシア）を想起していただきたい。

25 当時プロシャでは国庫紙幣の偽造は、国家転覆の危機を招く惧れもあり、重罪を科された。一八四七年版、一八四九年版では、ロマンゾフはすでに死刑の判決を下されていたと記されており、彼はフランス、イギリスへと逃げた、とある。
26　ロワ＝ド＝シシル通り…………パリ四区にある。
27　上書きは実際には、For the Governor and Company of the Bank of England とあり、また、次に英国紙幣では、主席出納係の名前一つのみが使われる。バルバラかロマンゾフかどちらの不注意かは不明。

蝶を飼う男

1　ムネアカヒワ、ゴシキヒワは、ともに愛玩鳥。
2　陽光孔雀（paon-de-jour）…………学名（以下：学）Inachis io, Aglais io, Vanessa io　日本名（以下：日）クジャクチョウ。名の通り翅の表側にクジャクの飾り羽のような大きな目玉模様（眼状紋）を持つ。本文中、陽光孔雀などの蝶の名称はフランスでの呼び名をそのまま和訳したものである。万国共通の蝶名はラテン語の学名のみである。
3　妙なる貴婦人（belle-dame）…………別名アザミのヴァネッサ（vanesse des chardons）学：Vanessa cardui　日：ヒメアカタテハ（亜種）。オレンジ色の翅に黒い斑点からなる網目模様がある。前翅先端部分は黒地に白い斑点を持つ。
4　王様の外套（manteau-royal）…………学：Nymphalis antiopa　日：キベリタテハ（亜種）。翅は光沢のある緋色を帯びた黒褐色で、外縁のすぐ内側には青い斑紋が一列に並び、翅表外縁には黄色いレース状の縁飾りを持つことから、王様の外套と呼ばれる。
5　おおばこ蝶（papillon du plantain）…………ここではおおばこ属の植物を食べる蝶と解され、〈王様の外套《マントー・ロワイヤル》〉を説明するものと考えられるが、〈王様の外套〉は、おおばこに止まって水分を吸っていることはあっても幼虫がおおばこを食べることはない。したがって、バルバラの思いちがいか記憶ちがいか、または、おおばこによく止まっているので、主人公ピショニエが自由に付けた名称である可能性がある。

6　亀甲模様蝶（tortue）……亀甲模様の蝶には、大亀甲（grande tortue）と小亀甲（petite tortue）がいるが、中亀甲（moyenne tortue）という呼称の蝶は一般には存在しない。

7　大亀甲（grande tortue）……学：Nymphalis polychloros　日：ヒオドシチョウ。翅は橙色の地に黒い斑点持つ。外縁は暗褐色でその内側は黒く、後翅の外縁には青い斑点が並ぶ。

8　小亀甲（petite tortue）……学：Aglais urticae　日：コヒオドシ。大亀甲より小さく、地色の赤橙色や青い斑点がより鮮やかである。

9　中亀甲（moyenne tortue）……作中人物ピショニエがつけた名前であると思われる。

10　吸い戻しの行為であろう。枯れ草などに止まって口吻を伸ばして、鳥、動物の糞や尿の跡に、口吻から消化液を出してそれを溶かして吸いとる行為がときに見られる。

11　血の雫（gouttes-de-sang）……学：Tyria jacobaeae　日：辰砂の蛾。前翅は黒地で縁《へり》に赤く長い線を持ち、先端には鮮やかな赤い斑点が二つある。後翅は赤色だが、翅を休めると見えない。

12　南京木綿（nankins）……別名カシワカレハ（bombix du chêne）やオビシメカレハ（minime à bande）学：Lasiocampa quercus。ジャン・アンリ・ファーブルも『ファーブル昆虫記』第七巻二四の中で、この蝶をミニマ修道会の僧服に見立てて南京木綿のようだと表現している。

13　桑の木（mûrier）またの名を二つ目（deux-yeux）……詳細不明。桑の木（mûrier）はカイコガであるがこれは実際には翅に眼を持たない。桑の木に居る、または桑の葉を食し、かつ各翅に一つずつ眼玉を持つ蛾をピショニエがこう名付けたとしか考えられない。

14　紺碧（azur）……………シジミチョウ科には何千という種や型があるが、ヨーロッパ的な分類の仕方で大まかにいえば三つの群、すなわち、ベニシジミ類、ヒメシジミ類（青シジミ類）、ミドリシジミ類がある（グッドンによる）。紺碧はこのうちのヒメシジミ類であると推測される。例えば、春の紺碧（azur printanier）学：Celastrina ladon lucia　日：ルリシジミ。アリオンの紺碧（azur d'Arion）学：Maculinea arion　日：アリオンゴマシジミ。アルゴスの青（Argus bleu）（普通によく見る青シジミ）学：Polymmatus icarus　日：イカルスヒメシジミ等。

15　灰緑色（vert-de-gris）……………ミドリシジミ類の一種または複数種であると思われる。例を挙げると、木苺の聖テクラ（thècle de la ronce）または翠緑のセイラン（argus vert）学：Callophrys rubi　日：ヨーロッパミドリコツバメ。

16　パリの東方約十五キロメートルにあった広大な森林。セーヌ＝サン＝ドゥニ県。現在もその一部は存在する。

17　極光《オーロラ》（aurore）……………学：Anthocharis cardamines　日：クモマツマキチョウ。翅は白色で、前翅先端は、雄は鮮やかなオレンジ色、雌は白。前翅中央に黒点を持つ。

18　檸檬《レモン》（citron）……………学：Gonepteryx rhamni　日：ヤマキチョウ。数亜種がある。翅は木の葉の形をしており、雄はレモンイエロー、雌は緑がかった明るい黄色をしている。翅の中央辺りに赤い点を持つ。

19　鼈甲（écaille）……………別名多色織鼈甲《べっこう》（écaille chinée）またはカリモルフ（callimorphe）学：Euplagia quadripunctaria　もしくは、貂《てん》属の鼈甲（écaille martre）学：Arctia Caja　日：ヒトリガ等。前翅は、黒地または茶色地に白く斜めに縞が入っている。後翅は、赤に近い鮮やかなオレンジで黒い斑点が不規則についている。

20　虎斑《とらふ》（tigré）……………学：Papilio alexanor, Papilio machaon, Papilio canadensis, Papilio glaucus　日：トラフキアゲハ、キアゲハ、カナダトラフアゲハ。黄色の翅に黒い縞が入っており、黒色の線で縁どられている。翅の下方はオレンジ色を帯びた黄色である。虎の模様のようなのでこの名がある。

21 森の精（sylvain）……イチモンジ属の蝶であろう。紺碧の森の精。（sylvain azuré）学：Limentis reducta　日：ヨーロッパの南白提督蝶。小さなシルヴァン（petit sylvain）　学：Limentis camilla　日：イチモンジチョウ。または大きな森の精（grand sylvain）　学：Limentis populi　日：オオイチモンジチョウ。森の精（シルヴァン）には、少なくとも数種ある。翅は黒地または茶色地で、白い帯状の飾り模様を持つ。青みを帯びた翅を持つ種類もある。その名の通り森に生息している。

22 大真珠母貝（grand nacré）……学：Argynnis aglaja　日：ギンボシヒョウモン。鮮やかなオレンジ色の翅を持ち、黒い花綱模様がある。

23 小真珠母貝（petit nacré）……学：Issoria lathonia　日：スペインヒョウモン。黄橙色の翅を持ち、黒色の斑点が散らばっている。

24 石版工（lithographe）……作中人物ピショニエの命名であろう。紗の白蝶（gazé）　学：Aporia crataegi　日：アポリアクラタエジ（日本にも亜種がいる）。翅は白く、黒い葉脈のようなくっきりと浮き出た模様を持つ。

25 火の神（vulcain）……学：Vanessa atalanta　日：アタランタアカタテハ、ヨーロッパアカタテハ。濃い茶色の翅に、前翅と後翅をまたいだ赤朱色の輪の模様が美しい。前翅の黒い三角形状先端には白い斑点がある。燃えるような鮮やかな赤さから火の神（ウルカヌス）の名を持つ。

26 略式喪服（demi-deuil）……別名 echiquier　学：Melanargia galathea　日：ヨーロッパシロジャノメ。喪から少し時間がたった時、あるいは遠い親戚のときに、グレーの地に白い水玉の略式の喪服を着ることが許される。翅に白黒の斑点模様とも格子縞模様とも見える、少しぼけた柄を持つ。

27 銀色蝶（argenté）あるいは、大スペインタバコ（grand tabac d'Espagne）……学：Argynnis paphia　日：ミド

リヒョウモン。雄はオレンジがかった黄色の地に、黒茶色の斑点を持つ。一方、雌ではヨーロッパ種の殆どはその地色は緑色がかった光沢を持つグレーである。銀色蝶の名はピショニエがここから発想したものと思われる。

28 粉屋（meunier）……学：Acronicta leporina　日：シロケンモン（亜種）。フランスでは羊毛の毛綿（Flocon de laine）と呼ばれている。バルバラは英語名Millerをそのまま仏語に訳して使ったものと思われる。

29 尾持ちあげは（porte-queue）、あるいは炎の蝶（flambé）……学：Iphiclides podalirius　日：ヨーロッパタイマイ。三角形に近い形をしており、尾を持つ。黄みがかった白地の翅に、前翅には六本の黒い線が入り、後翅は黒く縁どられ、その先端部分に青い半月形の模様が並んでいる。

30 夜孔雀（paon de nuit）……grand paon de nuit　学：Saturnia pyri　日：オオクジャクヤママユガ。各翅に一つずつ孔雀羽のような大きな眼玉模様を持つ。

31 菩提樹すずめ（sphinx du tilleul）……学：Mimas tiliae　日：ヒサゴスズメ（亜種）。翅の色と模様はさまざまで、木々の中でカモフラージュするため、緑がかったものから茶色まである。

32 鳥蝶（oiseau-papillon）……別名 moro-sphinx, sphinx colibri　学：Macroglossum stellatarum　日：ハチドリスズメガ。ハチドリ（oiseau mouche）の飛行方法のように位置を変えずに飛行する。クロスキバホウジャク、ホシホウジャクもその一つである。

33 枯葉（feuille morte）……別名ヒロバカレハ　feuille morte du chêne　学：Gastropacha quercifolia　日：カレハガ。または、feuile morte du peuplier　学：Gastropacha populifolia　日：ホシカレハガ。その名の通り枯葉と見まがうばかりである。

34 角蛾（papillon cornu）または悪魔蛾（papillon du diable）……学：Acherontia Atropos　日：メンガタスズメ。一般にシャレコウベノ絵スズメガ（Sphinx tête de mort）と呼ばれている蛾。頭にシャレコウベの絵図が見られる。

35　「創世記」四十一章にヨゼフがファラオの夢を解く場面が描かれている。ナイル川から最初七頭の肥った牛が上がってきて草を食べていた。次に七頭の痩せた牛が上がってきて、最初の肥った七頭を食べてしまったが、にもかかわらず彼らは痩せたままだった。また、一本の茎によく実った七つの麦穂が出てきた後、痩せた七つの麦穂が実った七つの穂を呑みつくした。神がファラオに見せた夢は、神のみが解くものであり、神に依り頼むヨゼフは、自分自身が夢解きをするのではなく神の意思をそのまま伝えるだけだと述べ、二つの夢は同じ意味を持つ。七は七年、肥った牛も良く実った麦の穂も大豊作を、痩せた牛も痩せた麦の穂も大飢饉を意味するのだと確信を持って説明した。

聾者たち（後記《ポストファス》）

1　クサンティペ…………古代ギリシャの哲学者ソクラテスの妻。悪妻の代名詞として知られる。

参考文献

本書の註の作成に使用した参考文献を以下に掲げる。
また、参照した各文献に関連する註番号を附す。

献辞

Grand dictionnaire universel du XIXe siècle, par P. Larousse, 1866–1877.〔1、2、3〕

Petit Robert 2, 1980.〔1、2〕

《Hallucinations》, *Annales medico-psychologiques du système nerveux*, 1844.〔1〕

《Folie à double forme》, *Annales medico-psychologiques du système nerveux*, 1854.〔1〕

アルフレッド・フィエロ『パリ歴史事典』鹿島茂訳、白水社、二〇〇〇年。〔2、3〕

ある名演奏家《ヴィルテュオーゾ》の生涯の素描《エスキス》

CHAMPFLEURY, *Souvenirs et portraits de jeunesse*, Paris, Dentu, 1872/Genève, Slatkine Reprints, 1970.〔3〕

KAMEYA, Nori, *Un conteur méconnu, Charles Barbara 1817–1866*, Paris, Minard, 1986, p.7 et p.247.〔3〕

KAMEYA, Nori, *op.cit.*, p.9.〔5〕

KAMEYA, Nori, *op.cit.*, p.196–198.〔6、16、35〕

シャルル・ボードレール「「催眠術の啓示」解題」『ボードレール全集II』阿部良雄訳、筑摩書房、一九八四年、一七七―一七九頁／四四七―四四八頁。〔7〕

シャルル・ボードレール「照応《コレスポンダンス》」註『ボードレール全集I』阿部良雄訳、筑摩書房、一九八三年、四七二頁。〔7〕

BAUDELAIRE, Charles,《Présentation de *Révélation magnétique*》, *Œuvres complètes*, Texte établi, présenté et annoté par Claude PICHOIS, Gallimard, 1976, t.II, pp.247-249.〔7〕

BOON, Jean-Pierre,《Baudelaire, Correspondances et le magnétisme animal》, *PLMA*, vol. LLXXXVI, 1971, n°3.〔7〕

バルバラ『赤い橋の殺人』（光文社古典新訳文庫）亀谷乃里訳、光文社、二〇一四年、二〇頁。〔7〕

BARBARA, Charles, *L'Assassinat du Pont-Rouge*, Hachette, 1858, p.8.〔7〕

BARBARA, Charles,《L'Assassinat du Pont-Rouge》, Revue de Paris, 1855, p.30.〔7〕

KAMEYA, Nori, *op.cit.*, p.14.〔8〕

CHAMPFLEURY, *op.cit.*, p.206.〔9〕

KAMEYA, Nori, *op.cit.*, p.188.〔10〕

KAMEYA, Nori, *op.cit.*, p.197.〔11〕

ハイネ「フローレンス夜話」井上正蔵訳、『世界文学大系 78　ハイネ』筑摩書房、一九六四年、一七頁。〔12〕

HEINE, Henri,《Les Nuits florintines》, *Œuvres complètes, Reisebilder-Tableaux de voyage*, II, Calmann Lévy, Paris, 1883, pp.320–321.〔12〕

D'ORTIGUE, Joseph, *Le Balcon de l'Opéra*, Réimpression de l'éditon de Paris, 1833, Minkoff, Genève, 2002, pp.237–266.〔13〕

ANDERS, G.E., *Nicolo Paganini, sa vie, sa personne, et quelques mots sur son secret*, Delaunay, Paris, 1831.〔13、14〕

BAILBÉ, Joseph-Marc,《Chapitre IV, Les Virtuoses》, *Le roman et la musique en France sous la Monarchie de Juillet*, Lettres Modernes, Minard, Paris, 1969, pp.86–89.〔13〕

REY, Xavier, *Nicolò Paganini, Le romantique italien*, Harmattan, Paris, 1999.〔13〕

Journal des Débats, 13 et 23 mars 1831.〔13〕

Revue et Gazette Musicale, 31 mars 1832.〔13〕

D'ORTIGUE, *op.cit.*, p.244.〔14〕

アレグザンダー・リンガー編『ロマン主義と革命の時代』（西洋の音楽と社会⑦　初期ロマン派）西原稔監訳、音楽之友社、一九九七年、一一三頁。〔14〕

D'ORTIGUE, *op.cit.*, pp.245–246.〔15〕

KAMEYA, Nori, *op.cit.*, p.47.〔16、35〕

BAILBÉ, *op.cit.*, pp.87–89.〔18〕

BENNATI, D.M.et C.,《Notice physiologique, Sur Paganini》, *Revue de Paris*, Tome XXIV, 1831, pp.53–54.〔18〕

BAILBÉ, *op.cit.*, p.86.〔19〕

D'ORTIGUE, *op. cit.*, p.248.〔19〕

REY, *op.cit.*, p.322.〔20〕

DE COURCY, G.I.C., *Paganini, the Genoese*, vol.II, University of Oklahoma Press, U.S.A., 1957, p.377.〔20〕

D'ORTIGUE, *op.cit.*,《PAGANINI. — DEUXIÈME CONCERT, 15 mars 1831》, p.253.〔20〕

ANDERS, *op.cit.*, pp.25–26.〔25〕

ANDERS, *op.cit.*, p.25.〔26〕

REY, *op.cit.*, p.190.〔26〕

NEIL, Edward, *Nicolo Paganini*, traduit de l'italien par Sylviane Falcinelli, Fayard, Paris, 1991, pp.328–332.〔27〕

REY, *op.cit.*, pp.309–317.〔27〕

BARBARA, Charles, *Mes Petites Maisons*, Hachette et Cie, Paris, 1860.《Bibliothèque des chemins de fer》, p.43.〔28〕

HOFFMANN, E.T.A., *Contes Fantastiques III, Les Contemplations du chat Murr, Les Souffrances musicales du maître de chapelle Jean Kreisler*, Traduction de Loève-Veimars, Chronologie, introduction, bibliographie, notices et notes de José LAMBERT, Garnier Flammarion, 1982, p.212.〔28〕

Grand Larousse Encyclopédique, 1975–1977, 1979.〔31、33、34、36、37、40、55〕

Petit Robert 2, 1980.〔31、57〕

Grand dictionnaire universel du XIXe siècle, par P. Larousse, 1866–1877.〔32、40〕

『西洋美術館』小学館、一九九九年、七七四頁。〔36〕

『大百科事典』平凡社、一九八四年／一九八六年。〔37、57〕

佐々木英也監修『オックスフォード西洋美術事典』講談社、一九八九年。〔38〕

BARBARA, Charles,《Le Rideau》, *L'Artiste*, 24 oct. 1846 / *Le Démocrate*, 24 mai 1848.〔42〕

BARBARA, Charles, *Histoires émouvantes*, P., Michel Lévy, 1856.〔42〕

BARBARA, Charles,《Héloïse》, *Bulletin de la société des gens de lettres*, 15 fév. 1852.〔42〕

GERAUD, M. & BOURGEOIS, M,《Jules BAILLARGER (1809–1891), fondateur des *Annales Medico-Psychologiques*》, *Annales Médico-Psychologiques*, P., mars 1993, pp.230–231.〔44〕

BARBARA, Charles, 《Les Jumeaux》, *Revue de Paris*, 15 janv. 1854. 〔46〕
BARBARA, Charles, *Histoires émouvantes*, P., Michel Lévy, 1856, pp.3 et 10. 〔46〕
BARBARA, Charles, 《Une Chanteuse des rues》, *Journal pour tous*, 29 sept. et 6 oct., 1855. 〔47〕
BARBARA, Charles, *Histoires émouvantes*, P., Michel Lévy, 1856, pp.178–237. 〔47〕
BARBARA, Charles, 《La Leçon de Musique》, *Revue de Paris*, 15 mars 1854, pp.61–78. 〔48、56〕
BARBARA, Charles, *Histoires émouvantes*, P., Michel Lévy, 1856, p.67. 〔48、56〕
『小学館ロベール仏和大辞典』小学館、一九八八年。〔49、55〕
DELVAU, Alfred, *Histoire anecdotique des barrières de Paris*, 1865, p.226. 〔50〕
『音楽辞典（楽語篇）』音楽之友社、一九六四年。〔51、53〕
『新音楽事典（楽語）』音楽之友社、二〇一七年。〔52〕
BARBARA, Charles, 《Le Major Whittington》, *Revue française*, 1er fév. 1858. 〔54〕
BARBARA, Louis-Charles, *Le Major Whittington*, présenté par KAMEYA Nori, Lettres Modernes, Minard, 1985, p.110 et la note, p.LXVI. 〔54〕
SCHANNE, Alexandre, *Souvenirs de Schaunard*, G. Charpentier et Cie, Paris, 1887, p.248. 〔54〕
西尾実他編『岩波国語辞典』第五版、岩波書店、一九九四年。〔55〕
A KEMPIS, Thomas, 《ch.12 De la sainte voie de la Croix》, *Imitation de Jésus-Christ*, 2e Livre. 〔57〕
Thérèse d'Avila, *Livre de la Vie*, 《Chapitre 40》, Editions du Cerf, P., 2002, p.337. 〔57〕
LAMARTINE, Alphonse de, *Cours familier de littérature*, 1862, pp.70–71. 〔58〕

ウィティントン少佐

『小学館ロベール仏和大辞典』小学館、一九八八年。〔1〕

BARBARA, Charles, 《Une Chanteuse des rues》, *Journal pour tous*, 29 sept. et 6 oct. 1855.〔2〕

BARBARA, Charles, *Histoires émouvantes*, P., Michel Lévy, 1856, pp.178–237.〔2〕

トム・スタンデージ『ヴィクトリア朝時代のインターネット』服部桂訳、NTT出版、二〇一一年。〔3〕

Grand Larousse Encyclopédique, 1975–77, 79.〔3、5、6、8、11、12、15、16、19、28、38〕

KAMEYA, Nori, *Un conteur méconnu, Charles Barbara 1817–1866*, Paris, Minard, 1986, pp.130–132.〔3、5、6、13、19、24、26〕

『大百科事典』平凡社、一九八五／一九八六年。〔7、13、16、38〕

《Catalogue officiel, de la section anglaise, $1^{\text{ère}}$ partie, classe 15》, *Exposition universelle*, Paris, 1878.〔8〕

竹林滋他『新英和中辞典』研究社、二〇一〇年。〔10〕

ジョルジュ・サドゥール『世界映画全史　第一巻』丸尾定他訳、国書刊行会、一九九二年。〔11〕

Encyclopedia of Nineteenth-Century Photography, John Hannavy (Editor), Taylor & Francis Group, New York/London, 2007.〔11〕

Guide vert Michelin, Londre, 1979, p.34.〔14〕

『世界大百科事典』平凡社、二〇〇七年。〔14〕

松村昌家『水晶宮物語』筑摩書房、二〇〇〇年、一二九―一三〇頁。〔14〕

VERNE, Jules, 〈Revue scientifique〉, 《Encore un navire aérien》, *Musée des familles*, août 1852.〔15〕

VERNE, Jules, *Textes oubliés*, Paris, 1979, pp.81–84.〔15〕

リサ・ロバーツ執筆「ユージオメーター」橋本毅彦監訳『科学大博物館――装置・器具の歴史事典』朝倉書店、二〇〇五年。〔17〕

河野俊哉「ラヴワジエに消された男？：ジョーゼフ・プリーストリ再考」（「サイエンスネット」二八号、数研出版、二〇〇六年一一月）。〔17〕

Grand dictionnaire universel du XIXe siècle, par P. Larousse, 1866–1877.〔18〕

新戸雅章『バベッジのコンピュータ』筑摩書房、一九九六年。〔19、24、26〕

BABBAGE, Charles, (traduction et notes, par Ada LOVELACE), *Sketch of the Analytical Engine invented by Charles Babbage [by L.F. Menabrea, translated, and appended with additional notes, by Augusta Ada, Countess of Lovelace]*, Richard & John Taylor, London, 1843.〔19〕

Petit Robert 2, 1980.〔20、21〕

トム・スタンデージ『謎のチェス指し人形「ターク」』服部桂訳、NTT出版、二〇一一年。〔24〕

RICHTER, Jean Paul, 〈Eléments d'une Biographie de L'Homme-Machine〉, extrait de *Palingenesien* (traduction d'André SOUYRIS) *in* Louis Charles BARBARA, *Le Major Whittington*, présenté par Nori KAMEYA, Lettres Modernes, Minard, P., 1985.〔26〕

ジャン・パウル『再生』恒吉法海訳・解題（九州大学学術情報リポジトリ、二〇〇八年七月）《https://catalog.lib.kyushu-u.ac.jp/opac_detail_md/?lang=0&amode=MD100000&bibid=10756》〔26〕

BABBAGE, Charles, *On the Economy of Machinery and Manufactures*, London: Charles Knight.1821.〔29〕

Traité sur l'économie des machines et des manufactures, traduction par Edouard BIOT, Bachelier, Paris, 1833.〔29〕

The Practical mechanic's journal, Glasgow, 1848–1849.〔29〕

VERNE, Jules,《Machine à labourer》, *Musée des familles*, août 1852.〔29〕
VERNE, Jules,《Musée des familles》, *Textes oubliés*, pp.89–91.〔29〕
BARBARA, Charles,《Un Drame ignoré: Extraits des rapports d'un agent de police》, *Revue de Paris*, 1er juin 1854.〔30〕
BARBARA, Charles, *Histoires émouvantes*, P., Michel Lévy, 1856, pp.121–177.〔30〕
《The Automaton Calculator invented by Dr. Roth》, *The Pracatical Mechanic and Engineer's magazine*, vol IV, 1845, p.129.〔31〕
井上和男編『クラシック音楽作品名辞典』三省堂、一九八一年。〔33〕
GAUTIER, Théophile,《De l'originalité en France》, *Le Cabinet de lecture*, 14 juin 1832 / *Fusains et Eaux-fortes*, 1880, pp.7–16.〔36〕
CHAMPFLEURY, *Souvenirs et portraits de jeunesse*, Paris, Dentu, 1872/Genève, Slatkine Reprints, 1970, p.206.〔37〕
The Practical Mechanic's Journal, 1848.4–1873: Editor: William Johnson 1848–1864.〔41〕
The Practical Mechanic and Engineer's magazine, Glasgow, 1841.10–1847.9.〔41〕

ロマンゾフ

『大百科事典』平凡社、一九八五年。〔2、5〕
フランク・B・ギブニー編『ブリタニカ国際大百科事典』小項目事典、ティービーエス・ブリタニカ、一九九三年。〔2、5、15〕
Grand dictionnaire universel du XIXe siècle, par P. Larousse, 1866–1877.〔7、15〕
Almanach royal, p.886, 1830.〔7〕

アルフレッド・フィエロ『パリ歴史事典』鹿島茂訳、白水社、二〇〇〇年。〔7〕
鹿島茂『馬車が買いたい!』白水社、一九九〇年。〔8〕
『小学館ロベール仏和大辞典』小学館、一九八八年。〔11、19〕

解説

亀谷乃里

◆本書について

本書は一八六〇年に出版されたシャルル・バルバラの作品集『僕の《メ・》小さな《プチト・》お家たち《メゾン》』*Mes Petites Maisons*（アシェット書店）から、中篇「イルマ・ジルカン」を除いた五作品を邦訳したものである。

原書は最初から一冊の本にすることを意図して書かれたものではなく、十数年にわたりいくつかの新聞や雑誌にバルバラが発表した作品を採録したものである。また「イルマ・ジルカン」は、主人公が他の作品の主人公とは異質な印象を与えることと、作品自体が冗長であることから本書では割愛した。

自身の中に狂気の種を宿していると危惧していたバルバラは、当時名を馳せた精神科医ジュール・バイヤルジェの講義を受けており、本書冒頭の献辞は、彼に捧げられている。原題にある「小さな《プチト・》お家たち《メゾン》」とは、フランス語でパリの公立精神病院を暗に意味した言葉で、かつて敷地に小家屋群が建てられていたことに由来する。

本書は字義通りの意味を含めた二重の意味によって、まさに『僕の小さなお家たち《メ・プチト・メゾン》』であり、ここに住む資格のある、精神を病んだ、あるいは偏執狂的《マニアック》な、しかし天才的独創性を持ち、そして我々に共感を抱かせる人物たちを各作品の主人公に据えた、奇人・奇才のコレクションである。ユーモアあり、社会批判あり、また論理性・科学性ありで、一八五〇年代前後に視点を置くと、実に現代性《モデルニテ》に富んだ幻想作品集といった趣があるが、本書に収録された作品は、フランスの構造主義的文学研究者ツヴェタン・トドロフなどが厳密に定義する「幻想文学」には、必ずしも正確には当てはまらないところもある。

しかし今回の邦訳にあたり、日本はおろか、フランス本国でも百五十年以上にわたり闇に埋もれていた作品集の傾向を表す一つの指標として「シャルル・バルバラ幻想作品集」という副題を附し、また、邦題をあえて同題の収録作から『蝶を飼う男』とした。短いが美しく最も幻想的《ファンタスティック》だと思われたからである。

バルバラは精神科医バイヤルジェの講義を聴きながら、現実の社会生活によって拘束され抑圧され、座標軸の異なる他人《ひと》には理解されない自らのもう一つの人生を、折につけ、作品の中に肉化し、それを一冊の本にすることを考えていた可能性は十分に考えられる。

作品の主人公たちは、社会や慣習や法律の規範とは異なった座標軸を持ち、人々に裏切られながら、現実にはあり得ないような（夢かと思うような）幻想的な世界に生きている（あるいはそうした世界を創造する）。特に「ある名演奏家《ヴィルテュオーゾ》の生涯の素描《エスキス》」はほとんど作者のもう一つの生、魂の伝記ではなかったか、といった印象を強く受ける。

バルバラより十歳ほど年上の詩人、ジェラール・ド・ネルヴァルは、精神科医ブランシュによって狂気の発作が起こった時の経験を書くように勧められ、その果実が「オーレリア」(一八五五)であった。バルバラはバイヤルジェ医師の講義を聴きながら、夢や狂気の発作時の経験を作品に書くといったインスピレーションを得なかっただろうか。またそうでなくとも、それが抑圧された魂の治療になることは苦しむ人間の誰もが一番よく知っている。奇しくも「オーレリア」第一部が一八五五年一月一日に『パリ評論《ルヴュ・ド・パリ》』誌に発表された同じ日、同じ誌上にバルバラは自らの中篇小説「赤い橋の殺人」の前半を発表している。おそらくバルバラはそのことに感動し、ある種の衝撃を受けたであろう。残念ながらその詳細については、現代の我々には想像するより他ない。

またネルヴァルが『火の娘たち』(一八五四)の冒頭、アレクサンドル・デュマ・ペールへの献辞の中で、「作者が、自分の想像力が生んだ主人公の中に、いわば化身するに至り、その結果、主人公の生は作者の生となり……」(中村真一郎・入沢康夫訳、ちくま文庫、二〇〇三年)と言ったように、バルバラもまた、自らの想像力が生んだ主人公の中に化身し、主人公の生は作者の生となっているのではないだろうか。

ただしバルバラの狂気は、ネルヴァルのように愛を希求する方向には向かわず、悲しいことにマイナス方向、つまり彼の生まれ持った鬱の方向にしか向かわなかった。こうした作品群を一つのタイトルのもとに集めたものが本書であり、しかもそれは、若者の魂の軌跡が示すひとつの方向性のある構造を持っているように思われる。ボードレールの『悪の華』が魂の軌跡を示すある構造を持つように。

シャルル・バルバラが友人と一緒に居ても自らを語らず、独り屋根裏部屋に閉じ籠もり、暗闇の中で瞑想に耽っていたというナダールの回想を思うにつけ、この作品集はバルバラのいつも押し殺された部分、自分（自我）の総体を解放しようと試みた渾身の作品ではなかっただろうか。献辞中にある「どうして私が夢から逃れたり（中略）しましょう」という一文は、この作品集のキーセンテンスのように響く。夢とは、夢、幻覚、幻想、幻視である。この意味では本作品集は、一九二〇年代初め頃から現代にかけて、夢や狂気の中に見る無意識的領域の精神分析を基礎に人間の全的な解放を目指したアンドレ・ブルトンによる文学・芸術の一大運動となった、そして今日もその息吹をあちこちの分野に保っているシュルレアリスムの精神を感じさせるところがある。

◆人と生涯

シャルル・バルバラは一八一七年、フランス・オルレアンに生まれた。弦楽器製造職人の父はドイツ生まれ。母はオルレアンの人である。父は、情熱的で手のつけようのない激しい性格で、執念深く専横であったようである。この作品集に収められている「ある名演奏家《ヴィルテュオーソ》の生涯の素描《エスキス》」に見られる父親の姿は、バルバラ自身の父がモデルとなっているように思われる。四歳年上の兄はドイツに留学し、後にピアニスト、オルガニスト、作曲家となり、かつ音楽教師でもあった。六歳年下の弟は、パリでピアノ調律師をしていた。このような音楽的風土に育ったバルバラは、幼少期からヴァイオリンの教育を受け、一時はパリ国立音楽院《コンセルヴァトワール》で勉強したこともあった。バルバラは、オルレアン王立中学校の途中でパリに出て、ボードレールと同じルイ・ル・グラン中学校で学業を終えた。自然科学に強い関心を持っていたバルバラは理工科学校《エコール・ポリテクニック》に学ぼうと考えていたが成らず、その後エン県のナンテュアで復習教師を務め、パリに戻ると、代議士で後に外務大臣となったドルアン・ド・リュイ家の家庭教師の職を得る。音楽をする一方、文学を聖職と考え、その道に身を投じる。

プッチーニのオペラ『ラ・ボエーム』の原作として知られる、ミュルジェールの「放浪芸術家《ボエーム》の生活情景」の中に、カロリュス・バルブミュッシュ（Carolus Barbemuche。barbe〔ひげ〕とbarbare〔粗野な〕とを掛け、さらにmuche〔内気な青年〕と合成した名前）という滑稽な名前で登場するのはシャルル・バルバラ彼自身である。しかし当時バルバラはひげもなければ粗野でもなかった。彼は孤独で極端に非社交的で、仲間内でも黙って耳を傾け、ポケットからノートを取り出してはメモを取っていた、とシャンフルリは回想している。友人の写真家ナダールが、ある日ボードレールと一緒にこっそりとバルバラの屋根裏部屋の隠れ家を訪れると、暗闇の中で一人でスツールに座っている。「何をしているのだ」と尋ねると、ただ一言「考えているんだ」とだけ答えたという。人には受け容れられない何かを考えている人間をふいに訪れた友人たちに投げられたこの言葉は、短いながらもバルバラのすべてを表していると言えよう。

ロマン主義から自然主義への移行期の芸術家たち、シャンフルリ、ミュルジェール、哲学者でヘーゲルの翻訳者でもあったジャン・ヴァロン、画家のクールベなどが集まったグループ〈ボエーム〉にバルバラが受け入れられたのは一八四一年の暮れである。彼らはそれまでのロマン主義や理想主義に反旗を翻し、新しい道を模索していた。そうしてその活動の中心である小新聞『海賊《コルセール》』紙、『海賊《コルセール》＝悪魔《サタン》』紙に寄稿し、互いに献身的に助け合った。バルバラが『悪の華』の詩人ボードレールや、〈芸術のための芸術〉の信奉者で『女像柱《カリアティッド》』の詩人バンヴィルと知り合うのも、こうした場においてであった。

音楽は、〈ボエーム〉での重要な活動領域であった。優れたヴァイオリン奏者であったバルバラは第一ヴァイオリン、シャンフルリはチェロ、画家のアレクサンドル・シャンヌがヴィオラ、後にリリック座のヴァイオリン奏者となるオリヴィエ・メトラが第二ヴァイオリンを受け持ち、この四重奏団は学生やお針子《グリゼット》を前にコンサートを催したこともあった。ときには、向かいの家の窓から、ジョルジュ・サンドがパイプをくわえてコンサートを聴いていたという。また、哲学者のジャン・ヴァロンの妻は、ピアニストであり、三重奏の良きパートナーであった。バルバラの音楽活動はシャンフルリの『若き日の回想と肖像』や「サン・ルイ島の四重奏団」、「シュニゼルの三重奏」などに詳しく述べられている。また、絵画的素養はあったものの、音楽の分野ではこれといって教育を受けていなかったボードレールが初めて音楽に親しんだのも、文学上の友であったバルバラとその周囲に集まった音楽をする人たちの中であったろう、とボードレール学者のマルセル・リュフは述べている。バルバラの作品はしばしば、多様な音楽的要素を含み、音楽的情感と感動に満ちている。ちなみにワーグナーのパリ初演（一八六〇）に際して書かれたシャンフルリのワーグナー論はバルバラに献じられている。

バルバラの文学の領域でのデビューは一八四四年『青春新聞《ガゼット・ド・ラ・ジュネス》』に掲載された「靴料理（美食の小話）」だと考えてよいだろう。この年には、四七年に『海賊《コルセール》』紙に発表することになる「ロマンゾフ」の最初のヴァージョンがすでに書き上げられている。本作品集に収められた、天才的贋金造りの物語であり、探偵小説の先駆をなす犯罪小説である。その後「かつがれた新パリス王」（一八四六）を『海賊《コルセール》＝悪魔《サタン》』紙に、

「幻想的ロンド」（一八四六）、「カーテン」（一八四六）、「マンチニールの陰――心理小説」（一八四七）など、幾篇かの幻想的かつ心理的な短篇を『芸術家《ラルチスト》』誌に発表する。編集長はアルセーヌ・ウッセであった。このころバルバラはムッシュー・ル・プランス通りに住んでいた。

ボードレールがアメリカの探偵小説作家、エドガー・アラン・ポーの作品を翻訳してフランスと世界に広く知らしめたことはよく知られている。ボードレールの伝記作者であり、この詩人とバルバラの共通の友人でもあるシャルル・アスリノーは、ポーをボードレールに教えたのはバルバラであると記したことがある。事の真偽はともかくとして、バルバラがボードレールとともにかなり早くからポーを理解しともに傾倒して共感を楽しんだことはほとんど確実である。

バルバラは、一八四八年の二月革命の頃には経済的理由から故郷のオルレアンに戻っていた。そこでは、株式を募って政治新聞『民主主義者《ル・デモクラット》』紙を立ち上げ編集主幹として舵をとった。その立場は一貫して民主主義的共和主義者であった。しかし、この舵取りは易しくはなく、このころ、ジャン・ヴァロンに宛てた手紙の中には幻覚に苦しみ、人間のエゴイスムに潰されそうになっているバルバラがいる。この新聞は三ケ月ほど続き、その間、パリの『平和的民主主義《デモクラシ・パシフィック》』紙に載ったポーの「黒猫」（イザベル・ムニエ夫人訳）や自らの短篇「カーテン」その他を再録した。一八四九年、日刊紙『コンスティテュシオン』紙が創刊されると文芸欄の編集長として自らの作品やパリの友人たちの作品、それにムニエ夫人訳によるポーの「モルグ街の殺人」を再掲載した。また友人ボードレールの「ラ・ファンファルロ」の掲載予告も載せた。

一八五〇年十月には再びパリに戻り、次々と優れた作品を出す『文芸家協会誌《ビュルタン・ド・ラ・ソシエテ・デ・ジャン・ド・レトル》』に、ボードレールが後に賞讃することとなる短篇「エロイーズ」（一八五二）、「エレーヌＣ嬢……」（一八五三）、「むかし物語」（一八五三）などを発表し、「エレーヌＣ嬢……」を改題した「ある名の苦悩」を同年『ル・パリ』誌に再掲載する。また、本書のタイトルともなった美しい幻想作品「蝶を飼う男」を同年に『飾画《イリュストラシオン》』誌に発表している。ボードレールの紹介でマクシム・デュ・カンと知り合い、『パリ評論《ルヴュ・ド・パリ》』誌に四つの短篇「千フラン札」（一八五三）、「双生児」（一八五四）、「音楽のレッスン」（一八五四）、「ある警察官の報告抄」（一八五四）を、また中篇小説「赤い橋の殺人」（一八五五）を発表する。この作品は、モデル小説、探偵小説、暗黒小説、哲学的心理小説として読め、ボードレールと深い関係を持つ作品でもある。この作品の中には、当時未発表で後にボードレールの『悪の華』に収められる無題詩、「今宵何を語るか、孤独で哀れな魂よ……」が無署名で載せられ、バルバラは名前を挙げずに「ある詩人」を登場させ、「非常に困難な思索に分け入る天賦の才を持ち、しかもその才能は暖かみもあり、色彩にも富み、本質的に独創的で人間味のある詩魂と両立している」と高評している。バルバラとボードレールの理解度と深い信頼関係がうかがえる事象である。この年、かつての師、ジュール・シモンが監修する『万人の新聞《ジュルナル・プール・トゥス》』紙ができると、バルバラはここに中篇「テレーズ・ルマジュール」（一八五五）、短篇「街の女歌手」（一八五五）、「聾者たち（後記《ポストファス》）」（一八五六）、「狂人」（一八五七）、中篇「マドレーヌ・ロラン」（一八五七）を発表する。

一八五六年、『文芸家協会誌《ビュルタン・ド・ラ・ソシエテ・デ・ジャン・ド・レトル》』と『パリ評論《ルヴュ・ド・パリ》』誌に掲載された短篇に「街の女歌手」を併録した『感動的な物語集《イストワール・エムヴァント》』（六月）を出版する。この『感動的な物語集《イストワール・エムヴァント》』は、病院から屋根裏部屋まで人々の生活にスポットライトを当てて慧眼な心理観察に基づいて内面生活を描いたものである。今回もまたボードレールの仲介によるものであった。ボードレールの訳に拠るポーの短篇集『異常な物語集《イストワール・エクストラオルディネール》』（一八五六年三月）の題名をかたどったかに見え、まるで対を成すかのように、同じミシェル・レヴィ書店からたった三ヶ月の間をおいて出版されている。二人が示し合わせた出版ごっこを垣間見るようである。

一八五八年には『赤い橋の殺人』が演劇となり、五幕物メロドラマ『赤い橋』がゲテ座で上演されたが、当時鬱状態だったバルバラは誰も招待しなかったという。こんなことは普通にはないことであった。だが、ともかくテオフィル・ゴーチエが劇評を書き、この小説はフランスで初めて一冊の本としてアシェット書店から出版された。そして一八五〇年代後半には、彼の真価を体現した二作品、「ある名演奏家《ヴィルテュオーゾ》の生涯の素描《エスキス》」（一八五七）と「ウィティントン少佐」（一八五八）が『フランス評論《ルヴュ・フランセーズ》』誌に発表される。この二作品に加えて、大きく改稿した「ロマンゾフ」、「蝶を飼う男」、「イルマ・ジルカン」、「聾者たち（後記《ポストファス》）」の四作品を合わせた計六作品をまとめ、一八六〇年に『僕の小さなお家たち《メ・プチト・メゾン》』というタイトルで出版した。

この時代とそれ以後には、「テレーズ・ルマジュール」と「マドレーヌ・ロラン」がアシェット書店から単行本『波瀾万丈の人生』（一八五九）として出版され、『万人の新聞《ジュルナル・プール・トゥス》』紙に悪漢小説「アリ・ザン」（一八六三）、「サント＝リュス嬢」（一八六四）、官報『世界報知《モニトゥール・ユニヴェルセル》』紙の夕刊には小説「良心の問題」（一八六五）、小説「アンヌ＝マリ」（一八六五）、短篇「調律師」（一八六五）その他を発表する。「アンヌ＝マリ」の中には詩人、ジェラール・ド・ネルヴァルが首を吊った様子を思い起こさせる叙述がある。その他、『フランス評論《ルヴュ・フランセーズ》』誌に中篇小説「フランスワ・コティエ」（一八六六）、『世界報知《モニトゥール・ユニヴェルセル》』紙の夕刊などに多くの中短篇小説を発表する。これら諸作品はその他の作品も含めて数冊の単行本となって世に出る。

バルバラはかなり遅く一八六一年に四十四歳でやっと結婚し二児を儲ける。しかし、一八六五年にパリを襲ったコレラのため、わずか数日の間に下の息子と妻とさらには義母を奪われた。三歳半の息子とともに取り残されたバルバラ自身も高熱に倒れ、デュブワ市立病院に運ばれる。病の癒えかけたとき、未来の暗澹たる家庭を思い描き四階の窓から身を投げて生涯に終止符を打った。一八六六年、四十九歳であった。孤独な生涯と死亡時の悲惨な諸事情のため、その後人々は彼の名を口にすることも稀になった。当時マザリンヌ図書館の館長をしていたシャルル・アスリノーやプロヴァンスに身をひいたアルフォンス・ドーデ、その他の友人は彼の才能を認め忘却から救おうとしたが力及ばなかった。

†本項の出典、またさらに詳細については拙著『不遇の作家、シャルル・バルバラ　1817–1866』（*Un conteur méconnu, Charles Barbara, 1817-1866,* Minard, 1986.）をご参照いただきたい。

◆作品解説

「ある名演奏家《ヴィルテュオーゾ》の生涯の素描《エスキス》」（一八五七）　*Esquisse de la Vie d'un Virtuose*

この物語は国立音楽院《コンセルヴァトワール》でかつてヴァイオリンの首席をかちえたフェレの理性が「失意の下に埋もれてしまったエピソード」である。父の熱狂的な音楽への心酔により、幼少から暴君的な父の言いなりになり理不尽な音楽教育を押しつけられ、無意識のうちに抑圧を募らせていく。遠くに住んでいてもまるでそばにいるかのように息子を奮い立たせる不思議な磁力のような影響力。こうした父親を語り手はユーモアとそれが醸し出す〈おかしみ〉をもって描き出す。

ユーモアはバルバラの重要な芸術性のひとつである。ここでのユーモアとは諧謔であり、冗談、愚弄、嘲弄、からかい、揶揄、皮肉をすべて含んだ言葉で、受け取る側の立場によってさまざまな働きをする。高い知性と鋭い批判精神が、その源泉である。批判しても反省を促してもどうにもならないときには、知性ある人間は最終的にユーモアという手段に訴えるしかない。ユーモアは〈おかしみ〉と同時に共感を引き起こす性質を持つので、自らの不幸を軽減する。完全に非力なとき、暴政から解放されるには大きな武器になる。心の奥底に抑圧され、しかし日常の生活には現れないものを解き放つための入口であろうか。

バルバラは、主人公フェレの父、アントワーヌ・フェレの芸術に対する狂信的心酔を辛口のユーモアに満ちた語り口で叙述する。父フェレは、「音楽への熱狂と虚栄心のあまり、物質的利益へのあらゆる関心を押し殺されてしまった一人の律儀な男」であり、「食卓で芸術家に見《まみ》え、おしゃべりをし、その話を聞き、ときおり息子がレッスンを受ける喜びを諦めるくらいなら、その前にただひたすら幾度でも破産していたことだろう」と揶揄されている。また夕暮れになると、「口をぽかんと開けて話を聞く二、三人の聴き手」を前に、「架空の色合いをつけた逸話を物語るだけでは満足せず、客たちを点検し、ある客には皮肉の銃弾を連発して穴だらけにし、(まるで)客が自分の思い通りになるのが当たり前で、自分のほうは客の意向に頓着する必要はないとでも言わんばかりだった」。息子が正しい教育をされなかったためにヴァイオリンの演奏に関して異常な成長をしているのに「(知識のない父親はそのことを)看て取るどころか、腕組みをして、不安げもなく、それを見物していた。熱に浮かされて生きているこのお人好しは、絶えず夢を見ていたのに自分が考えているのだと思っていた」。

また、イタリアの作曲家、ヴァイオリニストのパリ初演の際には、フェレの恐怖する心理と同時にこの芸術家の姿がフェレに与える不安と恐怖を伴った奇怪、異様、幻想的、感動的なイメージがこの上ない〈おかしみ〉をもって描かれている。

イタリア人がまだパリに足を踏み入れないうちに、熱狂する人々の噂の中にフェレは自分自身の夢の実現を認めて恐怖におののき、イタリア人はそれほどの「実力がないからこそ、そのために駆け引きと術策を弄しているのだと考え」て悦に入っていた。ところがフェレが舞台に認めた姿は「フェレに対して超自然的な〈出現〉の効果」を惹き起こした。それは魅力、天才、悪意、情熱の入り混じった悪魔に似ながらも〈おかしみ〉をともなった幻想的容姿だった。「ひょろ長い脚は(中略)頭部の重さでたわんでいるよう(であり、)広くて四角い額には角《つの》の芽が生えかけ(中略)、(黒い両の眼からは)真に射すくめるような魅力が放たれ(中略)、唇と顎の間には射影か、はたまた大きな黒い蠅《はえ》に似た絹のような柔毛《やわげ》が生えていた」。そして〈第一部〉最後では、超絶技巧と引き換えに悪魔と取引をしたと噂されるこの音楽家を「未知種の二足動物」とし、実業家が「香料で防腐処理を施された一匹の怪物の例として、ヨーロッパの人々にこの人間を展示するために、恐れげもなくその屍体に三千フランの買値をつけた」と結んでいる。

このように、イタリアのヴァイオリニストは、〈おかしみ〉のある奇怪さを持ち、同時にフェレを感動させ畏敬の念を抱かせた。一方で、演奏が始まるやフェレが音の波によって至福の世界に運ばれ、日頃の拘束された生から自己を解き放たれる過程に読者は立ち会うこととなる。フェレが日常の習慣的な抑圧された生、つまり父親の圧制、長時間の反復練習、仲間の虐めといった現実から解き放たれ、十全な自分自身たり得るのは、音楽を聴いてその世界に沈潜するときであることが感じられる。ロッシーニの『モーゼ』を編曲した『モーゼの祈り』を、イタリア人音楽家が演奏するくだりはそれを如実に物語っている。

音楽は言うまでもなく本作品の最重要テーマであり、音楽の属性の一つである運動は、特に際立っている。運動はバルバラの美学の大きな要素のひとつであり、語り口にも音楽の波が現れている。しかも音楽は研ぎ澄まされた感覚により、視覚、精神、感情とも応じ合い、あらゆる次元の事象を拡大、深化、変容させる。読者は運動の波に運ばれながら作品の中を進む。イタリア人演奏家は、「導入部の混沌にきらめくフレーズをあちこちにすべりこませ」ながら、「刻一刻と大きくなっていき、いよいよ燦然と輝き、ついには雲の只中から立ち昇る神のように、あらゆる威厳をまとって力強いクレシェンドの混沌からそそり立った」。音はあらゆる次元のものを呼び起こし和合する。「厳かで、澄んだ、力強い、無二の響きで、並ぶもののない実に広大な歌を奏で始め」、「音の波という抗い難い不可思議な力で（中略）すべてが変容した。室内も聴衆も芸術家も、場や時間の空気も、形を変え、大きくなり、観念化された。群衆は、とある寺院の広大な回廊の薄明かりの中に知らぬ間《ま》に迷い込み、皆、忘我の境地で何か恐るべき神秘の挙行に立ち会っていた」。

人々は「空気とともに感動を呼吸していた。聴衆は心の奥底から表膚に至るまで震えていた」。「無比の声」に完全に共感し、この「魔法使い」の音楽家への「絶対的服従を幸せに感じている」聴衆は、視覚、聴覚はもとより、感情も肉体も精神もこの声の宇宙に融け合って一つになってしまう。

イタリア人の次の演奏『ヴェニスの謝肉祭』では、聴衆は全く違う世界に運ばれる。先ほどの無彩色で薄暗く憂鬱なイメージから打って変わり、玉虫色の陽気で騒がしい滑稽な衣装を着けた群衆が思いのままに駆け回る。その次の〈セレナード〉では、顫音《トリル》、アルペジオ、半音階、ピチカート、スタッカート、和音が次々と繰り出され微粒子のように増加した音響は「喜びいっぱいの夢幻的情景を呼び覚ましながら、ときに空中を一直線に素早く走る火箭を描き、最後に流れ落ちる滝、ブドウの房や枝垂れる花房、夜空に溢れる花火の花束のように輝く雨となって落下」するなど、運動をともなった色彩豊かな美しい視覚的イメージが読者を楽しませる。語り口のダイナミスム、クレシェンドは、直接本文から感じていただきたい。

運動とクレシェンド、デクレシェンドをともなう共感覚《シネステジ》の世界をテオフィル・ゴーチエの「ハシッシュ吸飲者クラブ」(『両世界評論』一八四六)やボードレールの『人工楽園』(一八五八、一八六〇)などに見る麻薬の果実と考えるべきだろうか。ヴァイオリンを演奏し、過度の感性を持ち、また幻覚のあったバルバラには鋭敏になった諸感覚と精神の集中があれば、麻薬の援用がなくとも共感覚《シネステジ》の世界を享受した可能性は十分にある。ただ薬物の作用に関する多くの著作があった以上、それらからインスピレーションが全くなかったとは言えまい。視覚と聴覚の共感覚《シネステジ》は、友人、ボードレールがフロベール論のなかで高く評価したバルバラの短篇「エロイーズ」や、また「音楽のレッスン」にも見られる。こうした作品や本作品を書きながら、バルバラが、愛読するドイツ人作家・音楽家ホフマンの「クライスレリアーナ」や、詩人ボードレールの十四行詩「照応《コレスポンダンス》」などを思い起こしていたことはまず確実であろう。

また、本作品中でグルックと見まがうばかりの天才音楽家が見事に指揮する演奏を語るときでも同様に、読者は音楽の波に載せられて、遠くから近くへ、またその反対方向へと視覚的、聴覚的に運動し、指揮者が翻訳する世界に運ばれることを指摘しておこう。

イタリア人芸術家が、すでに自分が目指す目標の先を行っていることを確かめ、激しいショックを受けたフェレは、精神の麻痺に陥り、結果、巡業を行なう興行主にどうにか雇われる。巡業の旅の最中にフェレは、生まれ故郷に滞在する。六月の素晴らしい陽射しの暖かさと木陰のひんやりとした触感を知覚しながら、「大気の芳香、木々の眺め、打ち鳴らされる鐘の響き、陽気な群れをなしてやってくる農夫たちの服装、そうした衣装、色、音、景観、芳香、すべてが強くフェレの魂に働きかけて過去の漠とした感情を目覚めさせた」。

幼いころに経験した感覚――しかも複数の感覚がフェレの中で互いに共鳴しているように思われる――を追体験することによって亡き母の記憶が蘇り、それはさらに母の墓に至る道筋をも思い出させ、フェレを墓の十字架まで導くといった具合に、関連する過去の記憶を次々と呼び覚ます。これはまた、プルーストの『失われた時を求めて』において、紅茶に浸したマドレーヌから過去の記憶が拡がっていくくだりを思い起こさせはしないだろうか。

〈第二部〉最後では、落ちぶれ、精神の麻痺に陥ったフェレは盲目の音楽家たちの宴のための演奏で熱狂的な拍手喝采に次ぐアンコールの叫び声によって完全に麻痺状態から覚める。

聴衆との強い共感によって束の間の正気に戻るまでの過程が叙述された数ページは拍手や歓声や足踏みによる音響の膨らみ、爆発とそのダイナミスムとで音楽そのものではないがその延長線上のものを感じさせる。バルバラは、音の波、音響の膨らみで物語るのである。そもそも物語冒頭のゆったりとした緩やかな運動（リズム）と語り口の響きはすでに楽曲の導入部にあるような音楽性を感じさせないだろうか。そして、それに続く音楽の世界を示唆してはいないだろうか。

最後に、この作品が現実に存在する人物や事象をモデルにしていることを言い落とさないようにしなければならない。特に「ある名演奏家《ヴィルテュオーソ》の生涯の素描《エスキス》」はバルバラ自身が誰にも語らなかったもう一人の自分を少なからず語っているような印象を強く感じる。バルバラの父は確かに弦楽器製造職人であったし、バルバラがパリ国立音楽院《コンセルヴァトワール》に在籍していたことは古文書館で確かめることができた。いっぽう友人のシャンフルリは『若き日の回想と肖像』の中で「ある名演奏家《ヴィルテュオーソ》の生涯の素描《エスキス》」に登場する父親フェレが息子に宛てた手紙を引用し、現実の人物を作中人物と同一だとすることはとても危険なことではあると言いながらも、父親の中にはブルータスがいる、そしてバルバラが作品中でこのような手紙を書き記したことは彼が父親に鍛え上げられた非常に強固な性格であることの証だと言っている。息子フェレの挫折の大きな原因となったイタリアの名演奏家もまたニコロ・パガニーニその人をモデルとしており、本文の註にも挙げたように、当時のパガニーニについて実際にあった事象が多く物語られている。作品中のコンサートはパガニーニのパリ・オペラ座初演あるいは二回目の演奏会であり、バルバラがそれに行ったことも、彼がパリの中学校に転校した時期から考えると可能であった。パガニーニのコンサートを聞いて圧倒され、動転したこともいかにもあり得ることではある。パガニーニがパリに来るまでに辿った道筋も事実と相違なく、その演奏プログラムもほぼ同じである。〈第一部〉の最後でパガニーニをモデルとしたイタリア人音楽家が辿った悲劇的最後の詳細に関しては、本文の註を参照いただければ幸いである。

《掲載・収録》
一八五七年九月二十日、十月一日　『フランス評論《ルヴュ・フランセーズ》』誌　*Revue française*
一八六〇年　『僕の小さなお家たち《メ・プチト・メゾン》』　*Mes Petites Maisons*, Hachette　アシェット書店
一八八一年　『脱臼した人たち《レ・デトラケ》』　*Les Détraqués*, Calmann Lévy　カルマン・レヴィ書店
一九九〇年　『ある名演奏家《ヴィルテュオーソ》の生涯の素描《エスキス》』　*Esquisse de la vie d'un Virtuose*, présentation par KAMEYA, Nori, Viviane Hamy　亀谷乃里解説、ヴィヴィアンヌ・アミ書店

「ウィティントン少佐」（一八五八）　***Le Major Whittington***
この作品は、時代的には、トーマス・エジソンの蓄音機が発明されるまでにはまだ二十年を待たなければならない、科学の成長と完成の夜明けに位置する。
発明の天才ウィティントン少佐は四方を巨大な壁で囲まれた屋敷で人形たちとのみ生活している。妻、娘、親戚、友人、召使はすべて彼が発明した自動人形である。機能的には彼らは皆近代応用科学の産物で

ある。ある召使は飲み物とお菓子を給仕した後、来たときと同じ弧を描いて空《から》になったコップを片づけて姿を消す。ノートン卿は負けを知らないチェスの名人であり、懸命になるウィティントンを打ち負かす。一方、イングラム夫人は独創的なヴァリエーションを即興でピアノ演奏し、アンナ嬢はよく響くりんりんとしたコントラルトの声で歌う。彼らを作動させる中心は、車輪、円筒、心棒、排気管、アンカー、歯車、その他多くの巨大な部品が複雑に嚙み合って動く錯綜した迷宮であり、床下のその巨大システムからは大きな唸る音がしている。しかしこれらは電気で動いている。屋敷からは避雷針が聳《そび》え、一方、屋内の壁には点々とボタンがあり、「手をふれると命がありません」という警告が書かれている。そして物語の最後では、ウィティントンの廟の足元には、他の多くの発明品とともに〈電線〉が積み上げられている。

バルバラのこの作品に登場する人形は、ドイツ人作家ホフマンの「砂男」（一八一七）の人形オリンピアと姻戚関係にある。オリンピアは歯車の音しか聞こえない単なる機械人形であり、近代科学の賜物ではなく、手工業の産物でしかない。人間に似た機能を持っているとしても、いかにも彼女は人形の印象が強い。だが彼女はバルバラの自動人形と多くの共通点を持っている。

ホフマンの人形もバルバラの人形も、過度に正確なリズムで踊り、動作はぎこちなく、眼は一点をじっと見つめており、顔は生気がなく、りんりんとした鉱物的な声で歌い、ピアノの演奏は完璧であるが、表情を欠いている。しかし彼女たちは美しさと気品と優雅さ、礼儀正しさを備え、技芸に秀でている。ホフマンを愛読したバルバラが、このドイツ人の作家から霊感《インスピレーション》を受けたことは十分に考えられる。

大きな違いは、バルバラの作品には（愛する人形に生命の本質である魂を与えたいという願望）がはっきりと認められるのに対し、ホフマンの作品を支配するのは恋する青年ナタナエルの純然たる錯覚である。ホフマンにおいては、魂の無い人形に意味を与えるのは、無邪気な錯覚なのである。そして、完全な錯覚の犠牲者ナタナエルはオリンピアを本当の娘だと信じるのである。

逆にウィティントン少佐は完璧な明晰さを持つ人物である。彼は風変わりな考えを持つものの、ナタナエルのように血迷った錯乱に陥った精神の持ち主ではない。これが重要な点である。世に認められず、追放され、中傷され、剽窃され、迫害された発明の天才、ウィティントン少佐は友人たちや妻に裏切られ、現実の世界に絶望し、完全な幸せの鍵は他人なしで済ませる技術にあると考える。そこでこの天才は望むがままの理想世界、人工の代替物の世界を独りひっそりと創り出したのであった。それゆえ、人間とそっくりではあるが、悪徳も欠点もない自動人形を実現しようと心を砕いたのである。

ウィティントン少佐に足りないものは何一つない。精神を満足させる知性も教養も備えた人形たちがいる。こうして彼は家族も知人もいるのだと信じる（あるいは信じようとする）。そして人々にそう思わせるようにふるまう。実際には成功こそしなかったものの、自らの主観によって人形に魂の息吹を吹き込もうとするのだ。彼は人間に対するのと同じように人形に接する。ブロンドの妻を指し示して外来客のド・サルキュス氏に紹介し、夫人は片言のフランス語で客に挨拶をする。自分の娘の手をとり、紹介し、また一方では心を込めて彼女の頬を愛撫する。娘はこれに応えて、「パパ、パパ」と愛情を示す。母娘はお茶やサンドイッチを供する。

十九世紀最後の四半世紀にはエジソンの発明やベルトロの発見などによって物理、化学が飛躍的に進歩した。バルバラより二十歳ほど年下のヴィリエ・ド・リラダンは科学によって理想の女性を創ることに腐心した。リラダンの小説『未来のイヴ』(一八七七―一八七九)の中では、発明家エジソン(実在のトーマス・エジソンから名前が採られた)が友人エワルド卿のために人造人間ハダリを創ることに成功する。

ウィティントン少佐は、リラダンのエジソンのようにヘーゲルの哲学を大上段に振りかざしはしないが、ヘーゲルの主観論は、自動人形に対して示される少佐の態度を通して透けて見える(実際、ヘーゲルを訳した哲学者、ジャン・ヴァロンがバルバラの親しい友人の一人であった)。しかし、ウィティントン少佐は、自身の状況に完全に満足していただろうか。満たされない憂鬱と未来への好奇心との犠牲者であり、麻酔による六十年の眠りについたウィティントンの遺書には、曖昧な回答がしたためられている。

一方、『未来のイヴ』では、ハダリの声はきわめて完成度の高い蓄音機から発され、その模造の眼には電気の閃光が走っている。電磁気を帯びたあらゆる金属器官は、ハダリが一日に一口飲むばらの油によって錆から守られている。不正確さや誤りがあるとしても、ハダリが当時の科学知識や仮定に基づいた生きた人間の模造であることは言うまでもない。しかし、このようにして完成された人造人間は生命の本質的特徴である魂を持っていない。リラダンが彼女に魂を与えるのは、主観論、つまり急進的な錯覚論によってである。彼は「ウィティントン少佐」におけるバルバラの企てを推し進めるために、ヘーゲルの哲学を披露する。エジソンはエワルド卿に語る。〈ヘーゲルは(中略)《実在》の純粋観念においては、《実在》と純粋《虚無》との間に存する差異は単なる見解にすぎない、ということを証明しました〉。エジソンは、エワルド卿が〈いい加減な、つまらぬ、常に定めなき《現実》〉よりは〈明確で魅力的かつ常に忠実な錯覚〉の方を好むのだと主張する。というのも、つまるところ、現実とは、実際には感覚が錯覚したものに他ならないからである。

しかしヘーゲルの主観論は実体のない見せかけに生命を吹き込むには不十分である。バルバラの作品においては、満たされていたはずのウィティントン少佐は、最後に麻酔による六十年の眠りにつくことになる。そこでリラダンはスワナに助けを求める。つまり、神秘的現象の存在、我々の世界の外にある生命の根源の存在を想定するあの理論、神秘学《オキュルチスム》を援用する。

リラダンの着想源に関しては、ホフマンの「砂男」やアヒム・フォン・アルニムの『エジプトのイザベラ』が挙げられているが、『未来のイヴ』の作者は多分この両者とも読み、両方から着想を得ているであろう。

しかるに、リラダンはバルバラを読まなかったであろうか。応用科学に基づいた自動人形に、多分、初めて我々が出会うのは、「ウィティントン少佐」の中である。同様に、主人公が背を向けた現実の世界に置き替わる理想の世界を、科学技術の力を借りて真剣に創造しようと企てたのも、このバルバラの作品である。しかも、不完全ではあるが、明晰な人物の錯覚の力、つまり主観の力によって愛する自動人形たちに魂を与えたのもこの作品である。

もちろん、リラダンが創作にあたって人造人間を抱懐したとき、当時の科学理論や仮説を適用したのはごく自然なことであり、「砂男」を知っていた作家が、今度はホフマンの拠った純粋な錯覚ではなく、急進的な錯覚論の助けを借りて理想の人形を抱懐したのだということもできよう。

「ウィティントン少佐」の中で〈パンも住処もなく〉現代科学による物質文明から追放された青白い顔の〈詩人〉は、今度は科学を逆手にとって現代社会に復讐し、リラダンの作品においてハダリとして肉化し、十全たる詩的世界の中でその栄光を取り戻したのである。二人の作家の深い秘密の絆が認められると考えるのは行きすぎだろうか。科学による理想世界の創造に敗北を認め、麻酔による六十年の眠りについたウィティントンの遺書には、現代の機械文明に対してたっぷりと皮肉を込めながら、同時に未来へのある種の期待を包含した言葉がしたためられていた。「諸科学、工業技術、機械、資本の引き寄せがもたらすおそれのある不治の幸福に人類が直面したとき、この（私の創設した）基金はそれこそ真に人類愛に貢献するものとなるように私には思われるのです……」この言葉は『未来のイヴ』の中でエジソンがスワナに打ち明けた言葉とあたかも対をなすように響くのである。〈ああ、スワナ（中略）これで科学は初めて人間を……恋の病からも治せることを証明したわけですね〉。夢や理想を無視する科学と機械一辺倒の社会に投げつけられたこの風刺的な言葉は、科学を逆手にとった自らの夢の実現を喜ぶエジソン＝リラダンの表現であると同時に、また失敗で幕を閉じたウィティントン＝バルバラの希求に対する応答の一形式であるようにも受け取れるのである。

ところで、リラダンが詩人ボードレールと親交があったことは周知のことである。一方、バルバラは若い頃からボードレールとは文学上の親しい友であった。あの気球乗り、写真家として知られ、作家でもあったナダールは、友人ボードレールを回想した中で『悪の華』の詩人の周囲に集まった親しい五人の友人たちの名前を掲げている。この中には、アスリノー、フィロクセーヌ・ボワイエ、ブーレ・マラシとともにに、リラダンとバルバラの名も並んでいる。人形をテーマとした幻想科学作品を著した二人の作家は、ともに音楽愛好家であり、またホフマンとポーの愛読者であった。これら共通の傾向を持つ二人が互いに関心を抱かないほうが不思議である。二人には他にも共通の友人が沢山いることを考えると、リラダンはバルバラの作品を知っていたばかりか、実際に彼と出会っていた可能性が非常に濃厚である。リラダンが『未来のイヴ』において、バルバラの「ウィティントン少佐」からインスピレーションを得ている可能性はかなり高いと言うことが許されるであろう。

ホフマンからバルバラへ、次にはバルバラからリラダンへと受け継がれた人形をテーマとする文学の流れは、その次にはジュール・ヴェルヌの『カルパチアの城』(一八九二)へと続いていく。ヴェルヌがホフマンやリラダンから霊感を受けていることは異論の余地がないが、またバルバラからも直接に影響を受けていることも十分にあり得る。バルバラの「ウィティントン少佐」がフランスで最初の空想科学小説とされているヴェルヌの『気球に乗って五週間』(一八六三)に先立つ空想科学作品であることは無論大いに興味を惹く事実ではあるものの、それは場を変えてまたの機会に述べることとして、バルバラのこの作品は、文学に現れる人形の系譜においては、ドイツ文学とフランス文学の中継点としての役割を担い、フランス文学においては、近代応用科学の知識に拠って創られた自動人形をテーマとする最初期の作品の一つとして現れるのである。

†バルバラとリラダンの作品の具体的な詳細比較、バルバラからヴェルヌへの影響に関しては、この解説を書くに

あたって使用した拙論「人形の系譜」（『幻想文学』三十二号、幻想文学出版局、一九九一年）および、拙著『不遇の作家、シャルル・バルバラ 1817-1866』をご参照いただきたい。

†ホフマンの「砂男」の引用については、アルベール・ベガンのフランス語訳からの拙訳に拠り、ときに深田甫訳『ホフマン全集』（創土社）に助けを借りた。またリラダンの『未来のイヴ』については、マルセル・ロンゲのテキストの拙訳と、齋藤磯雄訳『リラダン全集』（東京創元社）に拠った。

《掲載・収録》

一八五八年二月一日　『フランス評論《ルヴュ・フランセーズ》』誌　*Revue française*

一八六〇年　『僕の小さなお家たち《メ・プチト・メゾン》』　*Mes Petites Maisons*, Librairie Hachette　アシェット書店

一八八一年　『脱臼した人たち《レ・デトラケ》』　*Les Détraqués*, Calmann Lévy　カルマン・レヴィ書店

一九八五年　『ウィティントン少佐』　*Le Major Whittington*, notes et présentation:KAMEYA, Nori, Lettres Modernes　亀谷乃里註・解説　レトル・モデルヌ

「ロマンゾフ」（一八六〇）　***Romanzoff***

ある日突然、アパルトマンに引っ越してきた青年ロマンゾフ。貧窮に苦しむ人々を救う寛大な彼の生活習慣は門番のおかみさんをはじめ、他の住人の心を惹きつける。しかし、その生活は、謎のヴェールに包

まれている。過度な富の蓄積を良しとせず、よく見ること、欲することによって貧困の半ばはなくなると語るロマンゾフの空想的社会主義的なユートピア思想は、その生活習慣同様、住人には謎めいていて不可解だった。

しばらく家を空けていたロマンゾフが夜中に戻り、また慌ただしく出て行った日の夜ふけ、アパルトマンに警察が踏み込みロマンゾフの部屋を家宅捜索する。恐怖におびえるばかりだった門番のおかみさんは、しばらくして、警察の目的がロマンゾフの逮捕であることを知る。

ロマンゾフは何をしたのか。ここで謎の問いかけが初めて行なわれる。作品後半のダレンヌ夫人の法廷弁論を機に、事件の筋道と捜査の全貌、そしてロマンゾフがこの時まで何をしていたかが明らかになり、一気に贋金造りの犯行が判明する（大団円）。この部分は警察による論理的な人狩り探偵小説のミニチュアである。冒頭からこの直前に至るまで、読者は、アパルトマンの住人たち同様、ロマンゾフの寛大さ以外には、事件の真相についてなんら具体的な手懸りも与えられず疑問符によって宙吊りにされたまま、不安と好奇心の中で、大団円に運ばれ、時間を遡って真相が語られる。

ここで、産業の発達にともなう都市の形成とともに生まれた探偵小説の歴史について触れておこう。フランスでは、ポーの「モルグ街の殺人」の受容（一八四六、一八四七）を出発点として、いわゆる古典的探偵小説が形成されてきた。そこではまず謎の犯罪があり、探偵が登場し、探偵の論理的推論による謎解きがあり、最後に大団円で事件の発端まで時間を遡ることで真相が分かり、つまり謎の解決に至るのが定石である。「ロマンゾフ」には、探偵も登場しなければ探偵役による謎解きもない。それゆえ無論、探偵小説ではない。だが、犯罪を真正面から扱っているという意味では「ロマンゾフ」は犯罪小説と言えるし、冒頭に提示された謎を前にした時の人々の不安、驚き、そしてその後の謎の解決がもたらす話法《ナラトロジー》の喜びには、ミステリーの気配を色濃く感じさせる。

ロマンゾフの審問から明らかになった彼の履歴は、魅力的な人物像を浮き上がらせる。彼は、ひとが輝かしい成功を収めるために必要とする何層倍もの知性と才能、忍耐、精力を贋札造りのために捧げた。何ゆえに？　一体ロマンゾフとは何者だったのか。人々には、ロマンゾフが贋物に対する偏執狂《モノマニー》的情熱の犠牲者のように思えた。だが過度の感じ易さのため施しをすることが生活の平穏を得るために必要な日課であったとしても、何ゆえ、施しに贋札だったのか。

ここで当時のヨーロッパ情勢を一瞥しよう。

イギリスでは早くから、フランスではそれより少し遅れて産業革命が興り、それにともない人々は自由思想の洗礼を受けていた。一方、隣国のオーストリア・プロシャ帝国では一八一五年から一八四八年は反動政策と国民的自由運動との対抗の時代であり、絶対主義・専制政治によって人々の自由は抑圧されていた。

ここで話を作品に戻そう。一八三〇年には自由思想の熱はヨーロッパ全土に広まっていた。ロマンゾフは隣国の自由思想の著作に親しみ、プロシャの絶対王制、独裁専制を嫌悪していた。士官学校で書いた小論文は、自由思想宣伝《プロパガンダ》の作品だとみなされ放校されてしまう。その後、ロマンゾフは、ある男の挑発に乗りプロシャ国庫紙幣を偽造し、密告されてフランスに逃亡する。当時のプロシャでは、貨幣偽造は、国際事情から、国家転覆の危機をはらむ死罪にも匹敵する重罪事項であった。以後、彼はフランスで、本格的に贋札造りに手を染めていく。精巧無比な贋札造りの才能は、一種の偏執狂的情熱によって琢磨され、その優れた技術はこの分野の化学の専門家を驚嘆させ、造幣局長には、贋物と本物とを区別することはまず不可能と言わしめた完璧さに到達した。だがロマンゾフを贋金造りの天才にまで高めたのは、贋物に対する偏執狂的情熱《モノマニー》であり、施しを含めた慈悲の思想を根底に持つフーリエ主義の空想的社会主義ではなかっただろうか。本作品の前半でロマンゾフがアパルトマンの住人たちを前にあれほど真剣に繰り広げた福音と結びついた政治経済論は、奇人・変人と言われたユートピスト、シャルル・フーリエ（一七七二―一八三七）と、そしてその弟子となり、この理想を実践する中心的存在となったヴィクトール・コンシデラン[*1]（一八〇八―一八九三）やその周辺の社会主義者たちから大いに影響を受けたものではなかったか。バルバラ自身、コンシデランの信奉者であることを自らの書簡で表明している。ロマンゾフは、貧困の無い理想社会を創ろうと生涯をかけ、マニアックな精力を傾け精巧な贋札を造った。そしてそこから得た利益は自身の私的な用途には全く使わず、貧困に苦しむ人々に施し与えた。

フーリエから発した理想共同体《ファランジュ》の建設を目指すコンシデランがベルギーに亡命し、ブリュッセルやアメリカのダラスでコロニーを建設したように、ロマンゾフもまた、失敗に終わったものの贋札造りに身を捧げ、現在とは全く異質の、幸せと平和が支配する新しい社会を夢見たのである。

この作品は、実際にあった贋札造り事件がモデルとなっている。友人たちの言葉やロマンゾフの審問記録[*2]（本物だと良いのだが）がそれを証明する。名前は変えてあるものの、ダレンヌ夫人はバルバラの属した

〈ボエーム〉のグループの一員であった詩人、カロルの母であった。したがってバルバラは事件の早い段階から情報に通じていたと思われる。また審問記録によれば、ロマンゾフの名もヘアヴェークの名もそのままであり、作品中のかなり多くの事象が事実に基づいている。

この作品にはこれまで五つのヴァージョンがあることがわかった。

まずは、一八四四年四月二十日、〈ボエーム〉のグループの一員で同郷のレオン・ノエル宛の手紙の中で、出版される前の作品についての意見を聞いているものが一つ。そして十九世紀中に出版されたヴァージョンとして、以下の四つが挙げられる。

一八四七年九月三日、四日『海賊《コルセール》』紙　*Le Corsaire*

一八四九年七月二十日、二十一日『コンスティテュシオン』紙　*La Constitution*

一八六〇年『僕の小さなお家たち《メ・プチト・メゾン》』*Mes Petites Maisons*, Hachette　アシェット書店

一八八一年『脱臼した人たち《レ・デトラケ》』*Les Détraqués*, Calmann Lévy　カルマン・レヴィ書店

以上のヴァージョンについて概観するならば、イギリスの捜査当局とフランスの警視庁による、探偵小説を思わせるような論理的な追跡捜査により犯罪が暴かれた経緯などの叙述は、本作品集で採用した『僕の小さなお家たち《メ・プチト・メゾン》』のヴァージョンより以前にはなく、この部分は捜査作品として面目躍如たる部分であると言えよう。『海賊《コルセール》』紙、『コンスティテュシオン』紙のヴァージョンでは犯罪小説というよりもむしろ、どちらかといえば事件の報告書の雰囲気が強かった（余談ではあるが、ミュルジェールが『放浪芸術家《ボエーム》』

の生活情景』の中でバルバラをジャーナリストだと紹介しているのは、こうした事実の揶揄ではなかったか）。無論、この二紙においてもロマンゾフは好感のもてる魅力的な人物ではあったものの、新しい異質の時代を創ろうとする熱意、ユートピア社会主義の思想が明瞭に表現されている部分はなく、その意味では本ヴァージョンに比べてロマンゾフの人間的魅力に深みや広がりが欠けるきらいがある。ロマンゾフの偏執狂的情熱に関する叙述や、彼が置かれた激動の時代に対抗して健気に生きた生を詳《つぶ》さに述べることによって、ロマンゾフの人間的魅力はそれ以前のヴァージョンとは比べ物にならないほど強い引力をもって読者の心に響いてくる。三章、四章に見る二つの印象的な救済行為の話も本作品集以前にはなかった。

なお『脱臼した人たち《レ・デトラケ》』所収のものは、小さなヴァリアントがほんの僅かあるだけで本書版との重要な違いはない。

＊1　コンシデランに関しては、本文「ロマンゾフ」の註2をご参照いただきたい。

＊2　*Belgique Judiciaire*, Gazette des Tribunaux belges et étrangers, vol.5 : No 72, 30 septembre 1847, pp. 1178-1186. なお、この他に本項で特に参考にした文献には、本文「ロマンゾフ」の参考文献として掲げたものに加え、「ロマンゾフ」の一八四七年版と一八四九年版がある。

「蝶を飼う男」（一八五三）　*L'homme qui nourrit des papillons*

パリのじめじめした通りの一室で、大気と暑気と花を好む蝶を飼っている男がいるという。行ってみると、外見は極めて平々凡々とし、いつも具合の悪そうな男が部屋の隅っこでテーブルの端に座って質素な食事をしている。

仕切りのあるガーゼの大きな籠の陰に数千匹のありとあらゆる蝶が飛び交っている。語り手の「私」は夢を見ているのかと思う。人工の天国か、はたまたメルヘンの世界に迷い込んだのか。ここには、デカダンスの雰囲気は無いものの、閉鎖された部屋で大きな水槽に金魚を飼い夜と昼をさかさまにして暮らすデゼサントの世界（ユイスマンス『さかしま』一八八四）が思い起こされる。

本作品は、一八五〇年代初頭、産業革命の波は押し寄せていたが、エジソンの電気機器の発明にはまだ二十数年待たねばならない時代のものである。

蝶は、主人のピショニエが近づくと分かるかのように翅をばたつかせる。緑の小枝を背景に、蝶たちの鮮やかな色彩、艶やかなビロードのような触感、その運動。蟬とコオロギは歌うことで主人に会う歓びを示す。陰鬱な思考に陥るピショニエをこの二種類の虫は合唱で慰める。色と感触と音のシンフォニーである。

窓際の金魚鉢のそばには、小さな雨蛙がいる。それは、ミルクのように白いお腹を持ち、薄青色を帯びた、眼にとても優しい緑色、新芽の柔らかい緑の背中をしている。その色彩、触感、柔らかさ、爽やかな心地好さはボードレールの詩「照応《コレスポンダンス》」に歌われた、みずみずしい幼児の肌、オーボエの柔らかな優しさを介した牧場の緑にみられる自然界の神秘的な交感をふと思い起こさせはしないだろうか。そしてこの緑色は後の詩人、ランボーの世界、絵画では印象派の基調色になったといわれている。

雨蛙はピショニエが「ちび！」と呼ぶと水の中にもぐる。するとピショニエは真っ青な空を見もせずに、もうじき雨が降ると確信をもって予言する。

一方、彼は、無数の創意工夫に富んだ器具の発明家でもあり、鳥や魚を生きているそのままの姿で剝製にする方法をも考案した。だが、誰からも理解されない。彼の蝶に関する知識は、プロの昆虫学者顔負けのものであるにもかかわらず、親戚にも隣人にも馬鹿にされ、パリでも地方でもひどい仕打ちを受け、鼻先であしらわれ、狂人扱いされ相手にされない。

座標軸の異なる人間の考えを理解できず、社会はピショニエを迫害し、その生活さえ妨害する。ピショニエは、こうした人々の裏切りに打ちひしがれて立ち向かう勇気さえ失っている。発明家は生きている間は迫害され、死後にしか評価されない、と言うピショニエについて、語り手の「私」はこう思う。ピショニエが、人生によくある見込み違いや、誤算によって周囲のすべてが敵となり、世界全体を陰謀の歯車装置と見てしまっていることは確からしい、と。

だが、ピショニエは夢の中に真実の予言を見る。彼が書き留めた二十以上の夢はみな同じ意味を持つ。地中から蟻のごとく次々と現れ出る白、黒、緑、赤の猫は大きな草地のみならず耕作地にも拡がっていく。猫は裏切り、つまり敵を意味する。大きな草地はパリ、耕作地は田舎を意味する。夢を信じるピショニエは地上に蠢く裏切りの象徴である猫に殺されると信じている。

「私」はそれを聞くと、ヨゼフが解いたファラオの夢（「創世記」四十一章）を無意識に思い出した。ナイル川から七頭の肥った牛が上がってきて草を食べていると、次に七頭の痩せた牛が上がってきて、最初の肥った七頭を食べてしまった。また別の夢では、一本の茎によく実った七つの麦穂が出てきた後、痩せた七つの麦穂が実った七つの穂を呑みつくした。神の霊を受けたヨゼフは、二つの夢は同じ意味を持ち、七は七年、肥った牛も良く実った麦の穂も大豊作を、痩せた牛も痩せた麦の穂も大飢饉を意味するのだと確信を持って説明した。科学的、合理的で夢や神秘を信じなかったはずの「私」に変化が見られる。

人間に理解されずに殺されるという暗い夢に苦しむピショニエをわかってか、蟬とコオロギが再び慰めるかのように歌い始めた。小さなかわいい生き物たちのみが彼の理解者であり、ここは彼らの社会なのである。「私」は一匹の〈火の神〔ヨーロッパアカタテハ〕〉の羽化に立ち会ったことからこの蝶の代父のような役割を与えられ、完全に座標軸の異なった世界にまた来るようにと誘われる。

「私」が暇乞いをして家を出ると雨が滝のように降ってきた。ピショニエの解いた雨蛙の予言は、正しかったのだ。

色彩豊かな蝶たちの交錯、五感を優しく刺激する小さな生き物たちとの生活。メルヘンか人工の天国か、夢か現かと戸惑う美しい空間に包まれながら、人間と虫と雨蛙の心和む交感の世界で、胸を締め付けられるような痛ましさを感じる。驚きと、ときにほろ苦い〈おかしみ〉の入り混じった短くも共感を呼び起こす作品である。

《掲載・収録》

一八五三年十月八日　『飾画《イリュストラシオン》』誌　*L'Illustration*
一八六〇年　『僕の小さなお家たち《メ・プチト・メゾン》』　*Mes Petites Maisons*, Hachette　アシェット書店
一八八一年　『脱臼した人たち《レ・デトラケ》』　*Les Détraqués*, Calmann Lévy　カルマン・レヴィ書店

「聾者たち(後記《ポストファス》)」　***Les Sourds (Post-face)***

耳が聞こえないために他人を理解することもされることもできない四人の間で自分勝手な主張、諍い、罵倒が繰り広げられる。〈おかしみ〉いっぱいで、しかもなんとも悲しい情景のスケッチである。四人の聾者は各自固有の座標軸のみによって相手を解釈する。

老婆に羊の番をしてもらった耳の聞こえない羊飼いの男が、お礼に、脚は悪いが丸々と肥っている羊を一匹プレゼントすると申し出た。やはり耳の聞こえない老婆は男の羊の脚を折ったと非難されていると解釈し、鉈鎌を振り上げる。羊飼いは唖然とし、一歩下がって本能的に杖を振り上げた。と、ちょうどその時一人の騎兵が馬を駆ってやってくる。二人は仲裁を頼むために騎兵を立ち止まらせ、事の成り行きをそれぞれ自分の立場から主張した。だが、この騎兵もまた耳が聞こえなかった。急ぐので通してほしいと言う騎兵を、羊飼いも老婆も相手の味方をしているものと思い込む。実は馬をくすねていた騎兵は、そのため二人が拳を突き付けて脅してくるのだろうと思った。そこに一人の老人が通りかかる。三人は駆け寄って揃ってそれぞれ自分の苦情を言い立てて裁きを頼んだ。老人は、三人よりさらに耳が聞こえなかった。

理解することもされることもできない人間の不幸の絵姿であろう。

前四作品において、世に理解されず自らの座標軸のみで生きるしかなかった天才的な奇人・奇才の物語を締めくくるにふさわしいコミックで悲しいコントである。

《掲載・収録》
一八五六年八月二十三日　『万人の新聞《ジュルナル・プール・トゥス》』紙　*Journal pour tous*
一八六〇年　『僕の小さなお家たち《メ・プチト・メゾン》』　*Mes Petites Maisons*, Hachette　アシェット書店
一八八一年　『脱臼した人たち《レ・デトラケ》』　*Les Détraqués*, Calmann Lévy　カルマン・レヴィ書店

◆訳者あとがき

『僕の小さなお家たち《メ・プチト・メゾン》』の翻訳をこんなに早い時期に日本で出そうとは、私自身驚いている。まずは解説・註のついた復刻を先にフランスで出した後に出すべきものであったはずだからだ。重要でしかも日本に居てできることに先に手をつけてしまった。

　非常に魅力的な作品集であったから、いずれ翻訳を出版しようと思い、留学から帰って（一九八三）間もないうちに訳し、その後「ウィティントン少佐」は『幻想文学』（一九九一）に、もう一つの「ある名演奏家《ヴィルテュオーソ》の生涯の素描《エスキス》」は慶應義塾大学の日吉紀要に解説・註をつけて載せることができた（二〇〇三―

二〇〇五)。前者はフランスのニース大学に提出した博士論文の付録として解説・註・異文付きで公刊し、またこれは単行本としてもミナール書店から解説・註を付けて出すことができた(一九八五)。後者は音楽作品集としてプレゼンテーションをつけてヴィヴィアンヌ・アミ書店から出すことができた(一九九〇)。しかしそのあとの「ロマンゾフ」には、当時は今一つ心を惹かれなかった。

なぜ惹かれないのか? そしてバルバラがどうしてこの程度にしか感動を与えない作品をこの作品集に入れたのか腑に落ちなかった。それは、私がこの作品の当時の地政学的・社会的・文化的背景を十分に理解せずに読んでいたからであった。フーリエ主義、当時の空想的社会主義の実情、プロシャの地政学に鑑みた贋金造りの意味など調べていくうちに、非常にユニークで魅力的なロマンゾフの姿が浮かび上がってくる。もし背景を曖昧な理解のままにすると、犯罪小説で、マニアックな贋金造りが貧しい人々を助ける単なる義賊の物語として読まれかねない。私はずっと、まさにそんな風に思い違いをしていた。

十九世紀の作品理解がこれほど困難なことを痛感したことはなかった。地政学的・文化的背景を理解していないとおもしろくない作品なのである。しかも、作品が日本に入ってくるときには現代のものか、そうでない場合は、十九世紀以前のものなら、すでにフランスで研究されているのが普通であるが、註も解説もまるでない白紙状態の作品の理解となると、こちらは無知・情報不足には気づかず、おもしろくないのは作家が拙いからだということになる。一旦忘れ去られた十九世紀の作家がそういう憂き目を見るのはごく普通なのである。そうすると時代を超えて独創的であり同時代には理解されなかった作家は永久に埋もれてしまう運命にあるわけである。

それに『僕の小さなお家たち《メ・プチト・メゾン》』は、永い間パリのフランス国立図書館にも所蔵されていなかった本であった。だがしかるべき文学者たちはその重要性に気づいていた書物だった。二十世紀に入っては、偉大な比較文学者、フェルナン・バルダンスペルジェは「ウィティントン少佐」についての小論文「人間を脅かす機械主義に関するほぼ知られていないあるフランスの短篇小説」*1（一九四五）を発表したが、当時フランス国立図書館でもブリティッシュ・ミュージアムでもこの「ウィティントン少佐」を読めないので、シャンフルリの『若き日の回想と肖像』（一八七二）に拠って書いたと言っている。またピエール・ジョルジュ・カステックス氏も彼が一九四〇年代に博士論文『フランスの幻想小説、ノディエからモーパッサン』（一九五一）を準備していたときにバルバラの作品を探したけれどなにしろ全然見つからなかった。そして、一九八〇年代に彼がプレイヤッド叢書の『ヴィリエ・ド・リラダン全集』を出した時にも、バルバラの「ウィティントン少佐」を取り上げたかったが『僕の小さなお家たち《メ・プチト・メゾン》』が見つからなかった、ということがその時いただいた手紙に書いてあった。私も長年古書店にこの本を探してほしいと頼んでいたが、他の本は見つかってもこの本は見つからなかった。

　私は、ボードレール学者として碩学、篤実、そして『悪の精神とボードレールの美学』（一九五五）の著者として世界に知られるマルセル・A・リュフ教授のお宅にひと月に一回か二回伺って博士論文の指導を受けていた、というより、毎回、先生の書斎で稀覯本を読みながら、質問をして、ボードレール周辺の知識を拡げるという、いわば私の自由にまかされた楽しい時間を過ごしていた。「何かをしなさい」と指導されることは一度もなかった。私の質問に対しては私が望むところを的を外さずに明解に回答して下さり、その後の話がおもしろかった。例えば、ヴァレリーがガス爆発を起こした時、リュフ先生はパリで勉強していて、その爆発音を聞いたこと。バルバラの話になると、バルバラはヴァイオリンを弾き、シャンフルリなどと四重奏を組み、コンサートを開いたこともあったこと。ボードレールはこうした音楽に初めて直《じか》に触れ、彼の詩の音楽性はバルバラを中心とする文学、芸術家が演奏する音楽によって涵養されたこと、等々。こうしていつの間にかバルバラの研究に入っていったわけであるが、その時私は相変わらず最初の計画通りにボードレールに関する博士論文を書くつもりでいた。しかしパリに行くと無意識にバルバラの調べものばかりしていた。いつしか論文のテーマは、シャルル・バルバラの『赤い橋の殺人』と「ウィティントン少佐」を分析し、その論文と一緒に作品自体を出版するということになった。

かねてから先生の本棚には『赤い橋の殺人』や『感動的な物語集《イストワール・エムヴァント》』と一緒に『僕の小さなお家たち《メ・プチト・メゾン》』が並んでいるのを知っていた。世界でここだけにしかないこの本を拝借というわけにもいかない。外に持ち出し、もし私が事故にでも遭えばこの本も巻き添えを食ってしまう。先生のお宅で長々と本を読みながら分析をするのもご迷惑をかける。コピーは不可能だった。綴じ目と印字の余白はかなり狭いから本を傷める。はてさてどうしようかと考えた挙句の妙案は接写カメラである。本を九十度まで開けて電燈と反射鏡と三脚を使えばよい。撮影の当日、先生の書斎に入るとすでに鏡とスタンドが用意されていた。先生の配慮が身に染みて感じられた。一九八〇年頃のことであった。スマホのある今から思えばずいぶんクラシックな機材だったが、それでも読めるようには撮影できた。当時まだパソコンは普及しておらず、インターネットなど無論なかった。論文はタイプライターで打った時代であった。

こうしてバルバラの研究を進めながら、ときどきは調べものをしにパリに出て国立図書館で過ごす中、顔見知りになった司書に、『僕の小さなお家たち《メ・プチト・メゾン》』がここにないので、指導教授のお宅で写真を撮って博士論文を準備している。ここにこの本が入れられないのは不思議だとか小言を言っていると、二、三年後だっただろうか、ある日とうとうこの本が国立図書館に入庫したのを知り、なぜかとても嬉しかったことを覚えている。やっとフランス国立図書館もこの本の重要性を認めたということである。

ともかく、ここに翻訳した本は、こんな経緯があり、私にとってそれだけに愛着のある書物である。それればかりか、リュフ先生を初め周りの方々にお世話になってやっと再び世に出た本である。現在では、グーグルが、人の苦労も知らない機械を使って、いくらでもインターネットでこの本の写真版を読めるようにした。喜ぶべきか腹立たしいのか、複雑な気分である。

こうして長い間、古書店も見つけられなかった書籍の中の一作品、「ウィティントン少佐」を博士論文の付録として公刊することができた。その後、フランスでミナール書店から〈稀覯本シリーズ〉として出版できた。そして、この作品を含む『僕の小さなお家たち《メ・プチト・メゾン》』が、一作品を除いてすべて日本語で出版できるとは、考えてみれば夢のような話である。リュフ先生がこのタイトルを発音する時の歓びと優しさを湛えた抑揚、それに少年のような表情は今もって耳に響き眼に蘇る。それは研究者の素朴で偉大な歓びであった。自らの発見、研究の果実を後世にまた一つ伝えられるという純粋な歓びであり、現代の薄汚れた、ときにどす黒い功利主義、拝金主義の世界とは異次元の世界であった。ここに翻訳した『蝶を飼う男　シャルル・バルバラ幻想作品集』はこうした世界からの発信である。

最後に、リュフ先生は別として、この作品集の理解のために、名取寿子氏には美術とキリスト教文化についていつもご教示を乞い、そのたびに適切で明解な説明をいただいた。深く感謝しています。小貫則子氏は高校時代の友人にして画家であるが、フランスから帰国後間もない私のフランス語的日本語をこまめにチェックして下さった。感謝の言葉もありません。

また今回の出版にあたっては、国書刊行会の編集長、清水範之氏には、夢の出版を快くお引き受け下さり、本のタイトルに関しても良き助言をいただいたことを、この場を借りて厚くお礼申し上げます。同じく編集部の伊藤昂大氏には三年近くの長きにわたりずっと直接にお付き合いいただき、その間、私の仕事の遅れを辛抱強くお待ち下さり、また詳細にわたる懇切丁寧な原稿のチェックによって大いに助けていただいたことに心から感謝いたします。

二〇一九年七月

＊1　BALDENSPERGER, Fernand, "Une Nouvelle française peu connue sur le machinisme menaçant", *Modern Language Notes*, May 1945, t.60, 1940-1949, pp.321-3.

シャルル・バルバラ

Charles Barbara（1817-1866）

フランスのオルレアンで、弦楽器製造業の家に生まれる。12歳でパリの名門校ルイ・ル・グラン中学校に転校、ここで学業を終える。1836年にパリ国立音楽院《コンセルヴァトワール》に入学。自然科学にも強い興味を持ち理工科学校《エコール・ポリテクニック》に入る準備をしていたが、転じて文学の世界に入る。20代半ばで〈ボエーム〉の仲間入りをし、詩人ボードレール、写真家ナダール、作家シャンフルリらと交流する。その後、短篇小説を書き始め、ポーに傾倒。1848年の二月革命頃に、オルレアンで新聞の創刊や文芸欄の編集に携わり、ポーの翻訳や、友人たちの作品を紹介した。1850年にパリに戻ると精力的に創作に打ち込み、多くの短篇を発表した。1855年には初の中篇『赤い橋の殺人』をベルギーで出版。翌年『感動的な物語集』を刊行。1858年には本国フランスで『赤い橋の殺人』が出版され人気を博して版を重ねた。1866年死去。

亀谷乃里（かめや・のり）

Kameya Nori

慶應義塾大学および大学院でフランス文学を学ぶ。ニース大学で博士号取得。慶應義塾大学講師を経て、女子栄養大学教授、現在女子栄養大学名誉教授。ボードレール研究のほか、その友人で、長らく文学史から忘れ去られていた作家バルバラの作品を「発掘」、再評価した。

蝶《ちょう》を飼《か》う男《おとこ》
シャルル・バルバラ幻《げん》想《そう》作《さく》品《ひん》集《しゅう》

著者　シャルル・バルバラ
訳者　亀谷乃里

2019年 8 月25日　初版第 1 刷　発行

ISBN 978-4-336-06103-4

発行者　佐藤今朝夫
発行所　株式会社国書刊行会
　　〒174-0056　東京都板橋区志村1-13-15
TEL　03-5970-7421
FAX　03-5970-7427
HP　http://www.kokusho.co.jp
Mail　info@kokusho.co.jp

印刷・製本　中央精版印刷株式会社
装幀　山田英春

本書には人権上好ましくない表現が含まれますが、本作が刊行された当時の時代背景や作品の古典的価値に鑑みて、原文通り翻訳いたしました。読者各位には、諸般の事情をご賢察の上、ご繙読をお願い申し上げます。

夢のウラド　F・マクラウド／W・シャープ幻想小説集

フィオナ・マクラウド／ウィリアム・シャープ／中野善夫訳

A5判／四八〇頁／四六〇〇円

死後に同一人物であることが明かされた二人の作家、マクラウドとシャープ。尾崎翠が思慕し三島由紀夫が讃美した、稀有な魂をもつ作家の作品を初集成。いま百年の時を経て瑞々しく甦るスコットランドの幻想小説集。

死者の饗宴　ドーキー・アーカイヴ

ジョン・メトカーフ／横山茂雄・若島正監修／横山茂雄・北川依子訳

四六変型判／三二〇頁／二六〇〇円

二十世紀英国怪奇文学における幻の鬼才、知られざる異能の物語作家、ジョン・メトカーフ。不安と恐怖と眩暈と狂気に彩られた怪異談・幽霊物語・超自然小説の傑作を集成する本邦初の短篇集がついに登場！

英国怪談珠玉集

南條竹則編訳

A5判／五九二頁／六八〇〇円

英国怪談の第一人者が半世紀に近い歳月を掛けて選び抜いた、イギリス怪奇幻想恐怖小説の決定版精華集。シール、マッケンなど二十六作家の作品三十二編を一堂に集める。既訳作品も全面改訂、磨き上げられた愛蔵版。

怪奇骨董翻訳箱　ドイツ・オーストリア幻想短篇集

垂野創一郎編訳

A5判／四二〇頁／五八〇〇円

ドイツが生んだ怪奇・幻想・恐怖・耽美・諧謔・綺想文学の、いまだ知られざる傑作・怪作・奇作十八編を収録。ほとんど全編が本邦初訳となる、空前にして絶後の大アンソロジー。美麗函入。

JR

ウィリアム・ギャディス／木原善彦訳
A5判／九四〇頁／八〇〇〇円

【第五回日本翻訳大賞受賞作】十一歳の少年JRが巨大コングロマリットを立ち上げ、世界経済に大波乱を巻き起こす——!? 殊能将之熱讃の世界文学史上の超弩級最高傑作×爆笑必至の金融ブラックコメディ!!!

ウィリアムが来た時

サキ／深町悟訳
四六判／二九六頁／二四〇〇円

ドイツ帝国に支配された架空のロンドンの上流階級社会を舞台に、さまざまな思惑を持つ人物たちが政治劇を繰り広げる……「短編の名手」サキによる、本邦初訳ディストピア歴史IF長編小説！

ショーペンハウアーとともに

ミシェル・ウエルベック／アガト・ノヴァック＝ルシュヴァリエ序文／澤田直訳
A5変型判／一五二頁／二三〇〇円

《世界が変わる哲学》がここにある——現代フランスを代表する作家ウエルベックが、十九世紀ドイツを代表する哲学者ショーペンハウアーの「元気が出る悲観主義」の精髄をみずから詳解。その思想の最奥に迫る！

教師人生

フランク・マコート／豊田淳訳
四六変型判／三六〇頁／二四〇〇円

『アンジェラの灰』でピューリッツァー賞を受賞した著者が、多感なアメリカのティーンエージャーを相手に奮闘した三十年の教師人生を、決して失うことのないユーモアに、悲喜こもごもを交えて綴った感動の名作。